香港江學芷蘭集

張惠　主編

目錄

序

張惠

　　這本《香港紅學芷蘭集》終於付梓了，回首來路，感慨萬千。

　　本書的書名是由香港紅學研究大家梅節先生所題，書法真是飛揚靈動，骨秀神清，翩若驚鴻，婉若游龍，很難想像這是出自於一位耄耋之年的老先生之手。讓我看著都有點兒小小嫉妒了，因為我覺得梅先生這次題寫的書名，比前些年給我的書《海外紅學與近代譯學》題的書名，筆力更勝一籌。不過我也完全理解。因為我的書，作者只有我一個；而這本《香港紅學芷蘭集》，作者是我的學生們，有二三十個呢，老先生看著小傢伙們當然開心了。他們是初起之苗，老先生當然要分外栽培，所以書名也題寫得格外用心。老先生還囑咐我，這個可算是初集，將來還希望二集，三集依次辦下去，但願借老先生吉言，將這一點兒向學之心，薪火相傳下去。

　　書名的典故，來自於范仲淹《岳陽樓記》：「岸芷汀蘭，鬱鬱青青」。我當然知道，香港求學的這些同學們，他們絕大部分都不是文史專業的，而且有很多從事的也是其他工作，他們只是出於對《紅樓夢》的喜歡選擇了我這門課。雖然經過一學期的努力學習，他們交出了自己的報告，而且我也是擇優結集，可是我當然知道他們在學識的積累和見解的高妙上，顯然無法跟卓有所成的文史研究者相比。所以這書名的第一層意思，是我個人認為，他們的小文就像生長在水邊上的芷蘭一樣，雖然不是名花異種，但自然清新，別有一種風流態度。再者，我覺得《紅樓夢》的學習、領悟和應用，似乎不必一定拘泥在象牙塔。比如說有一年

授課，我把學生的報告分為《紅樓夢》中的飲食、服飾、醫藥、農業等等。其中冉長江同學是做服飾行業研究，自有服裝品牌的，剛好他抽到了《紅樓夢》中的服飾，為了做好這個題目，他非常認真地翻閱查找相關資料，把《紅樓夢》中一些對今人來說比較生疏的服飾名稱比如斗篷、披風、抹額、斗笠、蓑衣等等，做了條分縷析式的解讀。所以我想，未來他在做服裝設計，或者推出新的服裝品牌的時候，會不會有一天觸類旁通想到曾經做過的這些《紅樓夢》服飾元素，有沒有可能應用呢？又比如說，2019 年中國新聞出版傳媒集團、紫荊雜誌社、聯合出版（集團）舉辦了紫荊盃「媽媽導讀師」香港親子閱讀大賽，在我課上求學的張艾同學剛好是一位媽媽，參加了這個大賽。在我的指導下，她和女兒一起閱讀的《林黛玉進賈府》奪得了親子閱讀大賽總決賽的銀紫荊獎。我的《紅樓夢》課後來由於疫情改成了 Zoom 網上授課，有的同學是帶著孩子甚至婆婆一起聽課的。所以這書名的第二層意思，是我希望，他們紮根在《紅樓夢》優秀文化的有源之水，能夠不拘一格，蓬勃生長。

這本書也是課堂教學的產物。兒時認為老師都是知識和智慧的象徵，便對教師這個職業產生了朦朧的嚮往。此後遇到過非常多的優秀老師，從他們的身上我看到了教學內容充分、教學方法多元、教學儀態優雅，以及全心全意關愛學生；我領悟到了「教育就是一棵樹搖動一棵樹，一朵雲推動一朵雲，一個靈魂喚醒另一個靈魂」，這些都促使我思考如何才能成為一名既能夠「傳道授業解惑」，同時也對學生充滿愛的老師，爭取能讓學生快樂學習，潛移默化中接受美的教育，所以我在教學中採用了「情境教學法」（Situational Approach）。比如在講《紅樓夢》版本時，會放上各種不同的抄本、刻本等讓學生翻閱、觸摸，分辨其紙張、筆跡、內容、格式等等差異；在講述各個人物的身世、性格與個性時，通過展示《紅樓夢》的各種繪畫（文人畫、版畫、年畫）、剪紙等

等，再現《紅樓夢》文中所繪情境，比如大觀園圖、十二金釵圖、黛玉葬花圖、寶釵撲蝶圖、寶黛共讀西廂圖等等，讓學生通過識、記、認加深對各位金釵的印象；在講大觀園詩社的時候，帶來香、筆、墨、紙、硯，仿照《紅樓夢》以一炷香的時間為限，讓學生抄寫書中的詩詞，以增加課堂趣味。

也曾中秋時分過月餅，會不會讓他們對《紅樓夢》中的聯句「分瓜嘲綠媛」更有感悟？也曾元宵猜過燈謎，用一株花樹掛滿了書簽，上面寫出了書中賈母、寶釵、黛玉、元春、迎春、探春等人的謎語讓他們猜，猜中者可以留下寫有謎語的書簽留念，猜中的同學還記不記得那些謎語？也曾經鋪設過茶席，給每位同學準備了小杯，班上有位同學剛好是一位法師，由他表演茶道，最終大家分飲之，真可謂可遇不可求的「茶禪一味」，不知同學們是不是還會記得那天講的櫳翠庵品茶，是不是還會憶起《紅樓夢》的滿紙茶葉香？

我的一個學生曾經問過我，老師，你覺得學了《紅樓夢》，之前之後會有什麼變化嗎？我想起我的學生們，春陽同學在畢業論文答辯前夕幾乎得了焦慮症，甚至想逃跑坐飛機回北京去，但實際上最終她的成績是 A。曉嫻同學為了寫好自己探討《紅樓夢》疾病的論文，幾易其稿吃夠苦頭。曉冬同學和紫薇同學曾經自告奮勇要扮上寶哥哥與林妹妹，在班上演出情景劇，可惜陰差陽錯未曾實現。海波同學在課上虔心地用小楷抄寫《紅樓夢》中賈母看重的《心經》。龍梅同學的談吐令我暗中稱奇，然後得知她的碎片時間都用於閱讀不同書籍。黃毛毛同學曾經同樣入選紫荊親子閱讀大賽，以她的實力獲獎猶如探囊取物，但是由於疫情無法到場失之交臂，實為可惜。錢芳同學做事猶如王熙鳳的明麗爽快，大小活動經她手調理得井井有條，是不是因此她寫賈璉才這麼得心應手？李楊同學每次都默默地搬桌子為《紅樓夢》課上的展示做那些粗重

的勞動，一次兩次不出奇，難得的是次次如此。是不是這種誠敬重教使他「通感」到信奉儒家思想的賈政？王穎同學所在的小組報告設計得好生精美，給同學們留下了非常深刻的印象。胡晗翰同學最初就跟我彙報說他對朝鮮歌舞劇《紅樓夢》感興趣，有志於做這方面的碩士論文，使我暗暗頷首，因為好的選題是成功的一半，這個選題賽道不同，少了多少競爭。張然同學對賈赦是根朽木的看法令人擊節稱快。小艷同學和倩宇同學同組共做尤氏的報告，她們對女性智慧的關注，使我相信她們在自己的家庭和家族裏想必也遊刃有餘。明燦同學別具一格地以「看父敬子」來解讀遺腹子賈蘭的敏感和自強，令人耳目一新又心下惻然。吳炳南同學的論文本來已經寫好的，但主動聯繫我，說自己想進一步修改，我很欣賞這種自我要求的態度。楊明華同學上課的時候帶來了一個看來頗有一段歷史的《紅樓夢》排印本，讓大家對枯燥的版本更多了一些興趣。羅宇同學和呼延雨薇同學都關注了紫鵑、晴雯這樣的下層並報以深切的同情，我希望也相信他們在做社區工作時會多一些人文的關懷。王穎同學、吳艷同學、陳小艷同學、許常玉同學、錢芳同學、李楊同學、王曉冬同學、趙紫薇同學畢業後還多次和老師相見，更多的同學，由於工作的原因大家天各一方，但是時不時會聯繫一下。常聽不少老師不無遺憾地說起，有很多精心指導過的學生畢業之後便杳無消息，從此與老師相忘於江湖，當然我想，這其中或有像魯迅先生那樣覺得人生不夠如意想見老師卻近鄉情怯。所以讓我訝然的是，為什麼畢業了，他們還會和我聯繫和我相見？明明我們只曾短短的相聚，明明今日我手中沒有分數而他們也不再需要我做論文指導，旋即我了然了，這不是說明老師有多麼優秀，而是反映了學生有多麼優秀，這種品質也是優秀的一個組成部分，由於習慣，而成自然，這或可解釋他們現在何以能夠行穩致遠。

　　法國普魯斯特在《追憶似水年華》中寫道,因為一口瑪德萊納小點心,瞬時將他拉回遙遠的從前,打開記憶的閘門:「我只覺得人生一世,榮辱得失都清淡如水,背時遭劫亦無甚大礙,所謂人生短促,不過是一時幻覺」。有一位喜歡《紅樓夢》的朋友初次見面時曾經告訴我,當遇到人生的挫折想不通走不出時,他會去看名著,書裏面未必有直接解決他的問題的答案,但是陪伴他走過了黑暗困頓的日子。我突然領悟了,我曾經以為我是為了不浪費時間才在兩堂課的間隙寫一些名著的鑒賞小品文,但焉知不是它們讓我「坐忘」了人生的某些單調平庸與愁煩?所以回到那個問題,你覺得學了《紅樓夢》,之前之後會有什麼變化嗎?是啊,你看過的書,走過的路,見的人,都會變成你自己的一部分。你還是你,你已不再是你!

簡論元春的親情觀

王穎

內容摘要：在封建社會威嚴的政治制度下，深居皇宮的賈元春想借難得的省親之機，在父母身上尋找當初千依百順深閨女兒的身影，在弟弟寶玉身上飾演著一個勝似父母的大姐姐身份，在賈府眾多姐妹之中找到兒時的愉悅，最後卻發現在封建體制的隔離下，這位「貴妃」想要感受到這人間最為基礎的親情卻已經成為了奢望。基於此，本文在分析孤處「深宮」的元春對父母之親情的期盼，對賈府兄弟姐妹之情的眷戀的基礎上，完成元春親情觀的總結，並借此剖析封建政治體制對人性基本感情需求的禁錮，對人類親情溫暖的摧殘。

關鍵詞：親情觀；《紅樓夢》；賈元春；大觀園

賈元春在金陵十二釵中排在第三位，僅居《紅樓夢》的兩位女主人公林黛玉和薛寶釵之後，在賈府的小姐和少奶奶中位列第一。作為「四春之首」，賈元春貴為皇妃，因為有了她，十二釵中多了一位「穿黃袍的」美人；因為有了她，賈府與皇宮建立起聯繫；因為她要回娘家，寧榮二府周邊平添了一座省親別墅；因為她的一道口諭，寶黛釵等有了一處展現青春和詩情的場所——大觀園。元春形象的塑造，為《紅樓夢》的故事背景拓展了社會階層和空間場所。無遠行不能體諒家之溫暖，無離別不能感受父母家人情深。《紅樓夢》對元春的描述並不多，但僅有的省親前後場景的筆墨則是詮釋了這位孤處「深宮」貴妃對賈府生活環境的眷戀。在封建社會威嚴的政治制度下，借難得的省親之機，這位深感骨肉分離之痛的「貴妃」，企圖在父母身上尋找當初千依百順深閨女兒的身影，在弟弟寶玉身上飾演著一個勝似父母的大姐姐身份，在賈府眾多姐妹之中找到兒時的愉悅，最後卻發現在封建體制的隔離下，這位「貴妃」想要的這最為基礎的人間親情卻已經成為了奢望。

元春之親情觀分為以下幾點：

一，父母之情。在第十八回中曹雪芹極盡筆力寫了元春的父母親情。在元春省親之時，元春心中本期盼以女兒之身享受久別重逢的愉悅，而元春的父母

卻把她看得高高在上，這種帶著君臣色彩的愛使元春對父母的感情受挫。后妃乃人，在宮中為后妃，在家中乃女兒，於宮行妃禮臣道，於家行家禮子道，臣道、子道都關孝道，不能因臣道而絕子道，那就有損孝道。作為後輩的元春與賈母見面，本「欲行家禮」，賈母等人卻「俱跪止不迭」①。離家多年的元春回到賈府後，以為終於可以脫下那象徵著權力和榮華富貴的「鳳袍」，恢復作為賈家大小姐本來的身份和面目，可是在現實面前，她的行為未被理解。在元春的心裏她卻實在想做賈家的大小姐，於是「一手攙賈母，一手攙王夫人，三個人滿心裏皆有許多話，只是俱說不出，只管嗚咽對泣」②。三人攙扶著，滿心裏的話不知從何處說起，此時此刻，骨肉分離之痛使權力等級黯然失色，再多的語言也不能表達彼此的心情。既然回到家中，元春就想著要快樂地度過這麼短暫而珍貴的時刻，於是她亦「滿眼垂淚」又「忍悲強笑」道：

> 當日既送我到那不得見人的地方，好容易今日回家娘兒們一會，不說說笑笑，反倒哭起來，一會子我去了，又不知多早晚才來！③

又隔簾含淚對她的父親說：

> 田舍之家，雖齏鹽布帛，終能聚天倫之樂；今雖富貴已極，骨肉各方，然終無意趣！④

在這裏她將皇宮稱作不得見人的去處，在皇宮中忍受的幽怨，享受不到青春生活快樂的孤獨，加倍了她對故園，對親人的思念，骨肉分離使一切都變得毫無意義，在宮中的她無時無刻不思念她的親人，宮廷的葡萄美酒比不上田家的粗茶淡飯，宮廷的夜夜笙歌比不上田家的天倫之樂。在賈母等人的眼裏，元春是幸福的，她嫁給了至高無上的帝王，這是幾生修來的福氣。但元春的苦

---

① 【清】曹雪芹著：《紅樓夢》，人民文學出版社 2008 年版，第 239 頁。
② 【清】曹雪芹著：《紅樓夢》，人民文學出版社 2008 年版，第 239 頁。
③ 【清】曹雪芹著：《紅樓夢》，人民文學出版社 2008 年版，第 239-240 頁。
④ 【清】曹雪芹著：《紅樓夢》，人民文學出版社 2008 年版，第 240 頁。

悶無法向外人吶喊，只能欲哭無淚，欲歡無聲，她再也不能以女兒的身份在父母面前暢所欲言了，為了家族，為了兄弟而「兢兢業業」地侍奉皇上。賈府，是元春意想中的宮外避風港，是她可以慰籍心靈的地方，但由於封建體制的禁錮，她的親情帶上了封建的枷鎖。

二，姐弟之情。元春是個極重感情的女子，在姐弟之情上，尤其表現在她對寶玉的姐弟情上。元春對寶玉的情在《紅樓夢》中多處有體現。第十八回穿插了這樣一段話：「當日這賈妃未入宮時……其情況有如母子。」[①] 入宮之後，時時帶出信來與父母說：「千萬好生扶養，不嚴不成器，過嚴恐生不虞，且致父母之憂。」[②] 當賈政啟「園中所有亭台軒館，皆係寶玉所題」[③] 時，元妃聽了便欣慰地笑說：「果進益了。」[④] 見到寶玉後，元春命他前來「攜手攔於懷內，又撫其頭頸笑道：『比先竟長了好些……』一語未終，淚如雨下」[⑤]。

從這幾處可看出元春對寶玉之情是「與諸弟不同」，「其名分雖係姐弟，其情狀有如母子」[⑥]。元春對寶玉除了學業上時刻給予關注外，對於寶玉的婚姻對象，她也要慎重挑選。元春身為皇妃，又處在政治的高層，如何能夠保持賈家的家業根基穩固世代綿長，作為賈家政治地位最高者，家族的利益關係是她不能不考慮的。元春歸省時，對寶玉周圍的女性作了一番思量，所以在端午節時元春只賜予了薛寶釵同寶玉一樣的節禮，對寶玉的妻子人選作了示意，以此可以說明元春對寶玉這一愛弟的至深親情。

三，姐妹之情。省親過程中，元春所流露的真情中，也有對寶釵欣賞所流露出的姐妹至情。因為她欣賞寶釵的容貌和文才，元春省親時雖然在才和貌上，元春始終將黛玉和寶釵相提並論，可是後來在賞賜時則表現出厚此薄彼的

---

① 【清】曹雪芹著：《紅樓夢》，人民文學出版社 2008 年版，第 238 頁。
② 【清】曹雪芹著：《紅樓夢》，人民文學出版社 2008 年版，第 238 頁。
③ 【清】曹雪芹著：《紅樓夢》，人民文學出版社 2008 年版，第 241 頁。
④ 【清】曹雪芹著：《紅樓夢》，人民文學出版社 2008 年版，第 241 頁。
⑤ 【清】曹雪芹著：《紅樓夢》，人民文學出版社 2008 年版，第 241 頁。
⑥ 【清】曹雪芹著：《紅樓夢》，人民文學出版社 2008 年版，第 238 頁。

傾向了。回宮幾天後，第二十三回元春即下了如此決定：

> 遂命太監夏守忠到榮國府來下一道論，命寶釵等只管在園中居住，不可禁約封錮，命寶玉仍隨進去讀書。①

雖然住進園子裏的姐妹很多，但元妃這道論中單提「寶釵等」，應該說她對寶釵的關注不僅超過了親妹妹，而且超過了同樣有才有貌的黛玉。在幾個月後，元妃賞賜端午節禮物，即二十八回所寫的薛寶釵羞籠「紅麝串」。貴妃所賜之物給寶玉的有「上等宮扇兩柄，紅麝香珠二串，鳳尾羅二端，芙蓉簟一領。」襲人告訴他：「你的同寶姑娘的一樣。林姑娘同二姑娘，三姑娘，四姑娘只單有扇子同數珠兒，別人都沒了。」②從元春端午節禮物選擇的用心可以看出，元春的禮物至少說明了她對寶釵已情有獨鍾，所以將寶釵與「愛弟」等量齊觀。

四，家族之情。作為賈府等級最高的人物，元春的親情也表現在對家族命運的憂慮。元春「崇節尚儉，天性惡繁悅樸」③，更何況還有長達二十年之久的「辨是非」的宮中凄苦生活經歷，因此，她在省親之時，「在轎內看此園內外如此豪華」便「默默歎息奢華過費」了④，對家裏的做法已有擔憂。後來又在遊幸大觀園時勸誡家人道：「以後不可太奢，此皆過分之極。」⑤元春已從眼前風光中思慮起由此給家族未來所帶來的影響了。在請駕回鑾之時，元春又「再四叮嚀」賈母、王夫人道：「……倘明歲天恩仍許歸省，萬不可如此奢華靡費了」⑥殷殷之情溢於言表。在短短的省親過程中，元春已有三次賈府太過「奢華」之歎，其憂慮可不謂不深、不真矣。憑著元春二十年來「宮怨」生活的經驗，她應是擔心賈府「樂極悲生」的事發生，從而應了秦可卿托夢鳳姐所說的「登高

---

① 【清】曹雪芹著：《紅樓夢》，人民文學出版社 2008 年版，第 309 頁。
② 【清】曹雪芹著：《紅樓夢》，人民文學出版社 2008 年版，第 388 頁。
③ 【清】曹雪芹著：《紅樓夢》，人民文學出版社 2008 年版，第 229 頁。
④ 【清】曹雪芹著：《紅樓夢》，人民文學出版社 2008 年版，第 237 頁。
⑤ 【清】曹雪芹著：《紅樓夢》，人民文學出版社 2008 年版，第 241 頁。
⑥ 【清】曹雪芹著：《紅樓夢》，人民文學出版社 2008 年版，第 250 頁。

必跌重」、「月滿則虧，水滿則溢」^① 的俗語。元春的這種思慮既是她的性格使然，又是她宮中二十年的生活經歷使然，更是她對賈府整個家族至真親情的流露。

　　榮華富貴買不來歡樂，買不到真實的感情，這是一個深居高牆之內的人才能感受到說得出的，親情是人類最基本的感情需求，但元春的親情遭到森嚴的皇家規範的無情抹殺。自古無情帝王家，看似風光無限的賈元春，最終是孤獨地死在宮中，也充分反映出封建統治的冷酷自私。對於元春來說，什麼王權富貴，都是過眼雲煙，非她所願，而那粗茶淡飯，天倫之樂，才是她心心念念一生的所在。《紅樓夢》所塑造的賈元春的形象既是對這種專制制度的形象揭露，更是對封建時代禁錮人性的抨擊。

---

① 【清】曹雪芹著：《紅樓夢》，人民文學出版社 2008 年版，第 169 頁。

從大觀園的建築意象看人物悲劇命運
——以寶黛釵居住院落為例

王曉冬

內容摘要：《紅樓夢》中的建築是《紅樓夢》整體藝術形象的有機組成部分，尤其是大觀園，從〈大觀園試才題對額〉中可以看出，其中每一座院落的建築格調，都滲透著主人的個性特徵，甚至可以說，它的每一個院落都是適應院主人的個性特徵而進行的精心設計，真正實現了景中有人、人與景合。可以說，曹雪芹塑造的每一座庭院都與人物合二為一，不分彼此了，建築就是人，人就是建築。本文擬以紅樓夢中三個主要人物寶黛釵的院落建築為例，從建築意象角度揭示主要人物的悲劇命運。

關鍵詞：大觀園；建築意象；悲劇命運

在《紅樓夢》之前的中國古典小說都未曾如此精妙地把建築與人物個性相結合，《紅樓夢》融合園林的多姿多彩來刻畫紛繁複雜的人物，又結合具體人物賦予建築不同的性格，使人物與環境在相互映照中，顯示其豐滿的形象和生動的個性，這是曹雪芹作為藝術大師的匠心獨創。我們看到這些建築時，就會產生對特定人物的聯想。賈寶玉之與怡紅院，林黛玉之與瀟湘館、薛寶釵之與蘅蕪苑、賈探春之與秋爽齋、李紈之與稻香村，妙玉之與櫳翠庵，都因其院主人的身世、氣質，而有不同的生活情趣。

大觀園原是賈府為迎接貴妃元春回家探親而建造起來的省親別墅。大觀園是個規模宏大的貴族庭園，方有三里半，是依託寧國府會芳園和榮國府東大院有利地形而建造的，其中風景區有七八處，亭台軒館有十幾座。元春是皇妃，所留駐之處又體現皇家園林的氣派。元春省親後，為了「不孤負此園」[①]，「家中現有幾個能詩會賦的姊妹們」，「不使佳人落魄，花柳無顏」[②]才讓他們進去居住。而《紅樓夢》最主要的情節和事件都是在這裏進行和發生的。

---

① 【清】曹雪芹著：《紅樓夢》，人民文學出版社 2008 年版，第 309 頁。
② 【清】曹雪芹著：《紅樓夢》，人民文學出版社 2008 年版，第 309 頁。

大觀園的建築與人物性格命運相映成趣，情景交融。下面主要從建築的命名由來，佈局結構、物品佈置、植物種類、蘊含的寓意等方面，著重對較有代表性的建築與人物情趣做重點品味，包括：怡紅院、瀟湘館、蘅蕪苑。當然，其他的建築也很有意味，例如豪華的正殿象徵冷酷威嚴的封建制度和皇權；探春「秋爽齋」營造一種「大」和「雅」的氛圍，突顯出探春性格上的爽朗豪邁，折射出她的高貴與書香氣質；李紈的稻香村，賈迎春的綴錦樓，惜春的蓼風軒等，也各具特色，這裏就不一一談論了。

一、怡紅院與賈寶玉

怡紅院最初稱「紅香綠玉」[①]，這「紅」指西府海棠，「綠」為芭蕉。後元春賜名為怡紅院。「怡」有愉快、快樂的意思，這是個使動用法，使別人快樂。使誰快樂，這個「紅」字給了答案。「紅」在中國傳統文化中代表少女，代表女性。在一個男權社會中，使女性快樂，為女性創造一個能夠施展才幹的環境，這是很了不起的。作者以怡紅院為主人公賈寶玉的住所，正是要體現主人公尊重女性，追求理想，反抗封建禮教的叛逆性。

怡紅院「院中點襯幾塊山石」[②]，這山石並非院中主景，也並未橫跨院中，只是「點襯」，說明賈寶玉同女兒們相處和睦，不以自己高貴的身份自居，時刻憐愛女兒們，時刻為女兒們著想。藕官違背禁規，在大觀園裏化燒紙錢、悼念亡友，被追查得走投無路、惶恐萬狀時，賈寶玉挺身而出，把問題全部兜到自己身上，說是他派她去燒了祈神祛病的。柳五兒、彩雲、玉釧兒幾個丫頭，私自拿了玫瑰露和茯苓霜相互贈送，事情發生後，寶玉又把矛盾轉移，說是他和丫頭們鬧著玩的。

怡紅院中的植物，據十七回：

> 繞著碧桃花，穿過一層竹籬花障編就的月洞門，俄見粉牆環護，

---

① 【清】曹雪芹著：《紅樓夢》，人民文學出版社 2008 年版，第 242 頁。
② 【清】曹雪芹著：《紅樓夢》，人民文學出版社 2008 年版，第 230 頁。

綠柳周垂。一入門，兩邊都是遊廊相接。院中點襯幾塊山石，一邊種著數本芭蕉；那一邊乃是一棵西府海棠，其勢若傘，絲垂翠縷，葩吐丹砂。①

植物種植有院外的碧桃花和院中的芭蕉、西府海棠。碧桃花、西府海棠是紅色的，而芭蕉是綠色的。暗蓄「紅」、「綠」二字，於是寶玉取名「紅香綠玉」②。那海棠叫做「女兒棠」，俗傳出自「女兒國」，最為繁盛，「以此花之色紅暈若胭脂，輕弱似扶病，大近乎閨閣風度，所以『女兒』命名」③，與寶玉的性情和他在大觀園中的地位相符。綠葉紅花恰好映證了賈寶玉時刻同眾姐妹在一起。「一徑引人繞著碧桃花」④，同樣寫出賈寶玉是個多情公子哥，整日泡在姐姐妹妹的周圍，嚮往理想生活和理想境界，不好仕途，不求功名利祿，瀟灑、脫俗的作風。在妙玉處品茶時，他公開提出「世法平等」⑤的口號。曹雪芹借賈寶玉這一人物形象，主張男女平等，主張解放奴婢。怡紅院中的山石、花草，也被視為尤物，它們起到了襯托人物的重要作用。

關於室內佈置，進入房內，更與別處不同：

竟分不出間隔來。原來四面皆是雕空玲瓏木板，或「流雲百蝠」，或「歲寒三友」，或山水人物⋯⋯皆是名手雕鏤，五彩銷金嵌寶的⋯⋯其檔各式各樣，或天圓地方，或葵花蕉葉，或連環半壁。⑥

整個房間金彩珠光，玲瓏剔透。連窗紗都是五彩繽紛，窗簾甚至用彩繡。而且滿牆都是依照古董形狀摳成的槽子，門前還有一架大玻璃鏡，佈置得異常

① 【清】曹雪芹著：《紅樓夢》，人民文學出版社 2008 年版，第 230 頁。
② 【清】曹雪芹著：《紅樓夢》，人民文學出版社 2008 年版，第 242 頁。
③ 【清】曹雪芹著：《紅樓夢》，人民文學出版社 2008 年版，第 230 頁。
④ 【清】曹雪芹著：《紅樓夢》，人民文學出版社 2008 年版，第 230 頁。
⑤ 【清】曹雪芹著：《紅樓夢》，人民文學出版社 2008 年版，第 552 頁。
⑥ 【清】曹雪芹著：《紅樓夢》，人民文學出版社 2008 年版，第 231 頁。

精緻。恰當地表現了寶玉這個「富貴閒人」①,「在閨閣中,固可為良友」②隨心如意的生活和「行為偏僻性乖張」、「富貴不知樂業」③的叛逆性格。

二、瀟湘館與林黛玉

據十七回,瀟湘館的景色是:

> 裏面數楹修舍,有千百竿翠竹遮映……只見入門便是曲折的遊廊,階下石子漫成甬道。後院有大株梨花兼著芭蕉。……後院牆下忽開一隙,得泉一派,開溝僅尺許,灌入牆內,繞階緣屋至前院,盤旋竹子而出。④

瀟湘館又稱「有鳳來儀」⑤。因為院中種有瀟湘竹,故得名瀟湘館。但作者之所以讓林黛玉住瀟湘館,是用瀟湘竹的故事影射黛玉不幸的命運。瀟湘竹講的是上古時的故事,舜帝南巡,久久不歸,他的兩個妃子娥皇、女英,南下尋夫,後來知道舜帝已死,於是淚灑斑竹,「斑竹一枝千滴淚」,投湘江而死。娥皇、女英之死,影射黛玉之死。

一進院「有千百竿翠竹遮映」使人聯想起「鳳尾森森,龍吟細細」的境界。此院是座幽靜的庭院,黛玉之所以選擇瀟湘館,是「愛那幾竿竹子隱著一道曲欄,比別處更覺幽靜」⑥。自然情趣流瀉而出,與她真誠率真的氣質相合,在大觀園所有的院子裏,獨是瀟湘館有竹,以千百竿翠竹遮映,與她的高潔柔韌的性格相和諧,「寧可食無肉,不可居無竹」,蘇東坡道出了竹與中華文化的關係,「居有竹」成為文人雅士對生活環境的要求。古人稱梅、蘭、竹、菊為花中四君子,喻意人品的高尚。竹子被許多人喜愛,請入自家的宅院。這個清幽

① 【清】曹雪芹著:《紅樓夢》,人民文學出版社 2008 年版,第 488 頁。
② 【清】曹雪芹著:《紅樓夢》,人民文學出版社 2008 年版,第 87 頁。
③ 【清】曹雪芹著:《紅樓夢》,人民文學出版社 2008 年版,第 49 頁。
④ 【清】曹雪芹著:《紅樓夢》,人民文學出版社 2008 年版,第 221 頁。
⑤ 【清】曹雪芹著:《紅樓夢》,人民文學出版社 2008 年版,第 225 頁。
⑥ 【清】曹雪芹著:《紅樓夢》,人民文學出版社 2008 年版,第 311 頁。

的瀟湘館只有蘭心蕙性、冰清玉潔的林黛玉才適合居住。

「鳳尾森森，龍吟細細」，「窗前亦有千竿竹，不識香痕漬也無？」[①]。

同時，瀟湘竹在文化意義上等同了對情感真摯執著的林黛玉，也是她的愛情和命運的象徵，暗喻了黛玉「花落人亡兩不知」[②]的悲慘命運。「後院牆下忽開一隙，得泉一派」[③]，「一派」就是一小股泉水，「僅尺許」是指小水溝很窄，這院中的水也是大觀園其他院子裏沒有的。《紅樓夢》中曾說：「女兒是水做的骨肉」[④]，水代表少女，曹雪芹將林黛玉比做少女中最優秀的代表。她聰明過人、博學志強，從經史典籍、詩詞歌賦到雜劇小說，莫不瀏覽，琴棋書畫、各種技藝，無所不通。但這「窄」的泉水，也意味著生命力脆弱。其實，書中講述的神話，也能看出黛玉的生命力不強。黛玉原是西方靈河岸邊三生石畔的一株小草，由於神瑛侍者每日灌以甘露，得以久延歲月，修成女體，這就是她自幼多病、體弱的一個基本原因。神瑛侍者每日澆灌，說明她對神瑛侍者具有生命上的依賴性，這就是黛玉一刻也離不開寶玉的原因，一旦失去寶玉，她的生命之水就枯竭了。

三、蘅蕪苑與薛寶釵

據第十七回，蘅蕪苑的景色是：

步入門時，忽迎面突出插天的大玲瓏山石來，四面群繞各式石塊，竟把裏面所有房屋悉皆遮住，而且一株花木也無。只見許多異草……味芬氣馥，非花香之可比。[⑤]

① 【清】曹雪芹著：《紅樓夢》，人民文學出版社 2008 年版，第 456 頁。
② 【清】曹雪芹著：《紅樓夢》，人民文學出版社 2008 年版，第 372 頁。
③ 【清】曹雪芹著：《紅樓夢》，人民文學出版社 2008 年版，第 221 頁。
④ 【清】曹雪芹著：《紅樓夢》，人民文學出版社 2008 年版，第 28 頁。
⑤ 【清】曹雪芹著：《紅樓夢》，人民文學出版社 2008 年版，第 226-227 頁。

　　蘅蕪苑起初被稱為「蘅芷清芬」①，因院中種有蘅蕪這些香草而得名。蘅蕪苑是主人公薛寶釵的住所，薛寶釵的聰明伶俐、辦事老練給每個讀者都留下了深刻的印象，曹雪芹讓精明能幹的薛寶釵住在此苑也頗有用心。大家都知道，曹雪芹很會運用諧音文化。比如：賈雨村是假語村（言）的意思；甄士隱是真事隱（去）的意思等等。那麼，蘅蕪苑則可理解為「恨無緣」，這註定她和寶玉的婚姻是失敗的，不可能走下去。

　　蘅蕪苑是大觀園中最有特色的一座庭院。它外觀簡樸，質地高級，一眼望去，清涼瓦舍，水磨磚牆，無趣得很，進得來，迎面是一塊插天大山石，院內有各種香草，一株花木也無，室內則綠窗油壁，如雪洞一般。

　　　　步入門時，忽迎面突出插天的大玲瓏山石來，四面群繞各式石塊，竟把裏面所有房屋悉皆遮住。②

　　這裏用大山石做障景，作者想告訴我們，這個石頭將所有景致一併遮住，遮住了薛寶釵內心真實的東西，反映出她八面玲瓏、處事周密、為人深沉，這入門的大山石是住處的屏障，也是性格隱而不露的寫照。這與瀟湘館裏竹子把房子遮擋了去，它是「遮映」相映成趣、相映成輝有所不同。這也揭示出薛寶釵是一個典型的受封建禮教教化的女性，她在金釧之死的問題上，表現出冷酷無情；在柳湘蓮的出走問題上，也表現出冷漠。與寶玉的通靈寶玉相比，它是沒有生命的石頭，是一個冰冷的石頭。

　　但表面看來，苑外素淨無華，甚至近於簡陋，實則大謬不然！水磨磚，俗稱乾擺，是一種最講究的牆體。表面呈灰色，平整花飾。山石以大者為貴，插天大山石更是山石中的珍品，外觀同一般山石。香草無豔麗花枝，但比花卉名貴得多。油壁，指一種用精製的桐油反覆塗刷過的木壁，這種木壁，需用優質木材製作，塗刷也很費工，類似現在的清漆，是一種高級做法，外觀樸素、無

---

① 【清】曹雪芹著：《紅樓夢》，人民文學出版社 2008 年版，第 242 頁。
② 【清】曹雪芹著：《紅樓夢》，人民文學出版社 2008 年版，第 226 頁。

色。寶釵雖然少言寡語，但是極有心機，她想攀附賈家獲得權勢與地位，平時就交結下人，討好賈母和王夫人，因而她院中這些草或有牽藤或有引蔓等等，也可說是寶釵性格的象徵物。同時，曹雪芹把寄寓美好理想的杜若蘅蕪等香草放了蘅蕪苑，喻示薛寶釵就是作者心中的香草美人，賢慧平和、處處討人喜歡，「任是無情也動人」[1]，如此庭院，更比別處「清雅不同」[2]，正是端莊穩重、「人謂藏愚」、「自云守拙」[3]的冷美人品性的最好說明，也與其花中之王牡丹的花語相應。「淡極始知花更豔」[4]可用來形容寶釵，也可同樣用來形容蘅蕪苑。

四、大觀園與寶黛釵的悲劇命運

林黛玉曾經為「世外仙源」[5]匾額題詩曰：「名園築何處，仙境別紅塵。」[6]可見，大觀園絕不是簡單的一個貴族之家的園林，它和人間仙境桃花源一樣是一個理想世界的象徵。正如大觀園本來就是依託寧國府會芳園和榮國府東大院有利地形而建造的，在物化的形式上，它依然是賈府的一部分，儘管它可以暫時將外界的汙濁世界隔開，但不能獨立存活，並且依然受賈府封建正統思想的領導[7]，大觀園中呈現出來的叛逆、獨立、追尋自我生命價值的新思想在風刀霜劍嚴相逼的環境中逐漸消解。也就是說，大觀園從建造之始，就已預示了其悲劇性的命運。

以大觀園存在的社會空間來看，大觀園置身於清朝，「詩禮簪纓之族」[8]的賈府，不過是當時社會的縮影。《紅樓夢》中社會現實環境要求賈寶玉「讀書

---

① 【清】曹雪芹著：《紅樓夢》，人民文學出版社 2008 年版，第 869 頁。
② 【清】曹雪芹著：《紅樓夢》，人民文學出版社 2008 年版，第 227 頁。
③ 【清】曹雪芹著：《紅樓夢》，人民文學出版社 2008 年版，第 119 頁。
④ 【清】曹雪芹著：《紅樓夢》，人民文學出版社 2008 年版，第 492 頁。
⑤ 【清】曹雪芹著：《紅樓夢》，人民文學出版社 2008 年版，第 244 頁。
⑥ 【清】曹雪芹著：《紅樓夢》，人民文學出版社 2008 年版，第 244 頁。
⑦ 王乃芳：〈從大觀園的興衰看《紅樓夢》的女性意識〉，《文教資料》2014 年第 7 期，第 14 頁。
⑧ 【清】曹雪芹著：《紅樓夢》，人民文學出版社 2008 年版，第 3 頁

上進」①，考取功名利祿，光宗耀祖；大觀園中的賈寶玉卻把那些拿讀書做敲門磚的人稱為「祿蠹」②。社會現實環境要求賈寶玉的是男女有別，男尊女卑；大觀園中的賈寶玉卻認為：

> 女兒是水做的骨肉，男人是泥做的骨肉，我見了女兒便清爽，見了男人便覺得濁臭逼人。③

社會現實環境要求賈寶玉在婚姻問題上，奉「父母之命，媒妁之言」；大觀園環境中的賈寶玉卻反對金玉良緣，執著地愛上了與自己心意相通的林黛玉。從以上對比中，可以看到，無論你的處事身份地位高低，一切行為舉止都要受封建禮數的制約，受到封建禮教、道德倫理的約束，否則，就是大逆不道，被視為叛逆。所以，大觀園是虛幻的，大觀園中的人們所追求的理想也是虛幻的，是現實中不存在的，只是作家的一種寄託。在這大觀園裏，如此風景優美的佳景之中，處處留下一種冷漠，缺乏人性的自覺，讓人感到無限的悲痛，這正是社會現實中的真實所在。

大觀園是一個天上有，地上無，有相對獨立性，簇擁著一大群青春少女，夾雜著一個寶玉在內的女兒國。它不僅是賈寶玉與十二釵「曠性怡情」④的「仙境」⑤，更是群芳凋零，諸女兒毀滅的「花塚」。在大觀園中，賈、林、薛之間的愛情婚姻也是一個悲劇，賈寶玉在林黛玉、薛寶釵之間究竟愛誰，賈府究竟選誰作賈寶玉的妻子，這是一個大問題，悲劇產生於兩個選擇的不一致。賈寶玉越來越發現林黛玉是唯一知己，與自己有共同的追求、愛好、思想，薛寶釵雖可愛可敬，心靈上卻總有一層隔膜。然而，賈府的當權者們，即賈寶玉的祖母和父母，則是越來越發現薛寶釵符合孫媳和兒媳的標準，林黛玉的性格氣質卻

---

① 【清】曹雪芹著：《紅樓夢》，人民文學出版社 2008 年版，第 263 頁。
② 【清】曹雪芹著：《紅樓夢》，人民文學出版社 2008 年版，第 263 頁。
③ 【清】曹雪芹著：《紅樓夢》，人民文學出版社 2008 年版，第 28 頁。
④ 【清】曹雪芹著：《紅樓夢》，人民文學出版社 2008 年版，第 242 頁。
⑤ 【清】曹雪芹著：《紅樓夢》，人民文學出版社 2008 年版，第 244 頁。

隱隱含有某種叛逆性。薛寶釵能把對賈寶玉的愛儘量克制在禮法的範圍之內，林黛玉卻往往作了執著的表露。悲劇尤其產生於兩個選擇的權威性的大相徑庭：愛不愛誰，寶玉堅持了自己的選擇；但是，要誰做妻子，賈寶玉自己是一點權力也沒有的，一切決定於父母之命，於是悲劇就成為不可避免的結局。

在「石兄」寶玉處掛號在第一位的人物是林黛玉。第二十三回寶黛二人挑選大觀園中的住處的對話，是作者曹雪芹借人物居住的院落的位置點明了人物之間的關係：

> 黛玉笑道：「我心裏想著瀟湘館好，愛那幾竿竹子隱著一道曲欄，比別處更覺幽靜些。」寶玉聽了拍手笑道：「正合我的主意，我也要叫你住那裏，我就住怡紅院，咱們兩個又近，又都清幽。」①

至於寶黛二人心靈之間是怎樣的關係，第三十二回寶玉一段發自肺腑的道白說得再明白不過了：

> 好妹妹，我的這心事，從來也不敢說，今兒我大膽說出來，死了也甘心！我為你也弄了一身的病在這裏，又不敢告訴人，只好掩著。只等你的病好了，只怕我的病才得好呢。睡裏夢裏也忘不了你！②

單從這幾句道白，足可以看出黛玉與寶玉都具有強烈的叛逆性格，決不肯屈從任何無情制度的束縛。寶玉黛玉的叛逆和寶釵襲人的捍衛正統就是格格不入的矛盾，正是因為寶釵精明上進，才德兼備，才得以受到代表正統思想的賈府掌權者的重用，她也勸寶玉順從封建社會經世致用的那一套理論。所以寶釵在寶玉心中終不及黛玉的位置，雖有「停機德」但在大觀園這個不以德為標準的世外之園，終不及黛玉之「柳絮才」③。

賈寶玉追求真、善、美，厭惡社會的醜惡，但他的理想終究會在世俗中破

---

① 【清】曹雪芹著：《紅樓夢》，人民文學出版社 2008 年版，第 311 頁。

② 【清】曹雪芹著：《紅樓夢》，人民文學出版社 2008 年版，第 434 頁。

③ 【清】曹雪芹著：《紅樓夢》，人民文學出版社 2008 年版，第 76 頁。

滅，他真心喜歡的姑娘——林黛玉也在誹謗中含恨而亡，註定了故事的悲劇性。寶黛的愛情故事閃爍著動人的美。黛玉對愛情的忠貞，對仕途經濟的憎惡，對封建王侯的鄙視和對封建倫理道德的懷疑態度，深深地吸引和打動著寶玉。寶玉也曾向黛玉表白說：「任他弱水三千，我獨取一瓢飲」^①，行動證明寶玉對黛玉十分專一。這塊頑石雖然十分堅硬，但結果是令人痛心的，這又喚醒人們對封建勢力的憎恨，激發人們對一個理想環境的嚮往和追求。

對大觀園的肯定，以及賈寶玉對仕途經濟的厭惡，表現了賈寶玉對現實和官場的否定。這種否定，不只是一種情感的否定，同時也是一種理性的否定。大觀園以外的世界，庸俗、卑污、沒有人身自由，人已經喪失了自己天真淳樸的本性，失去了人之所以為人的真善美屬性。因此，大觀園作為《紅樓夢》中的理想世界，自然就成了作者苦心經營的虛幻世界。在賈寶玉心中，大觀園可以說是惟一有意義的世界，對於賈寶玉和他周圍的女孩子來說，大觀園以外的世界等於是不存在的，即使存在，也只有負面意義。因為大觀園之外的世界代表著骯髒和墮落，如賈赦所住的舊園和東府的會芳園都是現實世界的骯髒所在，就像柳湘蓮所說的：

> 你們東府裏，除了那兩個石頭獅子乾淨，只怕連貓兒、狗兒都不乾淨。^②

作者這樣寫的目的無非是想說明，《紅樓夢》中乾淨的理想世界是建築在骯髒的現實世界的基礎上，兩者相互對照又相互依存，所以才有「欲潔何曾潔，云空未必空」^③之歎，這雖說是妙玉的歸宿，但也是整個大觀園的歸宿。妙玉不是大園中最潔淨的人嗎？可是她的結局不是最悲慘嗎？妙玉的結局實際上是大觀園及其園內人的命運的象徵。曹雪芹一方面傾其智慧創造了個理想世界，在主觀意圖上也希望它長駐人間永不毀滅；而另一方面又無情地寫出了一

---

① 【清】曹雪芹著：《紅樓夢》，人民文學出版社 2008 年版，第 1269 頁。
② 【清】曹雪芹著：《紅樓夢》，人民文學出版社 2008 年版，第 922 頁。
③ 【清】曹雪芹著：《紅樓夢》，人民文學出版社 2008 年版，第 77 頁。

個與此相對立的現實世界，而現實世界的所有力量則不斷地在摧殘這個理想的世界，直到它完全毀滅為止。①

總之，曹雪芹以他深厚的文化功底、博學的藝術知識，成功地塑造了生動的藝術形象，他結合具體人物，運用多種手法，賦予了每個庭院建築以不同的性格。大觀園以文學語言，反映出古典園林的魅力，儘管它屬於「虛擬園林」，但由於它的造園技術和藝術手法與書中主人公的悲歡離合、喜怒哀樂緊密結合，人物的性格、命運與建築景物的佈局水乳交融，使我們在情景交融中獲得美的享受，通過庭院建築的人物性格化，讓我們更真切地沉浸在他所描繪的建築意象裏，深深為人物的悲劇性命運歎息。

---

① 毛淑敏：〈大觀園的寓意探析〉，《中學語文教學》2004年第9期，第35-36頁。

紅樓服飾之頭飾、外披與內衣生疏名詞解讀

冉長江

內容摘要：《紅樓夢》中的服飾款式繁多，佩飾精美，儼如一桌色、香、味俱全的服飾滿漢全席，且作者描繪之細膩，這種精緻，可用明謝榛的佳句「誦之行雲流水，聽之金聲玉振，觀之明霞散綺，講之獨繭抽絲」來形容。本文通過對《紅樓夢》中的一些頭飾、外披及內衣的生疏服飾名進行釋讀，見出這門被黑格爾稱之為「走動的建築」的服飾藝術精雅之一角。

關鍵詞：《紅樓夢》服飾名；生疏服飾名；頭飾；外披；內衣

一、紅樓服飾中的頭飾、外披與內衣服飾名

《紅樓夢》中的服飾琳瑯滿目。所謂服飾，是服和飾的合稱，服主要是由布料縫合而成，飾主要為裝飾襯托物，其原材料不離棉、絲綢、皮毛、羽毛、玉等，書中絲綢非常多，主要有緞、錦、綢、紗、絹、紈、綾、縐等。

服飾分男女，源於幾千年的文化所演化出來的差異，從最早的儒家經典《易經》：「乾，天也，故稱乎父；坤，地也，故稱乎母。」[1] 這樣的觀念就形成了古代天尊地卑，男尊女卑，乾道男，坤道女的思想，上為天，下為地，天乾地坤，乾坤也就成為男女服飾差異的主要依據之一，也是上衣下裳的由來。

服飾的花紋色澤也是源於我國幾千年的觀念和物質，《左傳》：「君履厚土而戴黃天」，表現對天地之德的感戴和崇奉，於是形成了天冠地履、戴圓履方的服飾意向審美文化，而《尚書·益稷》十二章服有載花紋色澤的具體由來，由「日、月、星辰、山、龍、華蟲、宗彝、黼、黻、藻、火、粉米」[2] 等組成。唐·孔穎達對此所疏：「天之大數不過十二，故王者製作借十二。」[3] 這種取法自然和在禮儀文化的支配下，再加上人們寄託和抒發自己的情感及願望，後面

---

① 李軍均：《紅樓服飾》，臺灣：時報文化出版，2004 年版，第 66 頁。

② 李軍均：《紅樓服飾》，臺灣：時報文化出版，2004 年版，第 53 頁。

③ 李軍均：《紅樓服飾》，臺灣：時報文化出版，2004 年版，第 136-137 頁。

就逐步形成了服飾審美意向的基本標準。例如歲寒三友「松、竹、梅」花紋；四季平安的四季花卉圖案；富貴萬年的芙蓉、桂花和萬年青圖案；子孫萬代的成串葫蘆圖案，龍鳳呈祥的祥雲紋和如意紋等。

書中出現的服飾名稱非常多，按服飾所在的身體部位及功能，大致分為：

頭飾：冠、抹額、勒子、釵、簪、珠、花、笠、雪帽、昭君套、觀音兜、花領、風領等。

外披：披風、蓑衣、斗篷、鶴氅、襖、裘、坎肩、背心、比肩褂、袍、褂等。

內衣：肚兜、小衣、抹胸、汗巾子、中衣等。

二、頭部裝飾生疏名詞解讀

從上述服飾名稱可知書中的頭飾名稱非常之多，下面主要列舉一些現今已停用、少用或發展為其它的頭飾名進行解讀。

1、冠

頭頂裝飾。《紅樓夢》中很多地方都描述到冠，但擁有冠戴的人物描述不多，主要集中在寶玉和王熙鳳等人的身上。在古代冠是雄性的標誌，也是男人的象徵[1]，秦漢時期以長冠為主[2]。書中第三回描述寶玉和黛玉初見：「束髮嵌寶紫金冠」[3]，第八回「累絲嵌寶紫金冠」[4]，第十五回「束髮銀冠」等[5]。成年男子一般在二十歲舉行冠禮，《禮記·曲禮上》即有「男子二十，冠而字」的記載，表示從此要擔當起成年的責任，正如《儀禮·士冠禮第一》中所說：「棄而幼志，順而成德」[6]。由此可見，冠是男性成年與未成年的標誌區分物件。在傳統的皇族頭飾中，男性頭戴龍冠，女性頭戴鳳冠，也是身份地位的象徵，由戴冠可知

① 李軍均：《紅樓服飾》，臺灣：時報文化出版，2004 年版，第 125 頁。
② 李軍均：《紅樓服飾》，臺灣：時報文化出版，2004 年版，第 17 頁。
③ 【清】曹雪芹著：《紅樓夢》，人民文學出版社 2008 年版，第 47 頁。
④ 【清】曹雪芹著：《紅樓夢》，人民文學出版社 2008 年版，第 119 頁。
⑤ 【清】曹雪芹著：《紅樓夢》，人民文學出版社 2008 年版，第 192 頁。
⑥ 李軍均：《紅樓服飾》，臺灣：時報文化出版，2004 年版，第 124 頁。

當時社會禮儀習俗的縮影。到現今生活中卻很少使用，主要在戲劇中出現。

2、抹額

額頭裝飾。抹額，亦稱「抹頭」，束在額上的巾，也稱額帶、頭箍、髮箍、眉勒、腦包，在明代較盛行。婦女包於頭額，束在額前的巾飾，一般多飾以刺繡或珠玉。書中第三回寶黛初見時寶玉額頭戴「二龍戲珠金抹額」[1]。《續漢書·輿服志》注，胡廣曰：「北方寒冷，以貂皮暖額，附施於冠，因遂變成首飾，此即抹額之濫觴。」[2]《新唐書·婁師德傳》：「戴紅抹額。」[3]《席上腐談》：「以綃縛其頭，即今之抹額也。」[4] 在宋代的儀衛中，如教官服襆頭紅繡抹額，招箭班的皆長腳襆頭，紫繡抹額，就是用紅紫等色的紗絹，裹在頭上的抹額。

3、總角絲條

頭髮繫帶。總角古時指少兒男未冠，女未笄時的髮型。頭髮梳成兩個髮髻，如頭頂兩角。跟前面的冠類似，也是人是否可以成家的標志。書中第三回和第二十一回分別描述寶玉的髮型：

> 頭上周圍一轉的短髮，都結成小辮，紅絲結束。[5]
> 在家不戴冠，並不總角，只將四圍短髮編成小辮，往頂心髮上歸了總，編一根大辮，紅條結住。[6]

總角源於《詩經·齊風·甫田》：「婉兮孌兮，總角丱兮」[7]。但寶玉的只有一個歸總又不總角，可見不是總角髮式，而是類似於《宋史·五行志》中另一

① 【清】曹雪芹著：《紅樓夢》，人民文學出版社 2008 年版，第 47 頁。
② 【清】平步青撰；顏春峰、葉書奇點校：《釋諺》，中華書局 2019 年版，第 111 頁。
③ 【宋】歐陽修、【宋】宋祁撰：《新唐書》，中華書局 1975 年版，第 4092 頁。
④ 【宋】俞琰著：《席上腐談》，中華書局 1985 年版。
⑤ 【清】曹雪芹著：《紅樓夢》，人民文學出版社 2008 年版，第 48 頁。
⑥ 【清】曹雪芹著：《紅樓夢》，人民文學出版社 2008 年版，第 48 頁。
⑦ 周振甫：《詩經譯註》，中華書局 2010 年版，第 130 頁。

種未成年髮式——鶖角[①]。

4、斗笠

頭部裝飾。也叫箬笠，一般是用竹篾或棕皮編制的遮陽擋雨的帽子，有尖頂和圓頂兩種形制。起源年代無法考證，似乎大禹治水的時期就已經有斗笠的樣子了，但《詩經》有「何蓑何笠」[②]的句子，說明它很早就為人所用。90年代農村下雨天農忙時常見，戴在頭上能騰出雙手幹活，功能同傘但有別於傘，打雨傘要用手。但是寶玉的斗笠似乎是不同常人的，頭頂部分是可以拆卸更換的。書中第八回描述丫頭幫寶玉戴斗笠：

> 小丫頭忙捧過斗笠來，寶玉便把頭略低一低，命他戴上。那丫頭便將著大紅猩氈斗笠一抖，才往寶玉頭上一合，寶玉便說：「罷，罷！好蠢東西，你也輕些兒！難道沒見過別人戴過的？讓我自己戴罷。」黛玉站在炕沿上道：「囉唆什麼，過來，我瞧瞧罷。」寶玉忙就近前來。黛玉用手整理，輕輕籠住束髮冠，將笠沿掖在抹額之上，將那一顆核桃大的絳絨簪纓扶起，顫巍巍露於笠外，整理已畢，端相了端相。[③]

看這裏黛玉將寶玉髮冠露在笠外，可見這頂斗笠是沒有封頂的。另外書中第四十九回描述寶玉「戴了金藤笠」[④]，其顏色可知此斗笠的材料應該是竹藤，因為竹藤曬乾後即為金黃色。但是北靜王送給寶玉的這頂金藤笠非常特殊，書中第四十五回這樣描寫：

> 惟有這斗笠有趣，竟是活的，上頭的這頂兒是活的，冬天下雪，帶上帽子，就把竹信子抽了，去下頂子來，只剩了這圈子。[⑤]

---

① 李軍均：《紅樓服飾》，臺灣：時報文化出版，2004年版，第125頁。
② 周振甫：《詩經譯註》，中華書局2010年版，第268頁。
③ 【清】曹雪芹著：《紅樓夢》，人民文學出版社2008年版，第125頁。
④ 【清】曹雪芹著：《紅樓夢》，人民文學出版社2008年版，第663頁。
⑤ 【清】曹雪芹著：《紅樓夢》，人民文學出版社2008年版，第609頁。

從上知這斗笠非比尋常，雪天可拆心換帽。但如果站在行兵的角度去看這頂斗笠是否也方便換戴成鐵做的防護頭盔呢？可見此斗笠不僅防雨防曬，關鍵時刻還能用於攻防。

5、帽的衍生物：昭君套、雪帽、兜

頭部裝飾。《紅樓夢》中帽的描寫無朝代可考，可能正符合作者假作真時真亦假，無為有處有還無的創作旨意。書中第十五回北靜王戴著「潔白簪纓銀翅王帽」[1]，該帽非清非明制，而是戲裝中皇親王爵的禮帽；書中第六回描述王熙鳳「那鳳姐兒家常帶著秋板貂鼠昭君套」[2]，第四十九回描述史湘雲「頭上帶著一頂挖雲鵝黃片金裏大紅猩猩氈昭君套」[3]，第六十三回描述寶玉為芳官裝扮「冬天作大貂鼠臥兔兒戴」[4]，她們三人所戴的昭君套和臥兔兒，乃施於冠的貂皮暖套，並非首飾，樊彬《燕都雜詠》詩注云：「冬月閨中以貂皮覆額，名『昭君套』」[5]，昭君套無帽頂，明代稱臥兔兒，之名應與昭君出塞有關；書中第四十九回中林黛玉「頭上罩了雪帽」[6]，顧名思義是一種用以禦寒的暖帽，形制有多種，有無簷的桶帽、翻簷的貂帽、氊帽和垂裙的風帽、搭耳帽等等；書中第四十九回賈探春「戴著觀音兜」[7]，第五十回賈母「帶著灰鼠暖兜」[8]，也都是一種擋風禦寒的暖帽。

6、勒子

額頭裝飾。這個勒子很像前面的抹額。沈從文先生在《中國古代服飾研究》曾根據明人繪畫和小說插圖，把這種明代婦女常戴的「臥兔兒」形狀描繪出

① 【清】曹雪芹著：《紅樓夢》，人民文學出版社 2008 年版，第 192 頁。
② 【清】曹雪芹著：《紅樓夢》，人民文學出版社 2008 年版，第 98 頁。
③ 【清】曹雪芹著：《紅樓夢》，人民文學出版社 2008 年版，第 661 頁。
④ 【清】曹雪芹著：《紅樓夢》，人民文學出版社 2008 年版，第 877 頁。
⑤ 李軍均：《紅樓服飾》，臺灣：時報文化出版，2004 年版，第 30 頁。
⑥ 【清】曹雪芹著：《紅樓夢》，人民文學出版社 2008 年版，第 658 頁。
⑦ 【清】曹雪芹著：《紅樓夢》，人民文學出版社 2008 年版，第 663 頁。
⑧ 【清】曹雪芹著：《紅樓夢》，人民文學出版社 2008 年版，第 679 頁。

來。① 從圖上看，明代婦女在戴「臥兔兒」的時候，通常還要配上一個「遮眉勒」，就是在額上橫勒一件東西，這便是書中第六回描述王熙鳳「帶著秋板貂鼠昭君套，圍著攢珠勒子」②。「攢珠」是指她這「遮眉勒」係用珠子攢聚而成，由此可見王熙鳳的頭飾是婦女的典型頭飾，且勒子是戴在帽上而其墜飾珠子是懸於額頭的飾品，這點有別於抹額。

7、頸部裝飾：風領與花領

風領類似現在的圍巾，但古代一般用動物毛皮製作用以圍脖禦寒。明劉若愚《酌中志·內臣服佩紀略》：「凡二十四衙門內官內使人等，則止許戴絨紵圍脖，似風領而緊小焉。」③《紅樓夢》第四十九回描述湘雲：「又圍著大貂鼠風領。」④，《兒女英雄傳》第四十回也有寫到「奴才想起來太太從前走長道兒的那些薄底兒鞋呀，風領兒斗篷呵，還都得早些兒拿出來瞧瞧呢。」⑤風領通常用於戶外，男女皆可。

花領是脖子上另外戴著的一個領子，是領子跟衣服分開的形制。滿族貴族們所穿的旗袍馬褂是沒有立領的，要想禦寒或者裝飾，就需另外加配一種領部裝束，其上可以繡制與自己衣物本身相合的花卉等，冬季的硬領常用毛皮製作。第二十四回，寶玉看到鴛鴦的服飾：

> 臉向內低著頭看針線，脖子上戴著花領子。⑥

現在多見於棉襖上單獨配的那個毛領。這個花領類似於唐朝的帔帛，繡花領緣，結帶，比帔帛要短很多。但又有別於從神仙服飾發展而來的雲肩，雲肩在元朝時成為了普通人的衣飾，早期雲肩多數形似翅膀墜於肩頭兩側，不過從

① 沈從文編著：《中國古代服飾研究》，上海書店出版社 2011 年版，第 559-562 頁。

② 【清】曹雪芹：《紅樓夢》，人民文學出版社 2008 年版，第 98 頁。

③ 【明】劉若愚著：《酌中志》，北京古籍出版社 1994 年版，第 171 頁。

④ 【清】曹雪芹著：《紅樓夢》，人民文學出版社 2008 年版，第 661 頁。

⑤ 【清】文康著：《兒女英雄傳》，華文出版社 2018 年版，第 720 頁。

⑥ 【清】曹雪芹著：《紅樓夢》，人民文學出版社 2008 年版，第 319 頁。

沂南漢墓壁畫中的百戲圖來看，也有圍脖子一周的雲肩，這種就類似花領，大約在宋金時期圍繞脖子一周的雲肩逐漸成為主流，到清代時，雲肩普及到社會的各個階層，特別是婚嫁時成為青年婦女不可或缺的衣飾，發展到後來，雲肩多在歲時節令或婚嫁時佩戴，雲肩的形式多為「四合如意」形，也有條帶狀，現今為披肩。

三、外披生疏名詞解讀

1、蓑衣

肩背外套。一種使用蓑草或棕櫚樹皮等植物材料編織的雨衣，常配合上面解讀過的斗笠使用，90 年代農村可見用棕皮編制的蓑衣。明李時珍《本草綱目·服器部》「故蓑衣」說得很具體：「蓑草結衣，禦雨之具。」唐柳宗元的詩：「孤舟蓑笠翁，獨釣寒江雪。」[①] 清郝懿行《證俗文》亦稱：「案襏襫，農家以禦雨，即今蓑衣。」[②] 蓑衣不僅僅是老百姓家家必備避雨工具，皇室貴族也會穿著製作精細的蓑衣。書中第四十五、四十九回對蓑衣的描述：

> 只見寶玉頭上帶著大箬笠，身上披著蓑衣，黛玉不覺笑了：「那裏來的漁翁！」[③]

> 束了腰，披了玉針蓑。[④]

> 黛玉又看那蓑衣斗笠不是尋常市賣的，十分細緻輕巧，因說道：「是什麼草編的？怪道穿上不像那刺蝟似的。」[⑤]

---

① 【唐】柳宗元撰；尹占華、韓文奇：《柳宗元集校注》，中華書局 2013 年版，第 2993 頁。

② 【清】郝懿行著；李念孔、高文達、趙立綱、張金霞、劉淑賢點校；管謹訒通校：《證俗文》，齊魯書社 2010 年版，第 2201 頁。

③ 【清】曹雪芹著：《紅樓夢》，人民文學出版社 2008 年版，第 609 頁。

④ 【清】曹雪芹著：《紅樓夢》，人民文學出版社 2008 年版，第 663 頁。

⑤ 【清】曹雪芹著：《紅樓夢》，人民文學出版社 2008 年版，第 609 頁。

玉針蓑也是北靜王送寶玉的三件套之一。其名用玉針來形容則說明此蓑衣的材料為棕櫚葉，該葉是農家人平時從棕櫚樹上揭下的葉鞘，經過曬乾後積累而得，因葉鞘堅硬似針，所以黛玉說寶玉穿著像刺蝟。唐張志和的《漁父歌》寫道：「西塞山前白鷺飛，桃花潭水鱖魚肥。青箬笠，綠蓑衣，斜風細雨不須歸。」①吟唱了幾千年，尤其是詞中的「蓑笠翁」更是江南水鄉的經典意象。蓑衣是大眾化的低廉雨具，因為都是就地取材編織，所以尋常貧苦人家都可以擁有，可謂是資格最老的「中華牌老字號雨衣」。

2、斗篷

整身外套。斗篷是清代的產物，專屬於寒冷季節，一般會搭配雪帽、風帽之類，且與帽是分開的，並非斗篷連帽。它是一種披在身上的無袖外套，為中間納棉絮的整身禦寒外套，多為冬季外出使用。在書中，斗篷曾多次出現，被眾夫人和小姐所穿著。如第四十九回中描述寶琴：

> 只見寶琴來了，披著一領斗篷，金翠輝煌，不知何物②

描述眾人：

> 只見眾姊妹都在那邊，都是一色大紅猩猩氈與羽毛緞斗篷。③

斗篷據傳是從上面解讀過的蓑衣演變而來，最初用棕麻編成，以禦雨雪，名謂「斗襏」。到清時，才多用絲織物製作，並不限於雨雪天使用，當時叫做大衣，是一種禦寒的服飾，對襟，有直領、圓領、高領和低領，有長式和短式，長式過膝。凡冬天外出，不論男女官庶，都喜披裹斗篷，但有個規矩，不能穿著這種服飾行禮，不然被視為不敬。清代中葉以後，婦女穿著斗篷很普遍，製作日益精巧，一般都用鮮豔的綢緞製作，上繡花紋，講究的在裏面襯以皮毛。

① 【清】彭定求等編：《全唐詩》，中華書局 1960 年版，第 3491 頁。
② 【清】曹雪芹著：《紅樓夢》，人民文學出版社 2008 年版，第 658 頁。
③ 【清】曹雪芹著：《紅樓夢》，人民文學出版社 2008 年版，第 658 頁。

多為一片式結構，在中國清代時主要用作上層社會婦女的禮服外衣，含高貴之意，並有「一口鐘」、「羅漢衣」、「篷篷衣」等名稱。

3、披風

整身外衣。披風為披用的外衣，適合於各個季節，大多直領對襟，頸部繫帶，有二長袖，兩腋下開衩。明王圻《三才圖會》云：「褙子，即今之披風也。」[1]明朱之瑜《朱氏舜水談綺》描述的披風為「對襟直領，制衿，左右開衩。」[2]披風流行於明代，一般既可以在室外穿也可以在室內穿著。書中穿披風的人物不多，第六回中劉姥姥初進榮國府，第一次見鳳姐的著裝「石青刻絲灰鼠披風」[3]，第六十八回中描述王熙鳳見尤二姐披「青緞披風」[4]。

4、鶴氅

整身外衣。為一種以鳥毛為原料的毛織物外衣，有如道袍，明劉若愚《明宮史》水集「氅衣」條云：「有如道袍袖者，近年陋製也。舊製原不縫袖，故名之曰氅也。綵素不拘。」[5]但書中對鶴氅的描述極其高端奢華且用了進口材料。書中第四十九回對釵、黛的描述：

> 穿一件蓮青斗紋錦上添花洋線番耙絲的鶴氅[6]；
> 罩了一件大紅羽紗面白狐狸裏的鶴氅。[7]

其中洋線番耙絲是一種進口花線，大紅羽紗出自荷蘭、泰國，為外國貢品。據清王世禎《皇華紀聞》卷三記載：

---

① 【明】王圻、王思義編集：《三才圖會》，上海古籍出版社 1988 年版，第 1535 頁。
② 【明】朱之瑜撰：《朱氏舜水談綺》，上華東師範大學出版社 1988 年版，第 91-92 頁。
③ 【清】曹雪芹著：《紅樓夢》，人民文學出版社 2008 年版，第 98 頁。
④ 【清】曹雪芹著：《紅樓夢》，人民文學出版社 2008 年版，第 939 頁。
⑤ 【明】劉若愚：《明宮史》，北京古籍出版社 1982 年版，第 76-77 頁。
⑥ 【清】曹雪芹著：《紅樓夢》，人民文學出版社 2008 年版，第 660 頁。
⑦ 【清】曹雪芹著：《紅樓夢》，人民文學出版社 2008 年版，第 661 頁。

西洋有羽緞、羽紗，以鳥羽織成，每一匹價至六七十金，著雨不濕，荷蘭上貢止一二匹。①

而小說《紅樓夢》中著此外套的也就黛釵，可見二人在文中的重要地位。

四、內衣生疏名詞解讀

內衣在《紅樓夢》中的描述不多，細細數來，也只有汗巾子、肚兜、小衣、抹胸、背心和中衣數詞。

1、汗巾子

汗巾子為繫腰間內部的貼身之物和擦汗兩用服飾。一作擦汗的手巾使用，白居易〈贈韋處士六年夏大熱旱〉詩：「汗巾束頭鬢，饘食熏襟抱。」②汗巾的功能除擦穢吸濕之外，還可作腰帶束繫的內衣，男女都可用。書中多以繫腰描述居多，第二十四回寶玉看到鴛鴦的服飾：

> 回頭見鴛鴦穿著水紅綾子襖兒，青緞子背心，束著白縐綢汗巾兒。③

可見這裏鴛鴦是貼身束在腰間的。後面第二十八回寶玉和蔣玉菡互贈汗巾：

> 說畢撩衣，將繫小衣兒一條大紅汗巾子解了下來，遞與寶玉，道：「這汗巾子是茜香國女國王所貢之物，夏天繫著，肌膚生香，不生汗漬。昨日北靜王給我的，今日才上身。若是別人，我斷不肯相贈。二爺請把自己繫的解下來，給我繫著。」寶玉聽說，喜不自禁，連忙接了，將自己一條松花汗巾解了下來，遞與琪官。④

① 李軍均：《紅樓服飾》，臺灣：時報文化出版，2004 年版，第 150 頁。
② 【唐】白居易撰；謝思煒：《白居易詩集校注》，中華書局 2006 年版，第 1718 頁。
③ 【清】曹雪芹著：《紅樓夢》，人民文學出版社 2008 年版，第 319 頁。
④ 【清】曹雪芹著：《紅樓夢》，人民文學出版社 2008 年版，第 286 頁。

由此可見的也是貼身束的汗巾。古代的汗巾，主要以綃、綢、緞、綾、麻、布為原材料製成，規格也大小不等，有方形、長條形。現今發展為毛巾和小孩背部貼身吸汗的隔汗巾。

2、肚兜、小衣、抹胸、背心

徐珂《清稗類鈔》記載：「抹胸，胸間小衣也，一名抹腹，又名抹肚；以方尺之布為之，緊束前胸，以防風寒內侵者，俗稱兜肚。男女皆有之。」[①] 書中第三十六回寫寶釵來至寶玉房中見襲人在做針線：

> 白綾紅裏的兜肚，上面紮著鴛鴦戲蓮的花樣，紅蓮綠葉，五色鴛鴦。[②]

第六十五回對尤三姐的描述：「露著蔥綠抹胸，一痕雪脯」[③]，肚兜一般做成菱形，上有帶，穿時套在頸間，腰部另有兩條帶子束在背後，下面呈倒三角形，遮過肚臍，達到小腹。材質以棉、絲綢居多。形狀像背心的前襟，形狀多為正方形或長方形，對角設計，上角裁去，成凹狀淺半圓形，下角有的呈尖形，有的呈圓弧形。肚兜是民間的傳統內衣，第七十回林黛玉重建桃花社，寶玉見到晴雯、麝月與芳官嬉鬧：

> 那晴雯只穿蔥綠苑綢小襖，紅小衣紅睡鞋，披著頭髮，騎在雄奴身上。麝月是紅綾抹胸，披著一身舊衣，在那裏抓雄奴的肋肢。雄奴卻仰在炕上，穿著撒花緊身兒，紅褲綠襪，兩腳亂蹬，笑的喘不過氣來。[④]

上面解讀汗巾的時候鴛鴦穿著青緞子背心束汗巾只見白膩皮膚，可見背心也為內衣。綜上所述，汗巾子肚兜、小衣、抹胸和背心皆為覆蓋胸前的內衣，各名稱現今皆有沿用。小衣服在口頭語中較多，抹胸發展為女性內衣專用名，

---

① 徐珂編撰：《清稗類鈔》，中華書局 2010 年版，第 6200 頁。
② 【清】曹雪芹著：《紅樓夢》，人民文學出版社 2008 年版，第 478 頁。
③ 【清】曹雪芹著：《紅樓夢》，人民文學出版社 2008 年版，第 909 頁。
④ 【清】曹雪芹著：《紅樓夢》，人民文學出版社 2008 年版，第 965 頁。

背心男女皆有，肚兜多用於幼兒。

3、中衣

這裏把中衣歸於內衣有點勉強，東漢劉熙《釋名·釋衣服》講：「中衣，言在小衣之外，大衣之中也。」[①]書中第三十四回寶玉挨打寫道：

> 襲人聽說，便輕輕的伸手進去，將中衣脫下……如此三四次，才褪下來了。襲人看時，只見腿上半段青紫……只聽丫環們說寶姑娘來了，襲人聽見知道穿不及中衣，便拿了一床夾紗被替寶玉蓋了。[②]

由此可見中衣只能說是貼身穿的衣服。另在書中第六回寶玉神遊太虛幻境後被驚醒：

> 襲人伸手與他繫褲帶時不覺伸手至大腿處，只覺冰涼一片沾濕……襲人忙趁眾奶娘丫鬟不在旁時，另取出一件中衣來與寶玉更換。[③]

從此可知中衣是有蓋過下身大腿的長度。按照以上描述中衣現今應該為長度在膝蓋以上睡衣。

五、結語

紅樓服飾在書中的描述之多，可以說應有盡有，本文僅挑選了一些冷偏的服飾名進行解讀。由此可見作者不愧於織造之家的出身及在服裝領域裏專業知識的深厚底蘊。另外通過挑選這些生疏服飾名的解讀過程中不難看出服飾是伴隨人類發展過程中不斷更新演變且與時俱進的，無論哪個部位的服飾都能反映出了當時社會的一些禮儀制度、身份地位及當時的流行元素。

---

① 【漢】劉熙撰；【清】畢沅疏證；【清】王先謙補；祝敏徹、孫玉文點校：《釋名》，中華書局 2008 年版，第 171 頁。
② 【清】曹雪芹著：《紅樓夢》，人民文學出版社 2008 年版，第 448 頁。
③ 【清】曹雪芹著：《紅樓夢》，人民文學出版社 2008 年版，第 90 頁。

　　服飾具有避寒暖體基本功能，不同季節有著不同的著裝，是氣候轉換的表現形式，不同的人物也有不同的喜愛服飾，是人之性格氣質的體現流露。服飾作為物質平臺，承載著對人類進程和歷史文化發展的傳遞，同時，借助於多種視覺語言，將某個特定時代的意識、觀念和態度進行呈現，也是人類精神文化的傳達符號。愛美之心，人皆有之。人靠衣裝馬靠鞍，狗配鈴鐺跑得歡，這性情，這意境可用賀知章的〈詠柳〉來形容：

　　　碧玉妝成一樹高，萬條垂下綠絲條。不知細葉誰裁出，二月春風似剪刀。①

　　因此，服飾也是一門審美藝術。

---

① 【清】彭定求等編：《全唐詩》，中華書局 1960 年版，第 1147 頁。

《紅樓夢》飲食文化

田龍梅

內容摘要：在我國古典章回小說中，《紅樓夢》具有極高的文學價值和藝術價值，這是作者曹雪芹閱盡人間滄桑而寫就的一部偉大的現實主義作品。在描繪社會現實的同時還記述了當時大量的飲食與生活習慣，在人類文明史的兩座光輝高峰——中國古典文學與中國飲食文化之間，架起了一座橋樑。在《紅樓夢》中關於「飲食文化」的描繪佔據很大比重。可以說，《紅樓夢》整本小說的情節，就是以一系列的「吃」構成與起承轉合的。飲饌之學，在從前是書中很少談論的，但在實際生活中卻一直有着重要的地位。民生四需以「食」為首，次為「衣住行」，認真來看「飲饌」文化始終是中華文化裏極豐盛且重要的一部份。

關鍵詞：《紅樓夢》；飲食文化；美學風格

曹雪芹寫作《紅樓夢》的前後，正是中國傳統飲食文化發展到了鼎盛時期。隨着社會經濟和傳統文化的發展，中國的飲食業在清代的「康乾盛世」出現了極大的繁榮景象。《紅樓夢》中描繪的珍饈異饌五光十色，其中點心、飲品、小食和主食類有三十六種，肴饌有五十八種，不僅包括眾多的貴族家庭日常生活飲食，而且還有一些典雅風致、特殊肴饌的飲食用膳。

一、《紅樓夢》之貴族飲食

全書的章回目錄中涉及「吃」的就有：〈宴寧府寶玉會秦鍾〉①（第七回）、〈慶壽辰寧府排家宴〉②（第十一回）、〈榮國府歸省慶元宵〉③（第十八回）、〈薛蘅蕪諷和螃蟹詠〉④（第三十八回）、〈史太君兩宴大觀園」⑤（第四十回）、〈劉姥姥醉

---

① 【清】曹雪芹著：《紅樓夢》，人民文學出版社 2008 年版，第 103 頁。
② 【清】曹雪芹著：《紅樓夢》，人民文學出版社 2008 年版，第 150 頁。
③ 【清】曹雪芹著：《紅樓夢》，人民文學出版社 2008 年版，第 217 頁。
④ 【清】曹雪芹著：《紅樓夢》，人民文學出版社 2008 年版，第 503 頁。
⑤ 【清】曹雪芹著：《紅樓夢》，人民文學出版社 2008 年版，第 529 頁。

卧怡紅院〉^①（第四十一回）、〈脂粉香娃割腥啖膻〉^②（第四十九回）、〈榮國府元宵開夜宴〉^③（第五十三回）等等。

從盛大的迎接皇妃的盛宴，到貴族公府的豪華家宴，從酒樓飯店的歌妓侑酒，到街頭巷尾的隨意小吃，可說是應有盡有，令人目不暇接。

《紅樓夢》中提到的粥飯有碧粳粥、棗熬粳米粥、紅稻米粥、燕窩粥、臘八粥、鴨子肉粥、江米粥、綠畦香稻粳米飯、白粳米飯。碧粳粥，是一種玉田縣所產細長粒粳米熬成，微帶綠色，炊時有香。紅稻是稻中佳品，熬粥自然香美。燕窩煮粥，有化痰止咳養肺之功，故此為患有肺病的林黛玉飯桌上的常食。

「粥」又叫「稀飯」，本是吃早點時的一種輔助食品，只有那些生活艱難的人家才天天以粥為主。而《紅樓夢》中，寶釵說道：「食谷者生。」^④常言道：物以稀為貴，稀少也就自然珍奇。賈府生活在北方，但仍然保持着原有南方吃乾飯的習慣。可是通觀全書，發現描繪餐桌上的乾飯寥寥無幾，而「粥」倒是屢屢出現，食粥與吃乾飯是無法相比的。賈府吃乾飯多，而作者的筆墨卻多重在寫「粥」上，這是「以奇寫奇」，作者正是利用人們「窮人食粥不足奇」，煊赫賈府常食粥就自然奇這一心理，誘發了讀者的無窮猜想。當然作者寫「粥」是建立在「乾飯」的基礎上，借用賈寶玉的話來說，這叫做「飯飽弄粥」^⑤。

賈府中所用的點心有糖蒸酥酪、奶油松瓤卷酥、蓮葉羹、棗泥山藥糕、桂花糖新蒸栗粉糕、藕粉桂糖糕、如意糕、菱粉糕、雞油卷兒、松瓤鵝油卷、螃蟹小餃、豆腐皮包子等。糖蒸酥酪是加糖的牛奶，有人考證為酸奶，是一種難得的風味食品，蓮葉羹是一種花樣面片湯，和好面後用銀模子打出花樣，形狀有梅花、蓮蓬、菱角等三四十樣。做成後，借荷葉的清香，用好湯煮成。雖非難得的珍味，卻也算別緻，難怪薛姨媽對鳳姐說：「你們府上也都想絕了，吃

① 【清】曹雪芹著：《紅樓夢》，人民文學出版社 2008 年版，第 546 頁。
② 【清】曹雪芹著：《紅樓夢》，人民文學出版社 2008 年版，第 653 頁。
③ 【清】曹雪芹著：《紅樓夢》，人民文學出版社 2008 年版，第 716 頁。
④ 【清】曹雪芹著：《紅樓夢》，人民文學出版社 2008 年版，第 605 頁。
⑤ 【清】曹雪芹著：《紅樓夢》，人民文學出版社 2008 年版，第 1085 頁。

碗湯還有這些樣子。」①寶玉挨打後想吃的就是這蓮葉羹,鳳姐忙命人取來湯模子。這個蓮葉羹的湯模子,是一副一尺多長,一寸見方的銀模,上面鑿着豆子大小的食材模型,有菊花、梅花、蓮蓬、菱角,共三四十樣,精巧非常。鳳姐將湯模子交給下人,囑咐廚房拿幾隻雞,另外添了東西,做十碗湯來。薛姨媽第一次見有人將菜品做成模型,不由驚嘆,鳳姐笑道:「姑媽那裏曉得,這是舊年備膳,他們想的法兒。不知弄什麼面印出來,借點新荷葉的清香,全仗着好湯,究竟沒意思,誰家常吃他了。那一回呈樣的做了一回,他今日怎麼想起來了。」②言語中滿滿的全是得勢者的驕矜。

賈府的菜肴主要有糟鵝掌、胭脂鵝脯、野雞瓜子、酒釀蒸鴨子、雞髓筍、火腿燉肘子、火腿鮮筍湯、炸鵪鶉、糟鵪鶉、牛乳蒸羊羔、鹿肉、椒油莼虀醬、酸筍雞皮湯、蝦丸雞皮湯、野雞崽子湯等。菜肴中禽類佔有較大的比重,這是一大特色。此外,還提到螃蟹、燕窩、鴿子蛋等名貴菜肴。

〈林瀟湘魁奪菊花詩,薛蘅蕪諷和螃蟹詠〉③寫賈府爽秋賞桂花吃螃蟹,把酒賞菊,臨池垂釣,潑墨吟詩等有趣情景與持螯剝蟹,相互滲透,緊密串聯,讀來生動有趣。螃蟹放到籠中蒸熟,先拿出來一些,吃完再拿,怕涼了失味。鳳姐洗手後,站在賈母跟前剝蟹肉,最先讓薛姨媽吃,薛姨媽說自己掰的吃得香甜,於是鳳姐才將蟹肉奉與賈母,然後又為寶玉剝。小丫頭們取來菊花葉和桂花蕊熏的綠豆粉,預備洗手用,以除去蟹腥。

吃蟹肉照例要蘸姜醋,飲黃酒。黛玉飲的是合歡花浸的燒酒,與眾不同。席間,眾人作菊花詩比高低,寶玉則吟成螃蟹詠,當即提筆揮出:

持螯更喜桂陰涼,潑醋擂姜興欲狂。

饕餮王孫慶有酒,橫行公子卻無腸。

臍間積冷饞忘忌,指上沾腥洗尚香。

① 【清】曹雪芹著:《紅樓夢》,人民文學出版社 2008 年版,第 464 頁。
② 【清】曹雪芹著:《紅樓夢》,人民文學出版社 2008 年版,第 464 頁。
③ 【清】曹雪芹著:《紅樓夢》,人民文學出版社 2008 年版,第 536 頁。

原為世人美口腹，坡仙曾笑一生忙。①

賈寶玉這首，只說食蟹時的饞相，直賦其事，未脫俗氣，實屬平平。黛玉瞧不起寶玉的詩，當即也寫成一首：

鐵甲長戈死未忘，堆盤色相喜先嘗。

蟹封嫩玉雙雙滿，殼凸紅脂塊塊香。

多肉更憐卿八足，助情誰勸我千觴？

對斯佳品酬佳節，桂拂清風菊帶霜。②

把螃蟹之甘美，黛玉之多愁善感，活脫脫地呈現眼前，真是神來之筆。

薛寶釵也不甘示弱，見她提筆來才寫一半，眾人不禁叫絕：

桂靄桐陰坐舉觴，長安涎口盼重陽。

眼前道路無經緯，皮裏春秋空黑黃！

酒未敵腥還用菊，性防積冷定須姜。

於今落釜成何益，月浦空餘禾黍香。③

這些被曹雪芹借他人口稱為「食螃蟹絕唱」的詩，將吃螃蟹的訣竅都形象地寫了出來，可謂匠心獨具。

《紅樓夢》中湯羹種類繁多，營養豐富。小說正文第八回、二十回、三十回、三十五回、五十二回、五十三回、五十四回、五十八回、六十二回、八十三回、八十七回分別提到了酸筍雞皮湯、米湯、酸梅湯、荷葉湯、建蓮紅棗湯、合歡湯、鴨子肉湯、火腿鮮筍湯、酸湯、蝦丸雞皮湯、燕窩湯、醒酒湯、火肉白菜湯等十三種湯名。

燕窩不僅是高貴筵席的上等美餚，而且是一味珍貴的中藥材。《紅樓夢》

---

① 【清】曹雪芹著：《紅樓夢》，人民文學出版社 2008 年版，第 515-516 頁。

② 【清】曹雪芹著：《紅樓夢》，人民文學出版社 2008 年版，第 516 頁。

③ 【清】曹雪芹著：《紅樓夢》，人民文學出版社 2008 年版，第 516-517 頁。

中提到「燕窩」的地方近十次之多。例如：第十回^①寫東府賈珍的兒媳婦秦可卿臥病不起，全家人都很焦急，婆婆尤氏前去探望，親自看着她吃了半盞燕窩湯才肯離去；第四十五回寫林黛玉生病時，薛寶釵立即送去了一大包上等燕窩，寶釵勸黛玉食冰糖燕窩進行調養；第八十三回^②和八十九回^③也都寫到黛玉和寶玉生病時吃過燕窩湯。為什麼如此重視燕窩呢？第四十五回寶釵作了明確的解釋：

> 每日早起，拿上等燕窩一兩，冰糖五錢，用銀銚子熬出粥來，若吃慣了，比藥還強，最是滋陰補氣的。^④

飲料以茶為主。《紅樓夢》中對茶有極為突出的描寫，洋洋百萬餘言其中提到茶事文字就有 260 餘處，有的一個章節竟佔 11 處之多。詠及茶的詩詞有 10 餘處，在總 120 回章節中，作者不惜用一個章節——〈攏翠庵茶品梅花雪〉^⑤來專門品茶論水。曹雪芹不愧是品茗高手，茶道行家，他將茶的知識、茶的功用、茶的情趣，全部熔鑄於《紅樓夢》中，其描寫茶文化篇幅之廣博，細節之精微，作用之巨大，蘊意之深遠，文采之斑爛，遠遠架乎中國所有古典小說之上，為中國小說史上所罕見，以致有人說：「一部《紅樓夢》，滿紙茶葉香」。

《紅樓夢》中還提到仙醪、惠泉酒、金谷酒、合歡花浸的酒、屠蘇酒、西洋酒和紹興酒等七種名酒和玫瑰清露、木樨清露、酸梅湯等。惠泉酒係指無錫惠山「天下第二泉」的泉水所釀的酒，紹興酒是浙江所產黃酒，揚名至今。曹雪芹本人雖是個飲酒的行家，他的朋友將他與阮籍相提並論，但他在《紅樓夢》中卻沒有為酒費及更多的筆墨。玫瑰和木樨清露為花露，有疏肝理氣的作用，寶玉挨打後曾享用過，盛在玻璃瓶中，「一碗水裏只用挑一茶匙兒，就香的不

---

① 【清】曹雪芹著：《紅樓夢》，人民文學出版社 2008 年版，第 143 頁。
② 【清】曹雪芹著：《紅樓夢》，人民文學出版社 2008 年版，第 1165 頁。
③ 【清】曹雪芹著：《紅樓夢》，人民文學出版社 2008 年版，第 1244 頁。
④ 【清】曹雪芹著：《紅樓夢》，人民文學出版社 2008 年版，第 606 頁。
⑤ 【清】曹雪芹著：《紅樓夢》，人民文學出版社 2008 年版，第 529 頁。

得了」①。木樨即桂花。

《紅樓夢》中關於「飲饌」的描寫十分具體、十分豐富,同時也為這部巨著增色不少。作者曹雪芹告訴我們的,不僅僅是清代一個鐘鳴鼎食之家平日里吃的是些什麼,而且在描述怎麼吃方面也不惜筆墨。透過各式各樣關於「吃」的描繪,對整部小說的情節起了起承轉合的作用,並且使我們看到清代官宦之家飲食風俗的一個縮影。

通過賈府飲食這個奢華的側面,我們也可以看出富貴人家的衰敗便隱藏在這日常生活的方方面面,朱門酒肉臭,路有凍死骨。用巨大的開銷撐着門面,而內里已經是即將掏空,賈府飲食之浪費奢靡與其興衰也並不完全無關,最後想以一句世人皆知,曹雪芹亦在第十五回曾引用過的唐詩做結尾:「誰知盤中餐,粒粒皆辛苦」②。

二、《紅樓夢》之筵席美學

《紅樓夢》中,凡重要筵席,皆有明確的主題。針對特定的主題以及舉行筵席的時間,參加筵席的人員等具體情況,《紅樓夢》中十分注意筵席地點的選擇、場面氣氛的控制、時間節奏的把握、空間布局的安排、器具與菜肴的配置以及服務人員的選用等等,調動一切可以調動的手法來突出主題,創造意境,形成各種各樣的美學境界。如元妃省親筵席的富麗隆重、賈母壽宴的豪華喜慶、中秋賞月宴的舒緩自由、詩社宴集的活潑雅緻、除夕祭祖宴的莊嚴肅穆、秦氏葬禮宴的莊重悲涼等,這一切,使人感到筵席的設計者簡直是一個具有廣博學識的美學專家。

《紅樓夢》中的餐具、炊具和傢俱工藝,琳琅滿目,美不勝收,概括起來,有兩大特色:質料貴重,工藝精湛。如在描寫錦衣軍查抄寧國府,抄出高級餐具數百件,玉缸、玉盤、玻璃盤、瑪瑙盤、金盤、金碗、金匙、銀碗、銀

---

① 【清】曹雪芹著:《紅樓夢》,人民文學出版社 2008 年版,第 452 頁。
② 【清】曹雪芹著:《紅樓夢》,人民文學出版社 2008 年版,第 194 頁。

盤、三鑲金牙箸、鍍金執壺、折盂、茶托……應有盡有 [①]。這些餐具既稀有又昂貴，而且還極講究造型之美和色彩之美，達到了不厭其繁的程度。如第四十回中，賈母行酒令等時，按輩分等級，各人都配有成套的几、案、壺、杯。 [②] 第三十七回中提到一種纏絲白瑪瑙碟子，放進荔枝尤其好看 [③]，可見賈府十分注重特定的食器與食品的配套，以發揮最美的藝術效果。

從《紅樓夢》看來，筵席的主題、意境和貫穿其中的吟詩、酒令等，是文學美學的表現，但《紅樓夢》中的飲食生活，不能算是最美的典範，筵席美學的最高境界未必要鋪張浪費或繁瑣，而是要能夠各方面都恰到好處，使每人都能心情舒暢，這才是筵席美學的最高境界。

中國向來是個講究飲食文化的國家，從飲食習慣來探討，可以由此了解過去的歷史以及民族的特性。《紅樓夢》中記載了清代飲食習俗，總結了前代烹調經驗。《紅樓夢》中佳肴名飪深享盛譽，在我國民族交融中發揮着十分重要的作用，它一方面使中國傳統的飲食文化得以繼承和發展，另一方面為系統地建立中國飲食文化的理論體系做出了重要貢獻。

---

① 【清】曹雪芹著：《紅樓夢》，人民文學出版社 2008 年版，第 1424 頁。
② 【清】曹雪芹著：《紅樓夢》，人民文學出版社 2008 年版，第 541 頁。
③ 【清】曹雪芹著：《紅樓夢》，人民文學出版社 2008 年版，第 494 頁。

《紅樓夢》中「位置決定想法」現象初探

向富強

內容摘要：本文以《紅樓夢》中王熙鳳決定寶玉婚姻人選、賈政逼賈寶玉學八股文、賈雨村斷香菱案為例，發現其共性在於「位置決定想法」，通過對其中主觀利弊問題的思考，見出位置與想法的關係如同事物的本質與外在表達形式，如果以追求個人利益最大化為本質，那麼所謂的客觀也只能是相對客觀。

關鍵詞：王熙鳳；林黛玉；薛寶釵；賈政；賈雨村

一、由王熙鳳決定寶玉婚姻人選引發的思考

（一）賈寶玉的婚姻與榮國府權力的更替

王熙鳳可以成為榮國府管家，不僅來自於能力，更來自於其權力以及利益和人際關係的基礎。榮國府關係複雜，賈赦雖然是長房，卻因不受寵靠邊站，理家管事的是賈政一房。為了利益平衡，又因王夫人是王熙鳳的姑媽親上加親，而王夫人的嫡長子賈珠早死，嫡長媳李紈作為寡婦身份不好當家理事，因此王熙鳳屬於「借調」主管了榮國府。從這個意義上來看，賈寶玉作為榮國府賈政一脈財產的最終繼承人，其婚姻將直接決定著未來榮國府主事人的人選，而王熙鳳作為現任榮國府管家，利用權力從中撈了不少好處，不僅享受了主事者的特權，更享受了權力給自己帶來的尊重。[①] 從本質上來說，賈寶玉的婚姻將直接導致王熙鳳中年後權力的變更與自身地位的保持。從王熙鳳的位置來看，其費心經營的目的並非只為榮國府的發展，更多的是在給自己謀取利益。但是，當賈寶玉作為嫡次子成親時，新的主事人必將變更，王熙鳳作為王夫人從賈赦邢夫人那裏「聘請」來的管家也理當讓賢。

---

① 張麒：〈王熙鳳管理「賈府」的成與敗〉，《深圳特區報》，2019 年 7 月 2 日。

（二）王熙鳳與林黛玉親和的客觀動機

王熙鳳作為榮國府管家在林黛玉初入榮國府時便聲稱要照料她，佯作哭泣狀極力親近，在賈寶玉的婚事中也公然支持林黛玉與賈寶玉的婚姻。縱觀全書，王熙鳳並非喜歡刻意討好之人，而林黛玉尖刻的性格也並非王熙鳳所喜歡的，王熙鳳對林黛玉的態度應更多要從客觀動機來思考。

林黛玉作為賈母外孫女倍受賈母疼愛，而這份疼愛是薛寶釵等人所不具有的，所以王熙鳳初見就大加讚歎：「天下真有這樣標緻的人物，我今兒才算見了！況且這通身的氣派，竟不像老祖宗的外孫女兒，竟是個嫡親的孫女，怨不得老祖宗天天口頭心頭一時不忘。只可憐我這妹妹這樣命苦，怎麼姑媽偏就去世了！」[1] 林黛玉作為賈母的親外孫女在血緣關係上要高於他人，王熙鳳在作為管家時也會受到家庭的最受尊敬者賈母的牽制，王熙鳳自然要與賈母交好，因此當賈母疼愛林黛玉時王熙鳳主動為林黛玉安置一切表示親近。

林黛玉在外無親無故，相比於薛家出身的薛寶釵更方便拉攏，不僅如此，賈寶玉也表達了自己對於林黛玉的喜歡，王熙鳳的城府足以看透這一點。從王熙鳳的位置來看，首先，林黛玉需要照顧；其次，林黛玉值得照顧。

（三）王熙鳳在寶玉婚姻人選中親黛遠釵的真正原因

賈寶玉的婚姻有兩種可能性，其一是寶玉與黛玉。林黛玉敏感自尊，心心念念於對寶玉的愛情，而不善於與下人交際，這種脾氣性格很難管理榮國府。[2] 從王熙鳳的角度來看，林黛玉作為自己用盡心思相處的人，在無法管理榮國府時必將再次請自己幫助，在幫助林黛玉管理時，好處自然由自己分配，而出現問題時將直接歸咎於客觀上榮國府的主事人，由此可見，王熙鳳對於林黛玉的付出更多來源於對未來的掌控。

其二是寶玉與寶釵。與林黛玉不同，薛寶釵穩重平和，如與賈寶玉成婚，

---

① 【清】曹雪芹著；【清】無名氏續：《紅樓夢》，北京：人民文學出版社，2008 年版，第 41 頁。
② 孔繁潔：〈兩難結構與賈寶玉的悲劇命運〉。青海師範大學 2016 年碩士論文。

將徹底取代王熙鳳在榮國府中的地位，從薛寶釵管理大觀園可以察覺到她優秀的管理能力，從薛寶釵為史湘雲準備螃蟹宴可以看出她對於人際關係具有良好的把控。當賈母為薛寶釵慶生時問及寶釵喜歡聽什麼戲，吃什麼東西，「寶釵深知賈母年老人，喜熱鬧戲文，愛吃甜爛之食，便總依賈母往日素喜者說了出來」，[①] 可見其城府之深。薛寶釵不同於林黛玉，背後有四大家族之一的薛家，這與作為榮國府管家的王熙鳳更具有相似性。而從王熙鳳的需求來看，她需要的不是一個可以將榮國府打理好的接班人，而是一個可以由自己把控的傀儡。綜上，王熙鳳在思考誰更適合成為寶玉妻子人選的時候，所做出的親黛遠釵之真正原因就一目了然了。

王熙鳳對於寶釵與黛玉兩人不同的態度，用位置決定思想，屁股決定腦袋的角度便不難理解。林黛玉敏感自尊，略帶刻薄，而薛寶釵善於交際，做事老到，喜歡勸諫賈寶玉考取功名，然而如果為榮國府發展考慮，世故圓滑與封建思想穩固的薛寶釵自然是更適合於賈寶玉的。但從王熙鳳的角度來看，一個有能力的薛寶釵雖然可以為賈家謀求更大的利益，但她嫁入賈家只會讓榮國府完全脫離自己的掌控。所以王熙鳳支持林黛玉作為賈家媳婦，並非僅僅出於對黛玉的喜愛，更多的是為謀取一己私利。

二、由賈政逼賈寶玉學八股文引發的思考

針對位置決定想法這一現象而言，《紅樓夢》中賈政逼迫寶玉學八股文與之同質。賈政自己在少年時期，同樣也喜歡詩詞與美酒，也是一個風流放誕之人。他個人也極為喜愛詩詞，但是在成為大家長之後，賈政面臨著整個家族傳承與未來發展等諸多難題。由於位置的轉變，其自身的想法與觀念不得不產生轉變，因此，他要逼迫寶玉去學習八股文。站在傳統文化思想觀念的角度來看，賈寶玉作為一個仕宦大族的公子哥，已經到了讀書學習的適齡階段，必然

---

① 【清】曹雪芹著；【清】無名氏續：《紅樓夢》，北京：人民文學出版社，2008 年版，第 292 頁。

要讀書學知識。《紅樓夢》中連薛蟠這樣的紈絝子弟都在學堂掛個名，賈寶玉仍舊在大觀園整日遊蕩成何體統？眾所周知，舊時學堂的授課主要內容是閱讀學習四書五經，作八股文章。針對書中賈寶玉的年齡以及當時其家族發展的狀態來分析能夠發現，賈寶玉早就應當在學堂中學習八股文。這已經不是寶玉自身喜歡與否的問題，而是在當時的歷史階段，承平時代不能通過軍功建立功業，作為「公侯伯子男」的「榮國公」之後是閥閱貴族又不能經商，寶玉只有通過學習八股科舉考試一條道路可走。由此可見，《紅樓夢》在後四十回安排賈寶玉再入學堂，即使後來參加科舉也有一定的合理性。[①] 而賈政逼迫賈寶玉學八股文，某種程度上也充分展現出位置決定想法，屁股決定腦袋的現實意義。

三、由賈雨村斷香菱案引發的思考

賈雨村作為《紅樓夢》中一個較為關鍵且不可忽視的重要人物，從小說開篇就出現，並且與甄、林、王、賈四家都具有極為密切的聯繫。賈雨村通過自己的表現，獲得各個家族的幫助與提攜，讓自己能夠步步高升。但與此同時，他為他們辦事時也充滿心機，甚至能夠致人死地。賈雨村斷香菱案充分展現出「位置決定想法」這一現象產生的必然性與客觀性。香菱案件堪稱賈雨村人生命運的一個轉捩點，賈雨村在辦案過程中，已經徹底打破了人生底線與以往原則，即便是僅有的良知與善心也蕩然無存，變成一個心狠手辣、唯利是圖、毫不留情的人，明知香菱是恩人之女，卻冷酷殘忍地選擇放棄救助。這種選擇完全凸顯出一個人在位置轉換之後，自身的思想、觀念與認知也會產生巨大轉變。這次當官，賈雨村已經變得更加謹慎小心，打死人的是薛蟠，與賈家有極為親密且重要的親戚關係。賈雨村之前丟官現在好不容易在賈府幫助下又得了官職，未來還想依靠賈家與薛家的勢力和關係繼續升官發財向上爬。基於此，賈雨村在判案過程中幾乎沒有考慮到當年甄士隱救濟自己的恩情，「睜一隻眼

---

① 張惠：《〈紅樓夢〉後四十回寶玉中舉正讀》，《武漢大學學報》2012 年第 5 期，第 90—94 頁。

閉一隻眼」稀裏糊塗就結了案。這種思想、態度與做法無疑是充分考慮到賈家與薛家的面子問題，充滿著私心雜念。

分析賈雨村的性格特點能夠發現，這個人的骨子裏就存在一種強大的貪欲。賈雨村的第一次被革職，是因為完全不懂古代的職場潛規則。而這一次斷案，以賈雨村的官職地位而言，現在能夠達到這個高度是賈政幫其謀到的，這個官司也將直接牽扯到四大家族的利益。倘若賈雨村在當時真的動了惻隱之心，救下香菱，並且將其送還給甄士隱，但根據薛蟠的個性，必然不會放過香菱，說不定他會繼續將她搶回來。而這樣一來，賈雨村不但失去了最佳的表現機會，自身「烏紗帽」也面臨一個不保的尷尬局面。賈雨村曾經想要秉公執法、嚴查嚴辦，然而當門子跟他說明了薛蟠背後四大家族的具體利益關係以及這件事可能產生的後果時，賈雨村不得不陷入了內心的掙紮與彷徨。最終還是位置決定想法，屁股決定腦袋，他不得不遺忘與拋棄自己所受到的救濟恩惠，而充分考慮到如何通過此案的辦理增強與四大家族之間的密切聯繫，讓自己未來能夠官運亨通、平步青雲，最終昧著良心糊塗斷案。

四、小結

位置決定想法意味著並非所有人都可以很好地換位思考，人的想法是受其環境以及自身狀況共同影響著的。從王熙鳳對賈寶玉婚姻、賈政對賈寶玉、賈雨村對香菱的行為以及決定來看，位置決定想法並非簡單的來自於權力更迭的選擇，從其本質上來說是一種以自身利益最大化而做出的主觀選擇，這也意味著所謂的客觀也只能是相對客觀。

近五年薛寶釵形象研究綜述

何海波

內容摘要：《紅樓夢》自問世已有兩百多年，然而學界對其的研究熱情並未隨時間的流逝而消減，據知網資料統計，2009 年至今每年關於《紅樓夢》的研究論文都達千篇之多；而薛寶釵作為《紅樓夢》中與賈寶玉、林黛玉鼎足而三的主要人物，更是被重點研究的對象，以「薛寶釵」為主題的論文在知網上就有近五百篇，而近五年內關於薛寶釵形象的研究論文共 33 篇，主要圍繞薛寶釵人物形象、林薛人物性格對比、薛寶釵的愛情悲劇等方面進行展開，在吸收前人成果前提下亦有新的觀點提出。

關鍵詞：《紅樓夢》；薛寶釵；人物形象

薛寶釵作為《紅樓夢》中的女主角之一，與林黛玉並列為金陵十二釵之首，其獨特的藝術魅力歷來受到學者的重視，劉春燕的《20 世紀薛寶釵研究綜述》把對薛寶釵的研究劃分為新中國成立前、新中國成立後的 17 年、十年浩劫時期、改革開放時期四個階段，全面而深入地對 20 世紀的研究成果進行了歸納總結；而進入 21 世紀以來，對薛寶釵的形象研究在前人的努力下不斷拓展，角度多樣、範圍擴大，亦取得了重要成果。

一、薛寶釵的處世哲學

對於薛寶釵為人處事的方式，不管是書中人物，還是讀者或者後世研究的專家給出的評價向來都是褒貶不一的，王熙鳳曾對平兒說：

> 寶丫頭雖好，卻打定主意，「不乾己事不開口，一問搖頭三不知」。[①]

這位人情練達的嫂子看出了寶釵性格裏的圓滑謹慎；而性格較為外放開朗，作為其同齡人的史湘雲有對其評價極高，她曾對黛玉說「誰也挑不出來寶

---

① 【清】曹雪芹著：《紅樓夢》，人民文學出版社 2008 年版，第 759 頁。

姐姐的短處」^①，襲人評價寶釵是「真真有涵養，心地寬大」^②。

作者曹雪芹為她寫的判詞就有「可歎停機德」^③，出自《後漢書・列女傳・樂羊子妻》，講的是樂羊子的妻子以刀割斷織布機上的絹來規勸丈夫不要半途而廢，中斷學業；薛寶釵勸賈寶玉去讀八股、考取功名、走「仕途經濟」的道路，而賈寶玉顯然對類似的話題感到厭惡和不耐，無疑，在對世俗的看法上，寶黛的價值觀更為契合。

黃志鴻、管喬中評價道：「這個少女有著與其年齡極不相稱的老成持重、老謀深算，她有一整套立身處世、待人接物的準則。是否符合她的利益，是否『乾己事』，正是她考慮問題的出發點。她的生活準則，就是她「仕途經濟」式的志氣和才略的充分表現。」^④這無疑是大多數對寶釵形象研究者所持有的觀點，雖是少女，卻有著與年齡不符的待人接物的分寸和手段，圓滑且世故，雖談不上批判，總是有幾分不認同在其中，吳穎就曾說過：「從薛寶釵的主要活動來看其思想性格中的核心性、實質性的基本因素，還應該承認賈寶玉評價得最為確切中肯，一針見血：一個不折不扣的『沽名釣譽』的『國賊祿鬼』。」^⑤

但近年來，也的確出現了不同的聲音，王喜悅寫道：「她有著清醒理智的生活態度、入世向上的務實精神、對環境的適應力、對自我的控制力、對變故的承受力堪稱一流」。家庭的變故讓她失去了孩童應有的天真活潑，迫使她成長為一位懂事、沉穩、冷靜的少女，內心的強大與責任感著實令人敬佩；對於薛寶釵，不能因為寶玉說她「好好的一個清淨潔白女子，也學的沽名釣譽，入了國賊祿蟲之流」^⑥，就認定作家對她持否定態度。其實，曹雪芹對寶釵讚賞有加。雖然寶釵冷漠、世故，但她畢竟是十幾歲的少女。薛寶釵「克己復禮」，

①【清】曹雪芹著：《紅樓夢》，人民文學出版社 2008 年版，第 277 頁。
②【清】曹雪芹著：《紅樓夢》，人民文學出版社 2008 年版，第 432 頁。
③【清】曹雪芹著：《紅樓夢》，人民文學出版社 2008 年版，第 76 頁。
④ 黃志鴻、管喬中：《〈紅樓夢〉人物形象研究——薛寶釵篇》，《韓山師範學院學報》2017 年第 4 期，第 77—84 頁。
⑤ 吳穎：〈論薛寶釵性格〉，《韓山師專學報》1982 年第 1 期。
⑥【清】曹雪芹著：《紅樓夢》，人民文學出版社 2008 年版，第 473 頁。

第二十二回脂批曾指出：

> 瞧他寫寶釵真是又曾經嚴父慈母之明訓，又是世府千金，自己又天性從禮合節。①

她集博學和美貌、才能和賢德於一身，比那些滿口仁義道德、自私虛偽的衛道者強過百倍千倍。

二、從釵黛對比看人物形象

作為曹雪芹最為著力塑造的兩個截然不同的女性形象，寶釵和黛玉之間的對比無可避免，他把西施式的清瘦給了黛玉，把玉環式的豐腴給了寶釵，把「肝陰虧損、心氣衰耗」②的寒給了黛玉，把只能吃冷香丸才能壓制的熱給了寶釵；而讀者對二人的態度往往都是褒一貶一，如楊琳在〈論魏晉名教自然論在《紅樓夢》中的投射〉③中寫到的那樣：

> 《紅樓夢》中塑造的兩個主要人物薛寶釵和林黛玉，一個秉承名教，一個聽任自然，堪為「『閨房之秀」與「林下之風」雙美對峙的典範。④

薛寶釵言行完全符合封建倫理道德體系，並且全心全意地維護這個體系，實為名教典範；林黛玉則不同，其所居的瀟湘館環繞著瀟瀟翠竹，其人清新脫俗，用情真摯，品德高潔。

這樣極端的評價背後也受時代的變遷、觀念的轉變、個人的價值選擇等因

---

① 【清】曹雪芹著：《脂硯齋重評石頭記（庚辰本）》，人民文學出版社 2006 年版，第504 頁。
② 【清】曹雪芹著：《紅樓夢》，人民文學出版社 2008 年版，第 1168 頁。
③ 楊琳：〈論魏晉名教自然論在《紅樓夢》中的投射〉，《紅樓夢學刊》2018 年第 2 輯，第 152-166 頁。
④ 楊琳：〈論魏晉名教自然論在《紅樓夢》中的投射〉，《紅樓夢學刊》2018 年第 2 輯，第 156 頁。

素的影響。「五四」時代，右黛左釵的傾向趨於一致，讀者批判甚至痛恨薛寶釵這個「封建衛道者」，重評釵黛形象的熱潮借著「新紅學」的東風興起。賈寶玉、林黛玉反叛舊禮教的行為被擴大，他們變成了反封建、反傳統的戰士。薛寶釵的品格端方、安分從時等符合禮法的行為被極度醜化，她成為賈寶玉、林黛玉愛情的破壞者。外部因素對小說人物評價的影響之大可見一斑。

進入 21 世紀後，隨著經濟、文化環境的變化，對二人的評價逐漸變得更加理性、全面、客觀，在分析人物形象的時候更多地結合當時的時代背景，「釵黛合一」，代表一種「兼美」文化，文化即人格，也代表一種理想的健全人格。

縱觀林黛玉與薛寶釵的性格，兩者各有優缺，需要對其進行客觀的分析與理性的取捨，成為近年來釵黛兩人形象對比的主旋律。如黃姝敏寫道「在大觀園裏，林黛玉與薛寶釵可謂『雙峰對峙，二水分流』，遠遠高出於諸裙釵。兩人皆才華橫溢，難分軒輊。她們是美的化身，小家碧玉與大家閨秀完美的結合，而她們的美又從詩裏發揮得淋漓盡致。」[①]

三、「金玉良緣」的愛情

> 都道是金玉良姻，俺只念木石前盟。空對著，山中高士晶瑩雪；終不忘，世外仙姝寂寞林。[②]

第五回判詞是對賈寶玉、林黛玉、薛寶釵三人關係的傳神描述，一邊是「木石前緣」，一邊是「金玉良緣」，長久以來，不管是普通讀者，還是學界都認同這樣的觀點——林黛玉、薛寶釵，一個是理想美的化身，一個是現實美的代表。一個得到了純真的愛情，卻得不到世人認可的婚姻；一個贏得了婚姻，卻葬送了愛情。愛情中，雙方的態度、付出往往不對等，那麼薛寶釵對於這段「金玉良緣」的感情又抱有怎樣的看法？她對寶玉的感情究竟是算計占了上風，還

---

① 黃姝敏:〈淺析《紅樓夢》中的雙姝魅力——林黛玉與薛寶釵〉,《大眾文藝》2016年第 14 期，第 34 頁。

② 【清】曹雪芹著:《紅樓夢》，人民文學出版社 2008 年版，第 82 頁。

是情感打敗理智？

首先，寶釵無疑是喜歡寶玉的，從原書中的描寫不難看出這份情感的自然流露，第二十八回，寶玉看寶釵所佩之紅麝串，寶釵肌膚豐澤很難褪下來，寶玉看得呆了，寶釵「自己倒不好意思的，丟下串子」①回身就要走。那樣「羞籠紅麝串」②既是少女天性的流露，也反映出她對寶玉的真實感受，這種含羞之情應是對所愛慕的異性所特有的，通過這個細節可以看到即便是落落落大方、老成持重的寶釵也有著她少女階段所特有的性格特徵。

寶釵對金玉良緣的在意是不言而喻的，寶釵之兄薛蟠的一番話可以作為她重視金玉良緣的旁證：

> 我早知道你的心了，從先媽和我說，你這金要揀有玉的才可正配，你留了心，見寶玉有那勞什骨子，你自然如今行動護著他。③

寶釵聽後被薛蟠這番話氣得哭起來，無非是因為心直口快的哥哥戳中了自己的心事。

感情是真的，但因有了寶黛前世今生之羈絆的映襯，寶釵的感情則顯得現實中又有些世俗，於是一些研究者對寶釵的感情觀抱有批判的態度，如楊麗華在〈林黛玉和薛寶釵形象論〉中對兩人對待愛情的評價那樣：

> 一個是對寶玉真誠愛慕，表裏如一；一個是雖然喜歡寶玉卻內熱外冷，以工於心計取勝。④

黛玉認准了寶玉是自己的知己就熱烈追求。寶釵雖然內心裏也喜歡寶玉，卻不讓人看破，端莊自持，不露形跡，怕失了大家閨秀的身份。另外，釵、黛

---

① 【清】曹雪芹著：《紅樓夢》，人民文學出版社 2008 年版，第 389 頁。
② 【清】曹雪芹著：《紅樓夢》，人民文學出版社 2008 年版，第 373 頁。
③ 【清】曹雪芹著：《紅樓夢》，人民文學出版社 2008 年版，第 458 頁。
④ 楊麗華：〈林黛玉和薛寶釵形象論〉，《黑河學院學報》2017 年第 6 期，第 168—169 頁。

二人爭取愛情婚姻的方法也不同。黛玉只是全心全意追求寶玉，只求二人心心相印。可寶釵卻與她有所不同。先前，寶釵對寶玉是極盡籠絡之能事，在寶玉身上用工夫，處處以自己的才學博得寶玉的歡心。後來，寶釵發現決定寶玉婚姻的不是寶玉自己，而是賈母和王夫人。於是寶釵轉而取悅她們，終於博得了當權派的歡心，從而登上了寶二奶奶的寶座。包括原書中第八回寶玉探望寶釵時，寶釵主動提出要看寶玉之玉並口內念道「莫失莫忘，仙壽恒昌」①並念了兩遍後，其貼身丫鬟鶯兒接道：「倒像和姑娘的項圈上的兩句話是一對兒。」②這一情節，被很多人解讀為寶釵是在寶玉面前借鶯兒使「金玉良緣」之意初露端倪，說明其心機與算計。

但也有不同的聲音，畢良軍就給了薛寶釵種種舉動以解釋：

> 在小說《紅樓夢》中，薛寶釵就是這樣的人，很少在人前表露內心一些過於情理的話和不同於常人的行為，這首先是因為自己本身的修養，在她的修養上習著古人的「發乎情，止乎禮」，以至於在很多方面我們看到的都是她不為情所動的一方面。其次，就是客居他家，這樣的身份讓她同黛玉剛進賈府心裏所想的那樣「不能多說一句話，不敢多走一步路」。所以寶釵在這樣的自身情況和環境裏能有如此大的舉動，還是值得敬佩的。③

第二十八回的一個情節裏更是真實地反映了寶釵對寶黛發展著的愛情的坦蕩與真摯的態度，賈母差人請寶黛二人過去吃飯，黛玉想等著寶玉與他一同走，寶玉無意起身，偏偏與王夫人一起去吃齋，黛玉聽了悻然而去。寶釵把這一切都看在眼裏，於是勸寶玉還是陪著林妹妹走一趟，她心裏打緊的不自在呢！寶釵如此悉心體會黛玉的感受，細心地維護寶黛之間的感情，怎能說釵黛

① 【清】曹雪芹著：《紅樓夢》，人民文學出版社 2008 年版，第 121 頁。
② 【清】曹雪芹著：《紅樓夢》，人民文學出版社 2008 年版，第 121 頁。
③ 畢良軍：〈論《紅樓夢》中薛寶釵對愛情的態度〉，《科教文匯》2014 年 11 月上旬刊，第 109—110 頁。

二人是情敵呢？

《紅樓夢》中薛寶釵的形象豐滿而複雜，「任是無情也動人」[①]，近五年來對此論題的研究，角度多樣，成果頗豐，較之以往，可以說是在繼承中有發展。寶釵其人溫情脈脈又理性冷峻，人物身上那種極矛盾又極和諧的藝術魅力，不管對普通讀者亦或是學術研究都有極大吸引力，最後印證判詞「金簪雪裏埋」[②]的悲劇結局也不能完全歸罪於個人性格，更是多方原因合力的結果；再者，根據近五年統計資料顯示，人們對寶釵形象的積極評價增多，甚至有人提出「娶妻當如薛寶釵」的說法，可見，對於文學作品人物的評價並非一成不變，是隨著時代的發展而發展的。

---

① 【清】曹雪芹著：《紅樓夢》，人民文學出版社 2008 年版，第 869 頁。
② 【清】曹雪芹著：《紅樓夢》，人民文學出版社 2008 年版，第 76 頁。

賈迎春悲劇主客觀原因談

李佳

內容提要：本文分析了古典文學名著《紅樓夢》中「金陵十二釵」之一「賈迎春」的人生悲劇。主要從《紅樓夢》大框架的構建，賈迎春的身世，重點事件等方面分析其自身特有的性格特點。結合電影、網路文化等時事，針對其性格特點，分析了悲劇被釀成的主客觀原因——悲劇的釀造往往不是一個偶然性事件，在其逐漸形成的過程中，歷史環境、家庭環境、自身出身等客觀條件的限制，加之性格懦弱、過分忍讓、篤信命運等主觀性格特點的加持，共同構建了悲劇發生的重要條件因素，加之出嫁孫紹祖這種虎狼之輩，也就更加突出了賈迎春悲慘命運的必然性。賈迎春雖然是曹雪芹筆下的虛構人物，在整本《紅樓夢》中著墨不多，但其悲劇人生，值得後世研究與警醒，清醒地留意自己的命運軌跡，在有限的條件下，儘量避免自掘墳墓的悲慘下場。

關鍵詞：賈迎春；孫紹祖；中山狼；金陵十二釵

翻看中國古典文學名著《紅樓夢》，怎的也避不開光彩奪目的金陵十二釵。十二釵判詞各有千秋，配畫中或有廣廈，或搭舫船，再不濟也是祥雲梅花相依為伴，唯獨翻到這第七釵——賈迎春，不但掩面啜泣，身後還一惡狼涎伺，相比配畫，判詞更是觸目驚心——

> 子係中山狼，得志便倡狂，金閨花柳質，一載赴黃粱。[①]

眾所周知，曹雪芹的《紅樓夢》實際是一曲盛極而衰的落寞悲歌，而在判詞裏已被言明的迎春，則是這悲劇中最悲劇的人物之一，曹雪芹在為其撰名的時候，早已言明一切——迎春花開最早，凋零也最早，隱喻賈迎春是最早凋零之人。而「蒲柳」與迎春花類似。其義有二：一是蒲柳早凋。《世說新語・言語》有言：「蒲柳之姿，望秋而落」[②]，「蒲柳」隱喻未老先衰；二是喻輕賤。「蒲柳」

---

① 【清】曹雪芹著：《紅樓夢》，人民文學出版社 2008 年版，第 77 頁。

② 【南朝宋】劉義慶撰；【梁】劉孝標註；楊勇：《世說新語校箋》，中華書局 2006 年版，第 103 頁。

又叫「水楊」，生於水邊，長得快卻不成材，不能作為棟樑只適合燒柴。處處隱喻賈迎春的悲慘命運。

《紅樓夢》第三回，借助林黛玉的眼睛，我們看到了迎春的形象：

> 肌膚微豐，合中身材，腮凝新荔，鼻膩鵝脂，溫柔沉默，觀之可親。①

這是標準的侯門世府千金，大家小姐的模樣，但細察之，「溫柔沉默，觀之可親」已將迎春基本的性格表現出來。迎春多數情況下都隱藏在眾人之中，溫柔沉默。她極力將自己「縮小」到一個角落中，企圖讓別人注意不到自己的存在。而片面地「縮小」自己，卻讓她在別人眼中顯得可有可無，可以隨意欺負。在這裏我們並不想誇大人性中自然存在的「惡」，也並不排斥對和諧社會的憧憬以及對大同世界的嚮往，但物競天擇，適者生存的殘酷現實也擺在眼前，歷歷在目。綜上種種，正應了那句俚語：人善被人欺，馬善被人騎。

迎春是賈府的二小姐，是榮國府大老爺賈赦之妾所生，與其他姐妹同在賈母跟前生活，元春進宮後就成了賈家最年長的姑娘，借用黛玉的描述，長得「肌膚微豐，合中身材，腮凝新荔，鼻膩鵝脂」，也算姿容秀麗，個性上「溫柔沉默，觀之可親」，應當算是標準淑女，外加親和力強的人了。

賈赦雖然襲了官職，但是從未好好做官，年紀頗大了，還整日沉湎於酒色，若說有什麼特殊本領，只能說用巧取豪奪的方式，來奪取石呆子的家傳寶物。迎春的哥哥是與其同父異母的賈璉，賈璉除了與其父蛇鼠一窩般的極度好色，也從不與同父異母的迎春一起生活，迎春的性格又決定了她不會積極主動往賈璉這裏靠，這種天然的血緣關係也變得越來越淡漠了。迎春親生的母親早就死了，名義上的母親是邢夫人，這邢夫人自己眼界不高、貪財勢利，迎春又沒給她帶來半點好處，她更看不起這個丈夫早先已死的妾生的女兒，也談不上半點關心。

---

① 【清】曹雪芹著：《紅樓夢》，人民文學出版社 2008 年版，第 38 頁。

　　所以迎春的身世是十分讓人感傷的，和林黛玉一樣，唯一依靠的也就只有老太太的疼愛了。與精明強勢的探春相比，同為庶出的迎春每每出場顯得十分缺乏存在感，仿佛是個隱形人，做人退讓，不露鋒芒，戳一針也不知噯喲一聲。雖說賈母認為女孩子讀書也不過是識幾個字，不當睜眼瞎罷了！但《紅樓夢》裏的眾多女兒，大部分詩詞才藝是非常高的，這樣反襯得迎春詩詞功底有限，詩作得也不大好！在賈府被大家冠上「二木頭」的諢名。

　　書中的幾個代表性事件可見人物的性格特點。

　　一、安靜恬淡，單純真摯，獨自穿茉莉花。第七回周瑞家的給大家分送宮裏頭做得的堆紗花兒，順路先往小姐移居的小抱廈內，看見迎春和探春正在下圍棋。周瑞家的送上花並說明緣由兩人忙止住棋起身道謝。迎春喜愛擅長圍棋，待人接物有禮有節，兼備大家閨秀的形象和素養。她性情柔弱安靜，寂寞時獨自拿著花針穿茉莉花，與人交善，與世無爭，其內在修養可見一斑。至於她的詩書才華，雖然不能與大觀園詩社的眾多才女佳人相提並論，但第十八回元妃省親時候迎春奉命即興創作的《曠性怡情》：

　　　　園成景備特精奇，奉命羞題額曠怡。誰信世間有此境，遊來寧不暢神思？[1]

　　表達了她尋求安靜生活的純真理想。[2]

　　二、佛系少女，不問累金鳳。迎春的形象一直被定義為「溫柔沉默，觀之可親」。她才學有限，不擅詩詞，連元春賞下的燈謎，也只有她和賈環沒猜對。她留給人們印象最深的，便是獨在花陰下拿著花針穿茉莉花，一派安靜淡然，眾人的熱鬧都與她無關。她總是在人群中，伴著其他人一起出場，卻很少得到鏡頭。不僅僅是讀者、甚至是書中人有時都忽略了她，連一向在脂粉隊裏混慣

---

① 【清】曹雪芹著：《紅樓夢》，人民文學出版社 2008 年版，第 242-243 頁。

② 雷雪霏，馬蕾蕾：〈賈迎春和周蕙如的命運悲劇研究〉，《文學教育下半月》2017 年第 2 期，第 22—23 頁。

的寶玉，商量詩社時竟然還有一句「二姐姐又不大作詩，沒有他又何妨」①，實在讓人為迎春的存在感歎一口氣。山雨欲來，多事之秋。曹公在此時為迎春立傳，自有其深意。

時下流行「佛系」一詞，意指一種有目的地放下的生活態度。「都行」、「可以」、「沒關係」，所謂「佛系三連」，人間萬事，都是無所謂。兩百年前的二木頭、懦小姐，在今天就是真佛系少女。佛系少女怕生事、怕麻煩，簡單最好，怎麼都行，看淡一切，唯一的堅持只有「佛系」。曹公絕想不到，自己筆下的女子，會具有兩百年後的流行氣質。「懦小姐不問累金鳳」不是簡單的拒絕，作者層層皴染，三次「不問」，是迎春的佛系。

第一次不問，是迎春與繡桔兩人的對話，也是迎春最直接的態度。繡桔的方案簡單有效，迎春卻寧可省事。省事，佛系少女的標準配置

第二次不問，拒絕的是王柱兒媳婦。討情，我做不到；金鳳，我也可以不要。迎春並不答應王柱兒媳婦的要求，也不要求她。這一次，迎春的佛系成了她的鎧甲，使她躲避了王柱兒媳婦的機鋒。王柱兒媳婦發邢夫人之私意，語涉邢岫煙之事，無形之中又牽涉了邢夫人的貪婪冷酷。迎春的「不問」很及時，佛系未必都是忍讓，也可以是智慧。只是迎春無力轄治，她的佛系，畢竟不是平兒「大事化了、小事化無」②的治家之道。

第三次不問，是探春叫來了平兒，風波平息，只等迎春一個態度。此時此刻，迎春依然不問。對於奶娘的聚賭，她不苛責、也不討情；對於自己的金鳳，送來則收下，不送來便不要了。這口氣如在耳畔，與當下的佛系青年一般無二。迎春的問題不在無力，而在無心，即使旁人替她清掃了障礙，她也不願意做出一個堅定的決定，萬事只是隨緣。

三、司棋失棋，抄檢大觀園。俗話說，「一個籬笆三個樁，一個好漢三個幫」，沒有人靠自己就能混得如魚得水。尤其是有點身份的人，都要有幾個得

---

① 【清】曹雪芹著：《紅樓夢》，人民文學出版社 2008 年版，第 655 頁。
② 【清】曹雪芹著：《紅樓夢》，人民文學出版社 2008 年版，第 843 頁。

力幹將作自己的保鏢、打手、謀士。宋江一副懦弱的樣子，但看到他身後站著個拎著兩把板斧，怪眼圓睜的天殺星，誰敢輕視他？劉備雖然謙遜，旁邊跟著倆傲上天的金牌小弟，誰敢對他不敬。唐僧看上去很好欺負，禮貌地投宿差點被只接待皇親貴族的老和尚打一頓，孫悟空跳出來，和尚們立刻整裝列隊「迎接唐老爺」。《紅樓夢》裏作主子的，也都需要幾個心腹，作為自己的延伸或補充。像鳳姐這樣強勢的，就需要平兒這樣溫柔、善良、平和的手下，中和自己，善後自己，免得自己狠毒太過，得罪人過多過狠，引起反彈。紫鵑要替黛玉試探寶玉。夏金桂想擺平薛蟠、香菱，還得有寶蟾的大力相助。

迎春這樣懦弱的，得需要幾個強勢的，給她出謀劃策、衝鋒陷陣，自己在後面給她們提供支援。主僕間親密配合，軟的怕硬的，硬的怕不要命的，哪怕不用反殺，只要讓孫紹祖碰上幾次硬釘子，他也不敢肆無忌憚地欺負迎春了。迎春有這樣的團隊嗎？還真有。首先是她的乳母，那次查喝酒賭錢的，她乳母就是賭頭。賭場上什麼人都有，利益又大，很多人都眼紅盯著呢，能開賭場的決不是一般二般的厲害。雖然這是小型賭博，但她能組織起來當大頭目，絕對是心機、手腕、狠毒都屬上乘。還有她兒媳婦，明明是邢岫煙當了棉衣請她們喝酒吃點心，她為了賴上累金鳳，卻說：

> 自從邢姑娘來了，太太吩咐一個月儉省出一兩銀子來與舅太太去，這裏饒添了邢姑娘的使費，反少了一兩銀子。常時短了這個，少了那個，那不是我們供給？誰又要去？不過大家將就些罷了。算到今日，少說些也有三十兩了。我們這一向的錢，豈不白填了限呢。[1]

這倒打一耙的功力，絕對是個優秀律師；探春依靠主子的身份跟平兒的關係才硬壓下去。婆媳都是魔高一尺道高一丈的關係，這對婆媳絕對是狠角色。還有司棋，老娘想吃蒸雞蛋，你不給老娘做，管你三七二十一，就算你說破天來，老娘就帶人砸你的攤子去。

---

[1] 【清】曹雪芹著：《紅樓夢》，人民文學出版社 2008 年版，第 1014-1015 頁。

司棋聽了，不免心頭起火。此刻伺候迎春飯罷，帶了小丫頭們走來，見了許多人正吃飯，見他來的勢頭不好，都忙起身陪笑讓坐。司棋便喝命小丫頭子動手，「凡箱櫃所有的菜蔬，只管丟出來喂狗，大家賺不成。」丫頭子們巴不得一聲，七手八腳搶上去，一頓亂翻亂擲的。①

王夫人鳳姐專門設的廚房她都敢帶人踢，比寶蟾還狠。雖然不怎麼聰明，但有時無腦比聰明更好用。司棋如果去了孫家，就像宋江的李逵一樣：老子就一根筋，你們那些彎彎繞老子看不懂，老子只懂你敢不敬我大哥，老子就敢砍你。

但先是「不問累金鳳」折了乳母及其兒媳，再又「抄檢大觀園」失了紫菱洲裏最強勢，最能護佑迎春的大丫頭「司棋」。可以說，司棋之於無依無靠的迎春，便是立足賈府，乃至立足於世的最大的憑藉之一，這一點，迎春未必不自知，然而當抄檢大觀園發生，當罪證「繡春囊」被公諸於世，迎春的選擇仍然是一則「語言遲慢，耳軟心活，不能做主」，二則「事關風化，無可如何」。②

至此，迎春雖然善棋，但她手中已無棋。本性懦弱，又無棋可用，那麼悲劇的發生，虎狼的近噬，又怎會遙遠？

四、一載黃粱，子係中山狼。曹雪芹在層層鋪墊之後，終於為迎春的悲慘人生鋪設一段高潮，同時也是畫上一個句號。其父賈赦，一味好色貪財，後母邢夫人，性格怪癖，生母又早亡，她的婚姻大事，也就由其父賈赦獨斷敲定，許給了所謂的「世交之孫」名孫紹祖者。而且「娶親之日甚急，不過這年就要過門的。」③

> 子係中山狼，得志便倡狂。金閨花柳質，一載赴黃粱。④
> 中山狼，無情獸，全不念當日根由。一味的驕奢淫蕩貪歡媾。覷著

① 【清】曹雪芹著：《紅樓夢》，人民文學出版社 2008 年版，第 834 頁。
② 【清】曹雪芹著：《紅樓夢》，人民文學出版社 2008 年版，第 1076 頁。
③ 【清】曹雪芹著：《紅樓夢》，人民文學出版社 2008 年版，第 1119 頁。
④ 【清】曹雪芹著：《紅樓夢》，人民文學出版社 2008 年版，第 77 頁。

那，侯門豔質同蒲柳；作踐的，公府千金似下流。歎芳魂豔魄，一載蕩悠悠。①

都預示了迎春婚後在孫紹祖的作踐下，受盡折磨，時僅一載，即悲慘死去。

分析迎春悲劇婚姻的原因，大致如下：

第一，迎春名為出嫁，實為抵賣。我們都知道，迎春的婚事，是她的父親賈赦不聽勸阻，一意孤行做成的，因為他心裏有鬼，他欠孫紹祖的五千兩銀子，還不出來，只能把自己的親生女兒抵賣過去。從賈府這邊來看，都認為是千金小姐出嫁，但在孫紹祖看來，就跟花五千兩銀子買個丫鬟沒什麼區別，所以他才敢對迎春大罵：

> 你別和我充夫人娘子，你老子使了我五千銀子，把你准折賣給我的。好不好，打一頓攆在下房裏睡去。②

第二，未嫁從父，既嫁從夫的觀念。封建時期的女子，沒有任何地位，必須要遵守三從四德，其中三從為「未嫁從父，既嫁從夫，夫死從子。」迎春的婚事非常符合前兩點。她沒嫁的時候，婚事是父親賈赦說了算，就連賈母都做不了主，畢竟兒女婚事講究的是「父母之命，媒妁之言」，這是「從父」。既然嫁給了孫紹祖，那麼不管這個丈夫怎樣，迎春都只能認命，只能服從，這是「從夫」。在過去，女人就像是男人的附屬品，喜歡了對你好，不喜歡了就拳打腳踢，甚至一紙休書把你休了，所以迎春回娘家哭訴時，王夫人說「我的兒，這也是你的命。」③

第三，賈府已經大不如前。迎春出嫁是在七十九回八十回，這時候的賈府，早已經入不敷出，千瘡百孔，就連宮裏的太監都敢來打秋風，可見此時的賈府，只是個空架子了。

---

① 【清】曹雪芹著：《紅樓夢》，人民文學出版社 2008 年版，第 84 頁。
② 【清】曹雪芹著：《紅樓夢》，人民文學出版社 2008 年版，第 1136-1137 頁。
③ 【清】曹雪芹著：《紅樓夢》，人民文學出版社 2008 年版，第 1137 頁。

過去賈赦買個丫頭花八百兩銀子都不眨眼，買石呆子的扇子，賈赦是「要多少銀子給他多少」，到迎春出嫁時，卻連孫紹祖的五千兩銀子都還不起了。這時候的賈府，已經門前冷落。靠著賈府發跡的孫紹祖，自然更不會把賈府放在眼裏。

賈迎春和探春一樣，同屬庶出身份，但不同於探春的迎難而上、敢作敢當，她最大的性格特徵就是木訥、懦弱。對周圍發生的一切，都不聞不問，不給意見也不參與，凡事都木然處之無動於衷，讓人感覺不到她的存在，所以被人稱作「二木頭」。所謂「二木頭」，用小廝兒的話來解釋就是「戳一針也不知嗳吆一聲」，痛了也從來不會喊痛的姑娘。

而迎春的性格又有以下幾點缺陷：

一、鴕鳥主義，逃避問題。〈懦小姐不問累金鳳〉一回，正是迎春小傳：她的乳母牽頭設賭局，還偷拿了她的累絲金鳳典當。被舉報後，乳母之媳不僅不肯還首飾，還要逼她去求情。她的丫鬟司棋、繡橘氣不過，與對方吵得不可開交。

> 迎春勸止不住，自拿了一本《太上感應篇》來看。①

恰好寶釵探春等來訪，探春替她打抱不平，叫來平兒處理。平兒問迎春的意思，迎春說了她全書中唯一一段長篇大論：

> 問我，我也沒什麼法子。他們的不是，自作自受，我也不能討情，我也不去苛責就是了。至於私自拿去的東西，送來我收下，不送來我也不要了。太太們要問，我可以隱瞞遮飾過去，是他的造化，若瞞不住，我也沒法，沒有個為他們反欺枉太太們的理，少不得直說。你們若說我好性兒，沒個決斷，竟有好主意可以八面周全，不使太太們生氣，任憑你們處治，我總不知道。②

眾人聽了，都好笑起來。明明是幫她寸土不讓，她卻完全是局外人的雲淡

① 【清】曹雪芹著：《紅樓夢》，人民文學出版社 2008 年版，第 1015 頁。
② 【清】曹雪芹著：《紅樓夢》，人民文學出版社 2008 年版，第 1118 頁。

風輕。口口聲聲的「沒法子」「不要」「任憑你們處治」「不知道」，可見迎春鴕鳥主義，逃避問題的性格。

二、意志消沉，毫無生機。劉姥姥二進大觀園時候，為大家做滑稽表演，「老劉，老劉，食量大如牛，吃一個老母豬，不抬頭」[①]，湘雲笑得噴茶，探春笑得合碗，惜春笑得要找奶媽揉肚子，惟二人不笑：寶釵是老成持重，迎春只是漠然，無動於衷。

三、漠不關心，懦弱冷酷。賈府的大丫頭們雖然出身低微，但處處為主子打算的大丫頭們，都受到了善待。例如黛玉身邊的紫鵑，便跟黛玉親如姐妹，黛玉在臨終之前還給紫鵑安排了後路。

在抄撿大觀園時，司棋被抄出私藏了男人情書和鞋子，原是指望迎春能夠說句話保住她，可迎春雖有不捨之意，但卻膽小怕事兒，又見四姑娘惜春的入畫也被趕了，便更不敢出聲求情，只說道：

> 我知道你幹了什麼大不是，我還十分說情留下，豈不是連我也完了。[②]

賈迎春沒主見，更沒有賈探春給別人一巴掌的魄力，在自己的家裏面，她也只想求個不牽連而已。

對於迎春，既哀其不幸，又怒其不爭。

迎春自幼喪母，父親又不聞不問，本性善良，最後卻落得個潦草收場，其命運固然是可悲的。但其最終惡果的釀造，除了種種客觀原因，與其主觀上的不作為，不爭取也有重大關係，這一點與同為庶出的探春形成鮮明對比，若迎春不是那麼的懦弱，懂得維繫自己身邊的勢力，至少不會落得在最落魄時竟無可憑藉的悲慘結局，鬱鬱而終。

迎春篤信因果，卻終成惡果。她對「因果論」拘泥不化，這從其篤愛之讀

---

① 【清】曹雪芹著：《紅樓夢》，人民文學出版社 2008 年版，第 535 頁。
② 【清】曹雪芹著：《紅樓夢》，人民文學出版社 2008 年版，第 1077 頁。

物——《太上感應篇》，以及其面臨危機事件的種種應對方式並不難看出。其過分重視「種善因」，凡事選擇忍讓，選擇以善度之，繼而將得善果寄希望於自己種下的「善因」，結果被現實狠狠打臉，釀成悲劇。

2019 年一部《哪吒》在內地大火，票房一時風頭無雙，排除其動畫製作，經典 IP 等藝術因素，《哪吒》的精神內核其實是對命運的抗爭。無論滿天神佛是否真的存在，生而為人總會有被自己的命運支配的感覺。同哪吒一樣，迎春也有對於自己不公命運的反抗，但其反抗方式的表現又與哪吒截然不同，哪吒是「若真天命如此，我便破了這個天！」，而迎春則是「我不信自己命中註定應該如此」，說到底迎春反抗命運的方式是被動的，是無力的，只能通過主觀上的懷疑作為行動的唯一方式，如此的命運反抗方式看起來更像是一種被命運完全支配後的聊以自慰。

雖然迎春在「十二釵」以及「四春」中都是最缺乏存在感的低級存在，但也許她才是最能代表普羅大眾的客觀形象，畢竟含玉而誕，或葬花猶憐在人群中都是鳳毛麟角的存在。雖然時空變換，世事不同，但我們和迎春一樣，面對命運的時候，往往難逃蚍蜉撼樹的無力感。面臨危機的時候，往往心中的懦弱自私總會出來作祟，所以任誰也不該秉持完全批判的眼光去看待這樣一位身世淒離，秉性善良，命運多舛的小女子，而應以此為鑒，明之，度之。

君權父權體系中的賈政

李楊

內容摘要：《紅樓夢》是我國古典小説中一部最為優秀的現實主義文學巨作，是作者曹雪芹嘔心瀝血，披閱十載，增删五次，長期堅辛勞動才給子孫後代流傳下來的一件藝術珍品。《紅樓夢》從清代橫空出世以來，就得到多位學術大家的關注。本文從教育觀念、君權父權觀念、宗法觀念來對紅樓中一個非常重要的人物賈政進行形象分析，認為《紅樓夢》之所以經典就是在於其刻畫的人物中沒有一個是大奸大惡和純真至善，作者站在超然的角度客觀評價每個人物，包羅萬象。

關鍵詞：《紅樓夢》；賈政；人物分析；宗法觀念；君權父權觀念

《紅樓夢》從清代橫空出世以來，就得到多位學術大家的關注。周汝昌先生認為，《紅樓夢》是我們中華民族的一部古往今來、絕無僅有的「文化小説」。[1] 從所有明清兩代重要小説來看，沒有哪一部能像《紅樓夢》具有如此驚人廣博而又深厚的文化內涵。清代大家的評點和當代紅樓大家的解讀，對《紅樓夢》所包含著的生活問題、社會問題、女權問題、思想道德、文化宗教等方面給予了全方位研究，值得我們去思考與探究。

賈政是紅樓中一個非常重要的人物，雖然《紅樓夢》主要講的是金陵十二釵的故事，但它的偉大之處也在於通過賈政的形象描寫，作為榮國府的主人和寶玉父親的角色反映出賈府君權父權的體系，同時也深刻現實地刻畫出當時封建專制的社會生活。

賈政，字存周，是《紅樓夢》中賈寶玉的父親，同時也是榮國府的二老爺。此人從小就飽讀四書五經，受過很好的教育，但他不愛繁華奢侈的生活，只嚮往閑雲野鶴，但為了光宗耀祖而走上了仕途。作為人子，賈政在家對賈母言聽計從，使自己成為儒家標準的孝子形象。作為父親，他愛護自己的子女希望與

---

① 周汝昌、周倫苓著：《紅樓夢與中國文化》，工人出版社 1989 年版，第 11-12 頁。

他們溝通親近，卻又管教嚴厲，是典型的儒家統治思想的代表①。

他性格天生慵懶，作為男主人卻不管府裏各種事務，都推給賈璉和王熙鳳，讓他們一手主持，自己卻每天讀書下棋，與一群清客閒聊。他表面上是為人忠厚、崇尚禮儀、禮賢下士，實際上是被儒家思想所影響，為人迂腐古板、嚴厲生硬②。

書中對賈政性格描寫最生動的就是打賈寶玉的橋段。賈政自幼受儒家思想薰陶，嚴格遵循封建禮儀，而寶玉生性叛逆，不從禮儀，他覺得如此發展下去會不可收拾，以至於下手過重，差點將寶玉打死，驚動了整個賈府。他是封建秩序堅定的維護者，是封建階級王權的代表人物。

一、賈政的思想觀念

（一），教育觀念。從中國古代歷史中不難發現，儒家思想為各朝帝王封建統治創造出了一整套治理國家和社會的理論體系，讓封建的皇權專制思想深入人心，並讓封建統治在中國延續了兩千多年，這是人類社會發展史上的奇迹。所以在封建統治時期儒家思想深深地影響著當時的文人，唯讀書和科舉才是正道，賈政對寶玉的教育也是如此。

賈寶玉天資聰穎但却離經叛道，賈政希望讓寶玉思想重回儒家正道，首先就是讓寶玉飽讀「聖賢書」。書中在〈大觀園試才題對額〉③一回中細膩地描寫到，賈政逛到瀟湘館時，神清氣爽，於是發出了「若能月夜坐此窗下讀書，不枉虛生一世」④的感慨，還一邊觀賞一邊教育寶玉只有讀書才是正道。而在〈不肖種種大承笞撻〉⑤中賈政把寶玉不愛讀書列為第一大罪，還有在中秋佳節，全

① 張偉：《賈政原型為曹頫考》，人文天下出版社 2018 年版，第 115-119 頁。
② 朱學功：〈見與不見匠心盡現——賈赦賈政為什麼不與林黛玉相見〉，《語文月刊》2019 年第 1 期，第 65-67 頁。
③ 【清】曹雪芹著：《紅樓夢》，人民文學出版社 2008 年版，第 217 頁。
④ 【清】曹雪芹著：《紅樓夢》，人民文學出版社 2008 年版，第 221 頁。
⑤ 【清】曹雪芹著：《紅樓夢》，人民文學出版社 2008 年版，第 439 頁。

家人團聚在一起觀賞月色之時，各自吟詩作對，當看到賈寶玉和賈環的詩時也流露出對他們不想讀書的失望。所以賈政總是給寶玉一種逼迫他讀書，讓他為難的情緒。

由於賈政一直受這種先明義理，先明「聖人所以作經之意」這種儒家思想的熏陶，他堅信只有先端正自己的心性，明大義才能實現「修身齊家治國平天下」的人生目標。所以賈政讓寶玉讀書不僅僅是想讓他中舉走上仕途，而是想通過讀書學習他所推崇的儒家思想，在精神上得到教育，讓寶玉從思想上融入當時社會的主流思想。所以書中他總是會說寶玉「不務正業」，讓他「安分守己」。

（二），君權父權觀念。何為君權？從古以來，帝王們為了掌握天下臣民，把思想家的「聖者為王」轉為「王者即聖」，把聖心獨裁與心智明聖捆綁一起，讓天下人以帝王的好惡為好惡，天下人為我所用，為我所欲，這就是君權。帝王權利最大，天下人都要膜拜他，擁護他。賈政這樣的文人就是深信不疑地認為「君權」是神聖的，他們的皇親國戚也是被支配者。從書中第十八回〈皇恩重元妃省父母〉中，賈政見到元春也帶著嚴格的等級區分，身為父親在元春面前也要把皇權的等級放在第一。

何為父權？在西周，父權已經跟國家政治密不可分，它成為了宗法制度的一部分。在《紅樓夢》中，父權的關係主要表現為賈政在子女面前的父親威嚴。

文中總是可以看到賈政叫寶玉為「死奴才」，這都反應出賈政的嚴父形象。然而對待自己的母親史太君卻又唯唯諾諾言聽必從，也都深刻地體現了賈政對孝的儒家道德觀，也是對自己父權皇權社會背景的尊崇。在《紅樓夢》中，賈府的家庭結構比較特殊，作為長子嫡孫的賈赦沒有位居正房，反而是年輕的二子賈政處於正房。在賈府賈母的地位相當於是父權的代表，地位最高，由於更加偏愛賈政，所以讓賈政主政賈府，而賈政卻又是嚴格遵循長幼尊卑的儒家代表，在這種尷尬的背景下得到實權，說明賈政討好賈母，不僅僅是愚孝這麼簡

單了①。

（三），宗法觀念。回顧歷史，我們可以發現宗法觀念一直都存在著，並深深地滲透在我們華夏民族的生活裏。在整個《紅樓夢》裏，可以隨處發現在清代封建社會裏宗法制是非常盛行的。其中最突出反映這一現狀的就是在除夕祭宗祠一回中，曹雪芹采用相當大的篇幅去描寫不同人物各司其職，祭祀的每一個環節該不同職能的人去擔任，祭祀的每一個步驟都有不同的禮儀去對待，形象立體地刻畫出賈府的宗法制度，反射出當時社會的階級觀。

賈政管理府中事務的時候也是嚴格按照宗法制來管理的。比如在中秋夜宴一回中，賈赦抬賈環貶寶玉之時，賈政急忙解釋說「那裏就論到後事了」。這裏雖然講的是賈赦不滿賈母偏愛次子，更能體現出賈政是一個維護自己孩子的父親，也是一個宗法制的尊崇者。

由此可見，賈政深受儒家思想的薰陶，覺得皇權專制才是正統的思想。在生活中，他也是實行宗法制來管理賈府，體現出當時清朝皇權制度的社會地位。所以通過賈政這一人物刻畫出了一種思想守舊、迂腐，儒家思想衛道士的人物形象。

二、賈政的理想與現實反差

在《紅樓夢》裏賈政是封建制度培養出來的範本式的「正人君子」，表面滿腹詩書，實則徒具虛名毫無作為。從賈政的悲慘命運中側面反映出封建制度沒落的命運②。

第一，賈政作為賈母的次子，他把儒家百善孝為先的思想作為根本，對賈母言聽計從百依百順，儼然是一位孝子。作為賈寶玉的父親，嚴格管教，希望他能走入仕途，光耀門楣，延續賈府的榮華，而不希望寶玉的離經叛道連累到

---

① 劉宏嬌：〈封建社會的樣板正人君子——論賈政的處事智慧〉，《名作欣賞》2019 年第 20 期，第 25-28 頁。

② 樊小雪：〈賈政的人物形象塑造〉，《科學大眾（科學教育）》2018 年第 7 期，第 136 頁。

賈府。賈政這種家族使命感也深深地體現出他的孝心，但是由於他擔心賈母會因自己嚴厲管教寶玉而難過，他內心對母親的孝心與他管教兒子的父愛相矛盾，他一直推崇的儒家思想進入了互相矛盾的地步，這是他孝子與嚴父的矛盾。

第二，儒家思想提出「修身、齊家、治國、平天下」。然而賈政滿腹經綸，空有一身儒家才學，卻沒有把賈府管理得井井有條。因為賈府一直為儒家的宗法觀念主導，所以有一系列成熟的宗族長幼尊卑的秩序。但憑藉賈政一個人的能力在面對賈府中各路形形色色的紈絝子弟時，他顯得心有餘而力不足。但是在清朝皇權的制度下，無法獨善其身，只能與他們為伍，幫助他們掩蓋罪行來保全自己，這是他思想的矛盾之處。

第三，縱觀歷史長河，我們發現沒有哪個思想是曆久彌新，長盛不衰的。儒家的思想由於不斷創新，幫助封建帝王很好地鞏固和壯大自己的霸主地位，符合當時的時代背景。然而儒家思想再怎麼博大精深也抵不住歷史發展的腳步，總會被更適應時代的新思想所淘汰。而清朝就剛好處在那個更替的時代，所以孕育出了《紅樓夢》。作者曹雪芹敏銳地抓住這一特點，刻畫出賈政這個儒家代表人物。在書中，他雖然禮賢下士、篤信忠孝，但是在很多為人處世方面卻顯得迂腐守舊、恪守成規，處理問題的方法很不合適。也反應出他所維護的宗法觀以及當時整個清政府的皇權專制社會已經病入膏肓，不適應歷史的發展需求。儘管他十分努力地想保護家族利益，嚴格遵守封建禮儀，不敢越雷池半步，但也避免不了賈府的沒落。從歷史的角度看，他是封建思想的維護者，也是新思想的破壞者。《紅樓夢》之所以經典就是在於其刻畫的人物中沒有一個是大奸大惡和純真至善，作者站在超然的角度客觀評價每個人物，包羅萬象。正是通過描寫賈政所在的生活年代，反映出當時清政府封建社會的迴光返照，社會衰退已經到處可見，影射出作者希望在這種矛盾重重的時代中脫穎而出一種新的思想來引領社會的進步。

《紅樓夢》中的讖緯研究

李志強

內容摘要：讖緯是中國傳統文化的重要組成部分，到了明代，文人墨客在創作文學作品時，也會引入讖緯。本文以脂批版《紅樓夢》文本為依托，通過分析《紅樓夢》中讖緯的類型、價值，來詮釋曹雪芹《紅樓夢》的創作中，廣泛巧妙運用讖緯完善小説結構、塑造人物形象、推動劇情發展，達到了將劇情發展編織網絡，使人物命運前後呼應的特殊效果。曹雪芹通過創新讖緯的呈現方式，完善讖緯的運用手法，開創了更為完備的小説讖緯模式，構建了獨具一格的紅樓讖緯體系，不僅使作品的底蘊更加深厚，也使作品的特色更加鮮明。

關鍵詞：《紅樓夢》；讖緯；類型；價值

　　讖緯，就是假託神仙聖賢，運用神秘語言，預測吉凶，占卜政事，是中國傳統文化的重要組成部分。早在秦末，民間就有「亡秦者胡」的讖緯流傳。到了西漢時期，又有「代漢者誰，當塗高也」的讖緯流傳。為了鞏固專制主義中央集權制度，漢武帝推行「罷黜百家，獨尊儒術」政策，而以董仲舒為代表的儒生則將陰陽五行、黃老之學、河圖洛書、巫卜之術與傳統儒學相結合，將儒家發展成為具備完整神學體系、成為官方意識形態的儒教。在此過程中，讖緯起到了非常重要的作用。此後，無論是統治者塑造法統，還是反抗者凝聚人心，普遍都會運用讖緯。到了明代，文人墨客在創作文學作品時，也會引入讖緯，「三言」、「二拍」、《西遊記》、《金瓶梅》等都是典型例子。《紅樓夢》被譽為「中國古典章回小說的巔峰」、「中國現實主義文學的巔峰」，紅學界在評價《紅樓夢》時，普遍認為其「草蛇灰線，伏脈千里」。而《紅樓夢》之所以能夠達到這樣的表達效果，讖緯就起到了非常重要的作用。本文以脂批版《紅樓夢》文本為依托，嘗試分析《紅樓夢》中讖緯的類型、價值。

一、《紅樓夢》中讖緯的類型

（一）明與暗

《紅樓夢》的讖緯中，有些讖緯呈現形式比較明顯，讀者可以一目了然，可以歸為明讖，有些讖緯呈現形式比較隱晦，需要讀者深入解讀，可以歸為暗讖。例如，在第一回〈甄士隱夢幻識通靈，賈雨村風塵懷閨秀〉中，甄士隱所著的〈好了歌注〉中道：

> 陋室空堂，當年笏滿床；衰草枯楊，曾為歌舞場。訓有方，保不定日後作強梁；擇膏粱，誰承望流落在煙花巷。[1]

以非常直接的方式揭露了賈府最終走向衰落的結局，可謂明讖。又例如，在第二十九回〈享福人福深還禱福，多情女情重愈斟情〉中，賈母在清虛觀打醮時，連看了三折戲，第一折是〈白蛇記〉，講述的是漢高祖劉邦夜斬白蛇起義的故事，寓意著賈府先祖依靠軍功起家。第二折是〈滿床笏〉，講述的是郭子儀一門盡皆高官厚祿的故事，寓意著賈府眼下的榮華富貴。第三折是〈南柯夢〉，講述的是淳於棼夢入大槐安國擔任南柯太守最終如夢初醒的故事，寓意著賈府的榮華富貴最終也不過是夢幻泡影。因此，話石主人批註，「清虛觀三本，應榮府全域」，可謂暗讖。

（二）正與反

在《紅樓夢》的讖緯中，有些讖緯預示的情形與最後的結果相吻合，可以歸為正讖，有些讖緯預示的情形與最後的結果相背離，可以歸為反讖。例如，在第五回〈賈寶玉神遊太虛境，警幻仙曲演紅樓夢〉中，賈寶玉夢游太虛幻境，在「薄命司」翻看金陵十二釵又副冊，其中寫：

> 霽月難逢，彩雲易散。心比天高，身為下賤。風流靈巧招人怨。壽

---

[1] 【清】曹雪芹著：《紅樓夢》，人民文學出版社 2008 年版，第 18 頁。

夭多因誹謗生,多情公子空牽念。①

這是賈寶玉貼身丫鬟晴雯的判詞。晴雯容貌嬌豔,長於女紅,雖然只是奴僕,卻又性情高潔,因此,說她「心比天高,身為下賤」。由於晴雯心直口快,性格潑辣,被王善保家的誣陷,又受到王夫人誤會,最終,在身患重病的情況下被攆出大觀園,孤獨地死去,因此,說她「風流靈巧招人怨。壽夭多因誹謗生」。晴雯離世之後,賈寶玉悲痛欲絕,為她作了〈芙蓉女兒誄〉,因此,說她「多情公子空牽念」,可謂正讖。又例如,薛寶釵的金鎖上鏨有「不離不棄,芳齡永繼」②,然而,她最終的結果卻是「被離被棄,芳齡難繼」,可謂反讖。

(三)實與虛

在《紅樓夢》的讖緯中,有些讖緯是借助詩詞、酒令、燈謎等形式表現出來的,可以歸為實讖,有些讖緯是借助營造神秘、詭譎、靈異的氣氛表現出來的,可以歸為虛讖。例如,在第五回「為官的,家業凋零;富貴的,金銀散盡」③,以詩詞的形式揭露了賈府最終走向衰落的結局,可謂實讖。又例如,在第七十五回〈開夜宴異兆發悲音,賞中秋新詞得佳讖〉中,寧國府於中秋之夜大擺宴席,忽然聽到牆下有長歎之聲④。賈珍厲聲質問,卻無人應答。恍惚之間,又聽得祠堂之內有門扇開合之聲,陰氣森森,眾人嚇得心驚肉跳。後世分析,賈府宗祠坐落於寧國府西邊,家宴之時,祠堂內有長歎之聲,焉知不是榮國公、寧國公知道賈府行將遭逢大劫,既是示警子孫留意,又是感歎子孫不肖,可謂虛讖。

① 【清】曹雪芹著:《紅樓夢》,人民文學出版社 2008 年版,第 75 頁。
② 【清】曹雪芹著:《紅樓夢》,人民文學出版社 2008 年版,第 121 頁。
③ 【清】曹雪芹著:《紅樓夢》,人民文學出版社 2008 年版,第 86 頁。
④ 【清】曹雪芹著:《紅樓夢》,人民文學出版社 2008 年版,第 1050 頁。

二、《紅樓夢》中讖緯的價值

（一）完善小說結構

眾所周知，小說結構既是確保小說閱讀效果的關鍵所在，也是評判作家掌控能力的重要指標。曹雪芹通過巧妙運用讖緯，使《紅樓夢》呈現出整體性、連貫性的特點，進而組成了基本線索、完善了小說結構。例如，在第五回〈賈寶玉神遊太虛境，警幻仙曲演紅樓夢〉中，賈寶玉夢遊太虛幻境，警幻仙子為他演奏紅樓夢十二支曲，其中，〈飛鳥各投林〉中有：

> 為官的，家業凋零；富貴的，金銀散盡；有恩的，死裏逃生；無情的，分明報應；欠命的，命已還；欠淚的，淚已盡。[①]

這一詩詞既是賈府走向衰落命運的預示，又是讀者把握全書主題的線索。又例如，賈寶玉夢遊太虛幻境，在「薄命司」翻看金陵十二釵正冊、金陵十二釵副冊、金陵十二釵又副冊，這些判詞既是女性角色的命運預示，又是作者本人的寫作提綱。

（二）塑造人物形象

人物是小說的核心，人物形象則是作者本人傳達思想的手段。曹雪芹通過巧妙運用讖緯，使《紅樓夢》中的人物形象更加豐滿、更加真實。例如，〈葬花吟〉既是林黛玉的得意之作，也是林黛玉的人生寫照。全詩淒美哀婉、綺麗繾綣，「一年三百六十日，風刀霜劍嚴相逼」[②]是對林黛玉寄居生活的寫照，「一朝春盡紅顏老，花落人亡兩不知」[③]則是對林黛玉悲劇命運的預示。又例如，薛寶釵日常服食的藥物是「冷香丸」，日常居住的蘅蕪苑「雪洞一般」[④]，而在第六十二回〈憨湘雲醉眠芍藥裀，呆香菱情解石榴裙〉中，賈寶玉射覆，射中的

---

① 【清】曹雪芹著：《紅樓夢》，人民文學出版社 2008 年版，第 86 頁。

② 【清】曹雪芹著：《紅樓夢》，人民文學出版社 2008 年版，第 371 頁。

③ 【清】曹雪芹著：《紅樓夢》，人民文學出版社 2008 年版，第 372 頁。

④ 【清】曹雪芹著：《紅樓夢》，人民文學出版社 2008 年版，第 539 頁。

字正好是「釵」字，暗合「敲斷玉釵紅燭冷」①，一個「冷」字預示了薛寶釵獨守空閨、孤苦一生的命運。

（三）推動劇情發展

劇情是小說的主題，在《紅樓夢》中，無論是明讖、暗讖，還是實讖、虛讖，無論是詩詞、歌賦，還是燈謎、夢境，這些讖語相互串聯，構成網絡，最終推動了劇情發展，營造了戲劇效果。推動著小說情節的發展。例如，在第一回甄士隱的〈好了歌注〉，第五回〈飛鳥各投林〉曲子，以及第十三回〈秦可卿死封龍禁尉，王熙鳳協理寧國府〉中，秦可卿托夢給王熙鳳，說道：

> 常言「月滿則虧，水滿則溢」，又道「登高必跌重」。如今我們家赫赫揚揚，已將百載，一日倘或樂極生悲，若應了那句「樹倒猢猻散」的俗語，豈不虛稱了一世詩書舊族了。②

這些讖緯或直接、或間接，預示了賈府最終走向衰落的結局，而且，預示越來越明顯、越來越強烈，進而推動劇情朝著「好一似食盡鳥投林，落了片白茫茫大地真乾淨」發展。

運用讖緯完善小說結構、塑造人物形象、推動劇情發展並非《紅樓夢》的獨創，在「三言」、「二拍」、《西遊記》、《金瓶梅》等前人小說中，也存在運用讖緯的的情況。但是，曹雪芹能夠廣泛地、巧妙地運用讖緯，將劇情發展編織網絡，使人物命運前後呼應，對於《紅樓夢》而言，讖緯不僅是工具，同樣是主體。相比前人小說，曹雪芹創新了讖緯的呈現方式，完善了讖緯的運用手法，開創了更為完備的小說讖緯模式，構建了獨具一格的紅樓讖緯體系，不僅使作品的底蘊更加深厚，也使作品的特色更加鮮明，可謂殊為難得。

---

① 【清】曹雪芹著：《紅樓夢》，人民文學出版社 2008 年版，第 854 頁。
② 【清】曹雪芹著：《紅樓夢》，人民文學出版社 2008 年版，第 169 頁。

《紅樓夢》中的元宵節意義再探

邵楊

內容摘要：本文以元宵節這個在中國傳統節日上代表家族團圓的節日作為研究命題，來探究曹雪芹如何在《紅樓夢》中把賈府盛極而衰的演變以節日的的辦法描寫出來。在曹雪芹的筆下，不僅對元宵節的描述刻畫得淋漓盡致，也傳達了元宵節的多樣化色彩，並利用賈府的三次元宵節和章節間發生的眾多事件隱喻了書中人物的最終悲劇命運和結果。

關鍵詞：《紅樓夢》；元宵節；命運

白先勇先生在訪問香港中文大學期間，對《紅樓夢》作出了一個總結：

> 《紅樓夢》是中國文化的百科全書，文化的極點。①

的確，從《紅樓夢》作為中國古典小說四大名著之一，無數的學者對《紅樓夢》中的每一個細節，無論是服裝、食品、建築、詩詞等等都有著不同的研究，「紅學」也由此誕生。《紅樓夢》的作者曹雪芹以很細緻的手法和他本身的個人背景，把滿漢的文化，當時流行的各類事物糅合於小說中，而《紅樓夢》的人物和故事，通過作者的筆法，整個小說的人、事、物、境都能表達自己的寫作思想。本文將以元宵節這個在中國傳統節日上代表家族團圓的節日作為研究命題，分析元宵節對《紅樓夢》的意義。

一、元宵節對中華文化的意義

元宵節，又叫「上元」節，正月十五日，是春節後的第一個祭月、賞月的滿月夜，象徵著春天來來臨。元宵節的來源，據司馬遷《史記‧樂書》載：

> 漢家常以正月上辛祠太一甘泉，以昏時夜祠，到明而終。常有流星經於祠壇上。使僮男僮女七十人俱歌。春歌青陽，夏歌朱明，秋歌西

---

① 《中大通訊》，2018 年 3 月刊第 513 期。

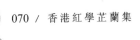

暤，冬歌玄冥。世多有，故不論。①

　　元宵節的來源起於漢武帝時代，是祭祀「太一」天神的重要節日。但是，作為民間的節日習慣，卻是從東漢佛教東傳中土並磨合了中土的道教而慢慢發展而成的。元宵節，又叫「上元」節，「上元」夜是古時農民為了祈禱作物獲得豐收，在晚上到田野間舉起火把，驅趕蟲獸的重要日子。另外，「上元」在佛教中，在明帝時在宮裏點燈供佛；而在道教裏面天官大帝，全稱「上元一品九炁賜福天官曜靈元陽大帝紫微帝君」，其誕辰也是在正月十五日，是道教一個重要的祭祀日子。在中國三教合一下，在加上農業社會的改變，到魏晉以後，正月十五日作為民間重要的節日，已經確定下來。在元宵節的發展初期主要有兩項重要的表達方法。一，對火的膜拜；二，農業社會裏一家人總動員拿火把到田間祈禱作物獲得豐收。元宵節在民間改變為以點天燈，掛燈籠代替了拜火的活動，以吃湯圓來代表了整個家族在元宵當天滿聚一堂的意義。

　　總括而言，元宵節作為中國一個重大的節日，除了有著家族團聚的意思以外，還有著對家族對未來一年的期望。另外，元宵節到唐宋以後，已經成為一年裏面少男少女們在城市裏的一種戶外交際的節日。曹雪芹在《紅樓夢》中有四回裏面描述過賈家過元宵的情節，分別是在第一回，第十八回，第五十三回和第九十六回。作者在這些章節裏都有為元宵節作鋪排，對《紅樓夢》故事有何特別意義嗎？

二、《紅樓夢》對元宵節鋪排的意義

　　自宋元起，元宵節作為文學內容可以在各種類型的文章裏面看到②。例如歐陽修的〈生查子〉：

① 【漢】司馬遷撰；【南朝宋】裴駰集解；【唐】司馬貞索隱；【唐】張守節正義：《史記》，中華書局 1982 年版，第 1178 頁。
② 劉相雨：〈論《紅樓夢》中的元宵節意象〉，《齊魯學刊》2015 年第 2 期，第 124-130 頁。

> 去年元夜時，花市燈如晝。月上柳梢頭，人約黃昏後。
>
> 今年元夜時，月與燈依舊。不見去年人，淚濕春衫袖。①

從元宵節進入文學書寫可以看出城市生活已經影響到文學作品了，而不同的作家把自己內心的情感抒發到這個原本是歡天喜地的日子裏面。曹雪芹的《紅樓夢》也不例外，他在《紅樓夢》裏以這一節日來加強書中人物角色的個性，更以節日來鋪排《紅樓夢》整個故事的落墨。而在全書大結構總章法上講，元宵節是盛極變衰的關目②。

在有關《紅樓夢》的元宵節的章回裏，第一章節雖然落墨不多，但可稱整部《紅樓夢》的關鍵，作者在第一回描寫了甄士隱的元宵節遭遇：

> 真是閒處光陰易過，倏忽又是元宵佳節。士隱命家人霍啟抱了英蓮去看社火花燈。半夜中，霍啟因要小解，便將英蓮放在一家門檻上坐著。待他小解完了來抱時，那有英蓮的蹤影？……夫妻二人，半世隻生此女，一旦失去，何等煩惱！③

甄士隱老年得女却在元宵節失去女兒，導致夫婦二人心理承受不了，家裏最後失火，甄家從此沒落。曹雪芹用這本來是歡樂的日子、懷有希望的日子，把後來要訴說的賈家興亡的故事，大觀園最後的結局，都以隱喻的筆法在第一章裏交代清楚了。

第二段有關元宵節的目錄是第十八回，元春回娘家過元宵。在這一回裏面，賈家是處於最興盛的時代，在文中，元春看到奢華的排場，驚歎道：太奢華過費了！可見，當時雖然是賈家最興盛的時後，卻從元春這句話裏，埋下後來賈家敗亡的伏筆，後來，在元春要回宮時，作者再一次描寫道：

> 眾人謝恩已畢，執事太監啟道：「時已丑正三刻，請駕回鑾。」元

---

① 【宋】歐陽修著；李逸安點校：《歐陽修全集》，中華書局 2001 年版，第 2000 頁。

② 周汝昌：〈《紅樓夢》筆法結構新思議〉，《文學遺產》1995 第 2 期，第 85-95 頁。

③ 【清】曹雪芹著：《紅樓夢》，人民文學出版社 2008 年版，第 15-16 頁。

妃不由的滿眼又滴下淚來，卻又勉強笑著，拉了賈母王夫人的手不忍放，再四叮嚀：「不須記掛，好生保養！如今天恩浩蕩，一月許進內省視一次，見面儘容易的，何必過悲？倘明歲天恩仍許歸省，不可如此奢華靡費了。」①

可見，元春心裏明白，賈家的興盛是因為她個人的榮耀，作者在這裏已經留下伏筆，元宵節奢華靡費預示賈家沒落是早晚的事。

第三段有關元宵節的目錄是第五十三回，作者透過這次元宵節的冷清，和賈珍等人的對話，直接說明了賈家已經走向沒落了。

　　賈蓉等忙笑道：「你們⋯⋯這二年那一年不賠出幾千兩銀子來？頭一年省親連蓋花園子，你算算那一注花了多少，就知道了。再兩年再省一回親，只怕就精窮了！」②

賈府到了第五十三回，家族已從盛極而下了，賈家雖然有元春，但平時花費過大，財力已經不及從前。另外，賈家的元宵節和其他百姓不一樣，元宵節本是城市生活盡興的晚上，但在作者筆下，元宵節是賈家內部的家族活動。而在第五十三回裏面，賈府雖然也有宴請親朋，可是，賈家部份族人不願意來參加家宴，賈府內部錯綜複雜的關係導致了內部的不和睦，而這種不和睦也為賈府日益衰亡留下伏筆。筆者認為，作者在第二次的賈府元宵節裏，沒有把賈府以外元宵的繁華帶進《紅樓夢》是有原因的。元宵節每年都會有，城市生活若沒有什麼特別大的事情發生，這一天城市總是繁華的。但是，作者故意沒有描寫賈府以外的情景，主要是把外面一個普遍繁華的元宵節和賈家由盛而下所過的元宵節作一個更鮮明的對比，他不需要描寫外界的元宵活動，因為讀者必然知道怎麼過元宵節的，這讓讀者對賈府的元宵節有更深刻的體會。

第四段有關元宵節的目錄是第九十六回，作者把元宵佳節從書中只輕輕帶

① 【清】曹雪芹著：《紅樓夢》，人民文學出版社 2008 年版，第 249-250 頁。
② 【清】曹雪芹著：《紅樓夢》，人民文學出版社 2008 年版，第 721 頁。

過，但卻是進一步強調了賈家家族興盛局面一去不再復返，在元宵節以前元妃薨逝，寶玉又因玉丟失而生病，賈家發生的眾多變故，雖然家宴依舊，可是家裏沒人可興，作者短短的幾句話，第三次提到的元宵節，已經是最後一次了。我認為作者輕輕帶過，卻是意味很深的，是以這麼簡潔的描寫來回應第一段，達到前後呼應的作用。

總結而言，曹雪芹利用元宵節作為賈家興亡的節日，是用了對比和隱喻的寫作手法，借滿清時期的燈節慶賀場面和活動描寫體現了一個在皇權制約下的封建大家族豪華奢侈生活的情景，不僅對元宵節的描述刻畫得淋漓盡致，也傳達了元宵節的多樣化色彩，並利用賈府的三次元宵節和章節間發生的眾多事件隱喻了書中人物的最終悲劇命運和結果，功力可見一斑。

《紅樓夢》之農業研究
——探討賈府衰敗的另一種可能性

吳炳南

內容摘要：《紅樓夢》中關於農業作為附帶性的描述雖然不多，但卻反映了以賈府這些紈絝子弟為代表的統治階層對待衣食之根本農業以及農民的漠視態度，正是這種極具代表性的態度，為賈府最終的衰敗埋下了另一種可能性。

關鍵詞：《紅樓夢》；農業寓意；入不敷出；漠視農業；改革與局限

中國歷史幾千年以來都是以農業立國，農業是國家的最主要最核心經濟來源，工業化只是近百年的事，而工業化進程到完全擺脫農業的核心基礎地位則還是近幾十年的事，可見農業在我國歷史長河中的重要地位。古代歷朝開國的統治者，無不重視勸課農桑，讓耕者有其田，重視興修水利和賑災濟民，保境安民，賦稅有度，從而讓國家的經濟收入來源得到長久的保障。但到了每個王朝的後期，統治階層因世襲的生活環境，往往只管無度地獲取稅賦，對農業的重要性認識不足，漠視民生，從而自斷根本，走向衰敗。《紅樓夢》所處的正是一個以農業為經濟基礎的鼎盛朝代，儘管整篇小說主要是寫遠離農業高高在上的統治階級賈氏家族的興衰史，很少有農業方面的正面敘述，但是從小說故事情節所順帶出來關於農業方面的敘述中，我們還是可以從側面看到以賈家為代表的統治階層對待農業的漠視態度，而賈家的沒落也在某程度上與對待農業生產的態度息息相關，就算賈府最終沒被抄家（按脂批石頭記所暗示的曹雪芹原著的最終結局），最後還是會因漠視農業而走向衰敗。

秦可卿向王熙鳳托夢的另一層寓意。秦可卿臨死前向鳳姐托夢，說有一事放不下，鳳姐便問何事。

> 秦氏道：「目今祖塋雖四時祭祀，只是無一定的錢糧，第二，家塾雖立，無一定的供給。依我想來，如今盛時固不缺祭祀供給，但將來敗

落之時，此二項有何出處？莫若依我定見，趁今日富貴，將祖塋附近多置田莊房舍地畝，以備祭祀供給之費皆出自此處，將家塾亦設於此。合同族中長幼，大家定了則例，日後按房掌管這一年的地畝，錢糧，祭祀，供給之事。如此周流，又無爭競，亦不有典賣諸弊。便是有了罪，凡物可入官，這祭祀產業連官也不入的。便敗落下來，子孫回家讀書務農，也有個退步，祭祀又可永繼。……此時若不早為後慮，臨期只恐後悔無益了。」[①]

大家都知道這是秦可卿對賈府將來走向最強烈的暗示和警告，並向當時賈府的實際管理者，也算是最有能力的「脂粉隊裏的英雄」王熙鳳交代要未雨綢繆，為將來可能的家道衰落和後代子孫留條後路。大家再細看這條後路是什麼內容？是趁現在家底還盈裕的時候在祖塋附近多置田莊房舍地畝，並把家塾也搬過來一起安置，家族輪管，田地的產出收益用於祭祀祖墳和供養家塾，這些產業就算是抄家都不入官的，可保家族後世子孫和祭祀一直延續下去。這裏一方面可以看出秦可卿已洞悉了賈府生活太過奢侈入不敷出難以持久的將來，另一方面也暗示了只有多置田莊土地——也就是農業才能拯救賈府的將來。王熙鳳聽到這番話的時候是認可的（聽了之後心胸大快，十分敬畏），因為作為管理者，她與秦可卿一樣，熟悉賈府的經濟情況，雖然事後她什麼都沒有做。而秦可卿魂托鳳姐的這段話，讓畸笏叟覺得有必要隱去「秦可卿淫喪天香樓」這一屈辱背倫的經歷，正是因為她這超越了當時賈府所有人的遠見卓識令人敬佩哀嘆。這也是秦可卿夢托鳳姐這段話的另一層寓意，那就是暗示了只有發展農業才能挽救賈府走向衰敗的命運。而賈府最終走向衰敗，其根本原因之一就是與漠視農業有關，有點頭腦的就像王熙鳳一樣，知道是一回事，做卻是另一回事，或者囿於自身的身份，難有作為。沒有頭腦的則更是渾渾噩噩躺平了等待結局。

二、賈府的經濟來源與支出。賈府的經濟來源是多渠道的，一是襲爵及

[①]【清】曹雪芹著：《紅樓夢》，人民文學出版社 2008 年版，第 169 頁。

朝廷做官的官俸，書裏沒有寫明，相比賈府那生活水準，肯定是杯水車薪。二是一些買辦的收入，這個估計還要打點些出去，有進有出。三是來自皇家的賞賜，這個是十分有限的，按賈珍的說法，只是為了一個體面。四是灰色收入，比如王熙鳳弄權鐵檻寺，坐享三千兩白銀。五是鳳姐放高利貸，不清楚金額和持續時間。雖然後兩項收入只與鳳姐個人有關，但實際上為了填補應急的虧空，她最後連嫁妝都拿去當了，所以可以算為公產。而書中大寫特寫的一項，也是賈府的最主要經濟來源之一，是自祖上繼承而來的農莊於每年上繳的稅租，我們看一下元春省親後，莊上送來一年上繳的實物與折現的清單：

> 只見小廝手裏拿著一個稟帖，並一篇帳目，回說：「黑山村烏莊頭來了。」賈珍道：「這個老砍頭的，今兒才來！」賈蓉接過稟帖和帳目，忙展開捧著，賈珍倒背著兩手，向賈蓉手內看去。……只見上面寫著：大鹿三十只，獐子五十只，狍子五十只，暹豬二十個，湯豬二十個，龍豬二十個，野豬二十個，家臘豬二十個，野羊二十個，青羊二十個，家湯羊二十個，家風羊二十個，鱘鰉魚二百個，各色雜魚二百斤，活雞、鴨、鵝各二百隻，風雞、鴨、鵝二百隻，野雞兔子各二百對，熊掌二十對，鹿筋二十斤，海參五十斤，鹿舌五十條，牛舌五十條，蟶乾二十斤，榛、松、桃、杏瓤各二口袋，大對蝦五十對，乾蝦二百斤，銀霜炭上等選用一千斤，中等二千斤，柴炭三萬斤，御田胭脂米二擔，碧糯五十斛，白糯五十斛，粉粳五十斛，雜色粱穀各五十斛，下用常米一千擔，各色乾菜一車，外賣粱穀牲口各項折銀二千五百兩。外門下孝敬哥兒玩意兒：活鹿兩對，白兔四對，黑兔四對，活錦雞兩對，西洋鴨兩對。①

單獨算一下主食大米這一塊，一擔相當於 100 市斤，一斛相當於 120 市斤，這裏總共有，胭脂米 200 斤，碧糯 600 斤，白糯 600 斤，粉粳 600 斤，雜色粱穀各 600 斤，下用常米 10 萬斤。總共達到 12 萬 4 千 2 百斤以上，因為雜

---

① 【清】曹雪芹著：《紅樓夢》，人民文學出版社 2008 年版，第 719-720 頁。

色梁穀各 600 斤沒有說多少種，就按人均一天消耗 1.5 斤米來算，一年折成人均 600 斤米，可夠 200 多人一年的口糧。而賈府有血緣親戚關係的一共也就 30 來人，假設平攤每人配四個人伺候（含幹活的下人及雜役之類的）也就不到 200 人，完全是够吃的。

> 回爺話：「今年年成實在不好。從三月下雨，接連著直到八月，竟沒有一連晴過五六日；九月一場碗大的雹子，方近二三百里地方，連人帶房並牲口糧食，打傷了上千上萬的：所以才這樣。小的並不敢說謊。」①

並且這還是歉收年上交來的稅租，豐年更不用說了。祖上置這些產業的時候，當時人丁不多，每年還有一定盈餘的積蓄，他們也是想著為後代子孫留下後路，只是他們萬萬沒有想到，後代除了人丁興旺外，在生活上也變得極為奢侈，不再量入為出，以至這麼大的產業也無法支撐了。

賈府的支出有多大呢？估算了下，賈府總供養人丁至少在 300 人以上，並且吃穿的開支還不是主要支出，如：

> 賈蓉等忙笑道：「你們山坳海沿子上的人，那裏知道這道理？娘娘難道把皇上的庫給我們不成？他心裏縱有這心，他不能作主。豈有不賞之理，按時按節，不過是些彩緞、古董、玩意兒。就是賞，也不過一百兩金子，才值一千多兩銀子，夠一年的什麼？這二年，那一年不賠出幾千兩銀子來？頭一年省親連蓋花園子，你算算那一注花了多少，就知道了。再二年，再省一回親，只怕就精窮了！」賈珍笑道：「所以他們莊客老實人，『外明不知裏暗的事』，『黃柏木作了磬槌子——外頭體面裏頭苦。』」賈蓉又笑向賈珍道：「果真那府裏窮了，前兒我聽見二嬸娘和鴛鴦悄悄商議，要偷老太太的東西去當銀子呢。」賈珍笑道：「那又是鳳姑娘的鬼，那裏就窮到如此？他必定是見去路大了，實在賠得很

---

① 【清】曹雪芹著：《紅樓夢》，人民文學出版社 2008 年版，第 720 頁。

了，不知又要省那一項的錢，先設出這法子來，使人知道，說窮到如此了。我心裏卻有個算盤，還不至此田地。」①

哪一年不賠出幾千兩銀子來，坐吃山空，但奢侈慣了，老祖宗遺留下來的慣例不能改，不好改，不敢改，只要能撑得住，就繼續下去。既是沒有辦法節流，那就想辦法開源，學祖上購置農莊產業。只要未雨綢繆，擴大產業量，多少可以緩解賈府在經濟上的困境和把衰敗的時間後延。萬一後面哪天想到節流，也會給自己留下更大的操作空間。可是當權的賈府這幫子孫們，沒有幾個能想到這麼做，更別說引發共識，這是因為與他們對待農業的態度有關。

三、賈府上下對待農業的態度。統治階層世襲的後代紈絝子弟，嬌生慣養，四體不勤，五穀不分，未能像他們的祖上那樣從行伍間出來，對創業的艱難與農業的重要性有深刻的認識，他們慢慢漠視民生，輕視農業生產的重要性，同樣賈府也不例外。儘管《紅樓夢》所處的是一個朝代的鼎盛時期，但是它的衰亡迹象也開始顯現，主要顯現在賈府的後人已完全習慣於奢逸的生活，漠視農業和不能體恤農民的艱難。如賈寶玉不知吃穿從何處來：

> 那莊農人家，無多房舍，婦女無處回避。那些村姑野婦見了鳳姐、寶玉、秦鍾的人品衣服，幾疑天人下降。鳳姐進入茅屋，先命寶玉等出去玩玩。寶玉會意，因同秦鍾帶了小廝們各處游玩。凡莊家動用之物，俱不曾見過的，寶玉見了，都以為奇，不知何名何用。小廝中有知道的，一一告訴了名色並其用處。②

沉醉於田園詩中完全不諳農耕之苦的書呆子賈政：

> 一面說，一面走，忽見青山斜阻。轉過山懷中，隱隱露出一帶黃泥墙，墙上皆用稻莖掩護。有幾百枝杏花，如噴火蒸霞一般。裏面數楹茅屋，外面却是桑、榆、槿、柘各色樹稚新條，隨其曲折，編就兩溜青

---

① 【清】曹雪芹著：《紅樓夢》，人民文學出版社 2008 年版，第 720-721 頁。
② 【清】曹雪芹著：《紅樓夢》，人民文學出版社 2008 年版，第 194 頁。

籬。籬外山坡之下，有一土井，旁有桔槹轆轤之屬；下面分畦列畝，佳蔬菜花，一望無際。賈政笑道：「倒是此處有些道理。雖係人力穿鑿，却入目動心，未免勾引起我歸農之意。我們且進去歇息歇息。」[①]

生活奢侈和漠視農業的賈府人：

> 劉姥姥道：「這些螃蟹，今年就值五分一斤，十斤五錢，五五二兩五，三五一十五，再搭上酒菜，一共倒有二十多兩銀子。阿彌陀佛！這一頓的錢　我們莊家人過一年了！」[②]

隨便吃一頓螃蟹的支出，吃掉了莊家人一年的生活開支，還有需要十來只雞作配料却已吃不出茄子味的茄鯗，富人之奢侈與貧富差距之大可見一斑。而他們在農民代表劉姥姥面前極度顯擺，從頭到尾沒有一句謙遜之言，則顯示出了對農民和農業的漠視。這是賈府從賈演賈源開始傳到的第三代和第四代，因襲的優越的生活環境，讓他們忘記了祖上創業之難和自己生活的來源。古語說富不過三代，是有一定的道理。

以上是以賈政為代表的賈府第三代和以賈寶玉為代表的賈府第四代對農業的認知和態度，漠視和無知，使得他們無法追根溯源地從農業生產上來考慮自身經濟來源的問題，更不能基於此而對將來做出長遠的計劃，而沉迷於奢侈的生活則加速著賈府在經濟上的敗落。面對如此局面，難道賈府除了秦可卿之外，再沒有一個清醒的人了麼？

四、探春的農業改革。每當社會出現危機的時候，總會冒出有識之士力圖改革，嘗試開源節流，但往往由於既得利益者太過強大，積勢難回，他們大部分都是以失敗告終。賈府也是一樣，探春因王熙鳳流產後需要調養，與大嫂子李紈和表姐薛寶釵三人一起協理榮國府。李紈是府中出了名的老好人，指望她能做出事情來是不可能的了，薛寶釵自認外人的身份，更是循規蹈矩，不會去

---

① 【清】曹雪芹著：《紅樓夢》，人民文學出版社 2008 年版，第 223-224 頁。
② 【清】曹雪芹著：《紅樓夢》，人民文學出版社 2008 年版，第 522 頁。

得罪半個人。只有三姑娘探春，既有不怕得罪人的身份（小姑子最後要出嫁，不怕留下把柄），又是頭腦清醒有能力有魄力的一個人，目睹家族的經濟現狀，她嘗試進行開源節流的改革。為了不給人留下欺軟怕硬的口舌，她還要專挑家中最為有勢的鳳姐和最得寵的寶玉來開刀作法，比如：蠲了寶玉等上學額外支出的八兩銀子，蠲了重複開支的每個月買辦的錢。而被大寫特寫的是她針對大觀園的農業改革，搞農業經濟：

> 探春又接說道：「咱們這個園子，只算比他們的多一半，加一倍算起來，一年就有四百銀子的利息。若此時也出脫生發銀子，自然小器，不是咱們這樣人家的事。若派出兩個一定的人來，既有許多值錢的東西，任人作踐了，也似乎暴殄天物。不如在園子裏所有的老媽媽中，揀出幾個老成本分、能知園圃的，派他們收拾料理。也不必要他們交租納稅，只問他們一年可以孝敬些什麼。一則園子有專定之人修理花木，自然一年好似一年了，也不用臨時忙亂；二則也不致作踐，白辜負了東西；三則老媽媽們也可借此小補，不枉成年家在園中辛苦；四則也可省了這些花兒匠、山子匠並打掃人等的工費。將此有餘，以補不足，未為不可。」寶釵正在地下看壁上的字畫，聽如此說，便點頭笑道：「善哉！三年之內，無饑饉矣。」李紈道：「好主意！果然這麼行，太太必喜歡。省錢事小，園子有人打掃，專司其職，又許他去賣錢，使之以權，動之以利，再無不盡職的了。」①

既有每年四百兩的利息，又省卻為打理園子而需要的各種開支，一進一出，一年不說省一千兩至少也有八百兩。探春作為一個很少有機會能出門的大家閨秀，就因為往賴大家裏走一遭（賴大家因兒子當上了官辦酒置戲請賈府上下前來熱鬧），就能意識到發展農業對開源節流的重要性，可見其過人之處。而原著也特別用了「敏探春興利除宿弊」這一標題，這也回應了一開始秦可卿

---

① 【清】曹雪芹著：《紅樓夢》，人民文學出版社 2008 年版，第 764-765 頁。

關於農業之於賈府重要性的寓意。當然，探春所能做也有限，因為她永遠不可能動到以賈母、賈赦、賈政為代表的最大利益團體，除非他們能集體覺醒。就連王熙鳳接過當家這個攤子的時候，也是小心翼翼，凡是之前賈母當家所定的慣例，一個都不敢改。所以，在賈府龐大的支出面前，探春的改革，注定了只是杯水車薪，只是她所作所為的象徵意義大於實質意義，那就是如果賈府能早點在農業上進行開源節流的革新，還有機會可以走出經濟上的困境。

綜觀而論，在《紅樓夢》裏，儘管賈府的衰敗並沒有寫明跟農業直接相關，但其根本原因還是農業這個基礎經濟的源跟不上賈府人口擴張和子孫後代奢侈無度的生活開支。儘管有關農業方面寫得並不多，都是順帶而來，但作者卻於有意無意之處，暗示著賈府衰敗的根本原因，是賈府的當家人忽略和漠視農業對於開源的重要性，認識不到農業所能提供經濟來源的長期性。而後來探春的改革，就猶如行進在黑暗道路上所發出來的螢光，是那麼的耀眼和無力。賈府就算不被抄家，也會因為經濟問題而被拖垮。秦可卿托夢的寓意：要解決賈府的經濟問題，只有發展農業，趁有能力的時候多置田地。所以，不重視農業，是賈府走向衰敗的另一種可能性。

富貴囚者賈元春簡析

吳艷

內容摘要：賈元春在《紅樓夢》中出現的次數並不多，除了省親一次，大多是一些側面的描寫。但是元春卻是關乎賈府興衰的一個重要的線索型人物。元春從封妃到死亡都與賈府命運聯繫在一起，讓我們看到了一部隱藏的宮廷秘史。元春短暫悲劇的一生讓我們體味到封建社會中這些背負家族使命入宮的官宦之女的悲慘命運，也從側面揭露了封建統治者的冷酷自私，元春即使尊貴至極也只不過是政治鬥爭的一個犧牲品而已。

關鍵詞：賈元春；省親；宮廷生活

一、元春省親所展現的宮廷生活狀態

元春封妃是《紅樓夢》中發生的一樁重要事件，給已經在走下坡路的賈府帶去了最後的繁華，是賈府的最後一根救命稻草，但元春封妃在原文中看來，非常突然，賈府並沒有提前得到任何消息。文中說：

> 一日正是賈政的生辰，寧榮二處人丁都齊集慶賀，熱鬧非常。忽有門吏報道：「有六宮都太監夏老爺特來降旨。」嚇的賈赦賈政一干人不知何事，忙止了戲文，撤去酒席，擺香案，啟中門跪接。夏太監也不曾負詔捧敕，直至正廳下馬，滿面笑容說：「奉特旨：立刻宣賈政入朝，在臨敬殿陛見。」說畢，也不吃茶，便乘馬去了。賈政等也猜不出是何來頭，只得即忙更衣入朝。賈母等合家人心俱惶惶不定，不住的使人飛馬來往探信。①

太監來宣旨，賈府上下不知何事，皆惶恐不安，由此我們可以看出元春封妃讓賈府上下都經歷了一把心驚膽戰的等待，連最歷經世事的賈母都心神不寧。賈家已經是將近百年的官宦之家，接聖旨也不會是一次兩次，但此時即便

---

① 【清】曹雪芹著：《紅樓夢》，人民文學出版社 2008 年版，第 202-203 頁。

看到夏太監「滿面笑容」地來宣旨賈府人心中仍舊惶恐不安，可見賈府心中並沒底，並不知道發生何事，直到反覆確認元春封為鳳藻宮尚書，加封賢德妃的消息確鑿，才能「放下心來」。但是元春的父親賈政聽到旨後的第一件事並不是第一時間回家報喜，而是直接「往東宮」裏去了。書中並沒有再描寫在東宮裏發生了什麼事，但是我們可以試想，他去東宮無非是兩個目的：一是去表達謝意，元春封妃太子出了力了；另一種可能是去表達政治立場。朝中老臣結黨並不是什麼新鮮事，賈家和北靜王等四王八公在秦可卿的葬禮上就可以看出是有著密切聯繫的。皇帝利用晋升嬪妃來安撫朝中一些對自己有威脅的勢力也是歷史上反覆出現的政治手段，賈元春進宮多年也沒有什麼進展，可是突然之間就封為貴妃，但是賈府卻沒有因為元春的封妃得到什麼實際性的好處。元春又在封妃後不久，也就是幾年的時間，又突然死了。封妃突然，死得也突然，從賈元春與整個賈府的命運來看，元春的封妃更像是皇帝下的一步大有政治深意的棋。

從元春回家省親時的表現我們也可以看出她的宮廷生活並不十分如意。省親時，榮府如鮮花著錦、烈火烹油般熱鬧。賈妃卻「滿眼垂淚」道：

> 當日既送我到那不得見人的去處，好容易今日回家娘兒們一會，不說說笑笑，反倒哭起來。一會子我去了，又不知多早晚才來！[1]

祖母、母親等人均要給她行禮，父親連面也不能見，只能隔著簾子請安，她不無沈痛地說：

> 田舍之家，雖齏鹽布帛，終能聚天倫之樂，今雖富貴已極，骨肉各方，然終無意趣！[2]

元春見到寶玉後，命寶玉前來。

---

[1] 【清】曹雪芹著：《紅樓夢》，人民文學出版社 2008 年版，第 239-240 頁。
[2] 【清】曹雪芹著：《紅樓夢》，人民文學出版社 2008 年版，第 240 頁。

攜手攬於懷內，又撫其頭頸笑道：「比先竟長了好些了好些……」一語未終，淚如雨下。[①]

回家省親本來是大喜事怎麼一點都不高興呢？前前後後哭了多次。元春把宮廷稱作「不得見人的去處」，可見元春的婚姻並不美滿。

> 她的愛情之歌以「宮怨」為主要感情基調，演奏着千百年來的同一支音符。[②]

元春回家後，滿眼垂淚所說的這一番話更像是在對家人訴苦，光鮮的背後可能更多的是深宮寂寞與內心說不出的苦楚。但是這個皇家的身分讓她想在家中訴說一番思念之苦、別離之痛也是不能的。說出來的只能是冷冰冰的官場套話，因為元春不得不面對雙重角色的困擾。

> 以社會角色論，她屬君臣關係中的君，主奴關係中的主，位居尊上；以家庭言，她是祖孫關係中的孫，父女關係中的女，輩屬幼下。理性使她自願啃噬那深宮寂寞的苦果，強迫自己履行貴妃的義務和儀節；感情又使她勢難割捨親子之愛、天倫之情的血緣紐帶。[③]

從她離家的那一日起，就注定再也沒機會感受家的尋常溫暖。她的心裏無比眷戀著親人，皇家規範卻讓她失去了可以慰籍心靈的地方。且在省親過程中她一再跟家人說不可奢靡過費，可見多年的宮廷生活讓元春明白為人臣的危險就在於過分張揚，在宮中她想必是時時刻刻低調謹慎，如履薄冰。元春這一人物形象，看似尊貴至極，實為「富貴囚者」。

元春愛聽戲，所以賈母就命人去蘇州采買了十二個唱戲的小戲子。這十二

---

① 【清】曹雪芹著：《紅樓夢》，人民文學出版社 2008 年版，第 241 頁。

② 何雯婷，〈深宮鳳凰的悲歌——賈元春形象分析〉，《湖南科技學院學報》2013 年第 2 期，第 24 頁。

③ 呂啟祥《〈紅樓夢〉與中國現代女性文化形象的塑立〉，見《〈紅樓夢〉校對文存》，時代出版傳媒股份有限公司 2016 年版，第 311 頁。

個小戲子裏，齡官為首，是頭牌。元春非常喜愛這個齡官，毫不吝惜的稱贊她：「齡官極好」、「甚喜」、「不可難為了這女孩子，好生教習」[1]，還給了她很多賞賜。身為一個高高在上的貴妃，為何對一個下賤的戲子如此喜愛呢？除了她本人喜歡聽戲外也許是因為她們的命運有相似之處。

她們都是高明的表演者，都在身不由己地演戲。齡官的觀眾是賈府主子，元妃的觀眾是皇帝，後宮妃子，人生如戲。齡官在戲臺上演繹著一出出悲歡離合；元妃在深宮十年，也是冷暖自知。戲臺上的齡官，就是元妃，富貴榮華如雲煙彌散；戲臺下的元妃，就是齡官，華美服飾，矜持端莊，也只是帝王眼中的玩物。元妃憐憫自己，憐憫齡官，她對這個小戲子充滿了宿命的同情，善待她就是善待自己，她希望齡官能有一個美好的結局，就如同期盼自己能在深宮的夾縫中生存，善始善終。

聽戲時，元春點了四出戲，其中一出是〈乞巧〉，出自洪升劇作《長生殿》，這出戲主要講的就是楊貴妃害怕失寵所以才在七夕節這天乞求唐明皇的一個承諾。元春點這戲，是否是因為此刻元春跟楊貴妃是同樣的心境呢？即使是剛剛升為貴妃，心中仍然對皇帝對她的感情心存疑惑，心中充滿了不安全感。

> 元春點〈乞巧〉的寓意是明顯的，作為皇妃，賈元春與楊玉環身份相近，那麼，像〈乞巧〉中楊玉環那樣，希望皇帝的恩情長久，期望在皇宮中生活如意，進而對賈家地位的鞏固有所助益，是合情合理的心願。[2]

而在現實中，楊貴妃是沒有與唐玄宗白頭的，此處也正是暗示了元春的結局。

---

[1] 【清】曹雪芹著：《紅樓夢》，人民文學出版社 2008 年版，第 248 頁。

[2] 李玫：〈《紅樓夢》中王熙鳳、賈元春點《長生殿》摺子戲意義探究〉，《紅樓夢學刊》2016 年第 4 輯，第 110 頁。

二、燈謎悟宿命：元春之死暗藏玄機

元宵節那天，元春給家裏送去了一個燈謎，謎面是：

> 能使妖魔膽盡摧，身如束帛氣如雷。一聲震得人方恐，回首相看已成灰。①

賈政說迷底是「炮竹」，內心沈思的是炮竹是一響而散之物，深感這是不祥之兆。宮廷政變往往是牽一髮而動全身，與後宮榮寵緊密相連，很是殘酷。曾經恩寵數代、盛極一時的賈家在宮廷鬥爭中，不可能獨善其身，沒有樹敵。脂批在謎後說：

> 此元春之謎。才得僥幸，奈壽不長，可悲哉。②

在這個燈謎裏元春在預測著自己的命運，她深知自己無法從各派的政治鬥爭中抽身，最後只會落得個灰飛烟滅。她在封妃後，才醒悟到此時的歡愉和美好最終都會化為「一響而散的爆竹」。

身份高貴的賈元春看似命運眷顧，貴為貴妃，實則最為不幸，她的一生充滿悲劇，最終淪為了政治鬥爭的犧牲者死於宮中。她到底是怎麼死的呢？高鶚的續寫傾向於抑鬱成疾而死，但看過《紅樓夢》的人，對賈元春的死因，一定會心存一些疑慮。畢竟，在《紅樓夢》中交待的也不是很清楚，只可從一些片段上探尋賈元春之死的真正原因。

在第五回，寶玉夢游太虛幻境中看到的正册中元春判詞是這樣的：

> 畫著一張弓，弓上懸著香櫞。也有一首歌詞云：二十年來辨是非，榴花開處照宮闈。三春爭及初春景，虎兕相逢大夢歸。③

---

① 【清】曹雪芹著：《紅樓夢》，人民文學出版社 2008 年版，第 303 頁。
② 【清】曹雪芹著：《脂硯齋重評石頭記（庚辰本）》，北京：人民文學出版社，2006年版，第 506 頁。
③ 【清】曹雪芹著：《紅樓夢》，人民文學出版社 2008 年版，第 76 頁。

弓箭通常與戰爭有關，從這一張弓的圖案我們似乎可以猜測元春之死是與政治鬥爭緊密相連的。母憑子貴是後宮生存裏的一條重要法則，即使是集萬般寵幸於一身的嬪妃，如果長時間不生育，也不免要氣短。元春入宮多年却未傳出過誕下一兒半女的喜訊，倒是判詞裏這句「榴花開處照宮闈」可以看出些端倪。石榴多子，寓意多子多孫，宮廷之中盆景多有石榴，而「榴花開處照宮闈」證明元春很有可能曾懷有龍子，但又只是「榴花」，却不是「石榴籽」，開花沒有結果，似乎寓意著還沒來得及誕下龍子。

另外，從判詞我們還可以看到曹公的安排是「虎兕相逢大夢歸」，虎兕就是老虎與犀牛，這兩個都是猛獸，漢王逸《九思·逢尤》中「虎兕爭兮於廷中」[①]，虎兕之爭暗指的是宮廷鬥爭，因此「虎兕相逢大夢歸」透露出元春極有可能是死於朝中各方勢力比拼的政治鬥爭中。[②]

三、死亡之曲——元春的無奈

喜榮華正好，恨無常又到。眼睜睜，把萬事全拋。蕩悠悠，把芳魂消耗。望家鄉，路遠山高。

故向爹娘夢裏相尋告：兒命已入黃泉，天倫呵，須要退步抽身早！[③]

「眼睜睜把萬事全拋」一句說明元春死的時候是清醒的，但是已經無能為力，只能眼睜睜看著自己死亡，把萬事拋下。元春至死都在牽挂著家族的命運，她已經預感到，她死後賈府必將遭殃。「故向爹娘夢裏相尋告」說明元春的斃命，並沒人來告訴賈府，所以只能在夢裏相告。「兒命已入黃泉，天倫呵，須要退步抽身早！」這一句暗示了元春死後賈府之敗。元春是突然而死，來不及通知父母退步抽身，只能在夢裏告訴父母找好退路，不要全軍覆沒。以上種

---

① （漢）王逸著：《九思·逢尤》，見《楚辭》，上海古籍出版社 2015 年版，第 402 頁。
② 李希凡等：《名家圖說元迎探惜》，北京文化藝術出版社 2007 年版，第 11 頁。
③ 【清】曹雪芹著：《紅樓夢》，人民文學出版社 2008 年版，第 82-83 頁。

種線索顯示，賈元春的死並不簡單，很可能就是死於宮中的一場政治陰謀。

很多研究者都認為元妃興則賈府興，元妃亡則賈府衰，事實上元妃的興衰並不是賈府興衰的決定性因素。元春封妃給賈府帶來了最後的榮耀，為了迎接元妃省親，賈府建了大觀園，自掏腰包耗費巨大，表面興高采烈，熱熱鬧鬧，卻是用自己的錢，去買了這個「虛熱鬧」；元春封妃後，賈家不僅操辦省親活動，還要時常給元妃身邊伺候的人些賞錢，再加上賈府本來花銷就大，沒有「節流」的認識，也不擅長「開源」，就更是窮盡了。元春的封妃沒讓賈府在錢財上沾上光，反倒賠了不少；就是在權位上，也沒得到什麼好處。

賈府的衰敗，看似是與元春之死有關，其實元春的死只是做了賈府衰敗的催化劑。根本原因是賈府無人可用，就算元妃得寵，賈府之中也無一子孫能堪當大任，賈家子弟皆紈絝，沒有一個能夠在仕途經濟上有作為的，這樣的現狀，元春只憑一人之力，如何能夠力挽狂瀾呢？就算元妃通過不懈努力，得到了皇上的寵愛，從而能夠為家人仕途提供些便利，然而賈家又有誰是可用之才呢？賈家的衰敗，根本上就是人才凋零所致。

曹雪芹無心寫宮鬥，但是他留下的《紅樓夢》卻讓我們看到真正殘酷的宮廷鬥爭，他通過元春的命運、賈府的興衰讓我們看到了封建社會的黑暗和腐朽。曹雪芹筆下，當時的封建朝廷都不過是「見不得人的去處」；封建官僚家庭裏的子孫則勾結官府，草菅人命，一心享樂，不務正業，衰敗已是必然結局，曹雪芹對封建社會的批判無疑是深刻的，《紅樓夢》不僅是一部充滿美學意義的偉大巨著，也是一部家族興亡的血淚史。

身處亂世豪門的處事智慧
——淺析《紅樓夢》尤氏有感

周倩宇

內容摘要：尤氏在《紅樓夢》中的存在極為特別，她擁有高貴的身份，卻沒有王熙鳳在家族中的地位，也沒有得到應有的尊重，就連在《紅樓夢》各章節中出現的篇幅都十分有限，在大觀園繁複的人物關係和背景中顯得衝突又矛盾。本文首先從尤氏的身世著手，闡述了其身份背景所具有的特殊性，其次通過選取《紅樓夢》中各章節對尤氏的描寫，一方面解釋了大眾眼中尤氏柔弱、無能等負面形象的來源，另一方面從地位、才貌等方面為尤氏的形象正名，揭示了尤氏的豪門處世智慧，並提煉了尤氏表現對於現代女性婚姻的指導意義。最後，本文總結認為尤氏在亂世豪門中保持善良本性，不為利益與關係所累的處事風格，造就了她在賈府中最好的人物結局，也是作者想通過尤氏這一人物帶給讀者的訊息和思考。

關鍵詞：紅樓夢；尤氏；處世智慧；啟示意義

尤氏作為寧國府的大奶奶，也是寧國府的大管家，在家族中理應與王熙鳳擁有同樣的身份地位，並且這種地位和身份應反映在《紅樓夢》的各個章節和篇幅中。但我們發現，實際上尤氏出現在《紅樓夢》中的「影像」非常少，相對於其他大夫人的出場次數，甚至是類似一種「編外人士」的存在。為什麼會有這樣的情況發生？書中真實體現的尤氏和浮於表面的尤氏形象又有什麼差距？這又給我們帶來什麼啟發和意義？讓我們一同發現一個真實的尤氏。

一、尤氏的身份與身世

尤氏，賈珍的續弦妻子，正妻，古時都說母憑子貴，雖然尤氏膝下無子，卻仍然是寧國府的大奶奶和大管家，掌管著寧府上上下下的大小事務，其在寧國府的地位與王熙鳳之於榮國府無二。丈夫賈珍是賈府玉字輩的老大，與賈璉、寶玉同一輩分，所以尤氏和李紈、王熙鳳是妯娌關係。

而關於尤氏的原生家庭，《紅樓夢》中並沒有過多介紹，關於其家中成員，

只在第六十三回〈壽怡紅群芳開夜宴，死金丹獨豔理親喪〉中說道：

> 　　尤氏不能回家，便將他繼母接來在寧府看家。他這繼母只得將兩
> 個未出嫁的小女帶來，一併起居才放心。①

又有第六十四回〈幽淑女悲題五美吟，浪蕩子情遺九龍珮〉裏尤老娘向賈
璉說道：

> 　　我們家裏自從先夫去世，家計也著實艱難了，全虧了這裏姑爺幫
> 助。②

可見，尤氏的原生家庭並沒有強大的背景，父親去世，生計艱難，只有繼
母尚存卻還帶著還沒出嫁的兩個女兒，只能靠賈家接濟度日。

由此可以看出，雖然尤氏也屬於太太的輩分，可是並不像其他太太一樣有
顯赫的家世，反而相比之下顯得「出身貧寒」。這也變相可以解釋為何她在書
中的出場頻次並不高，像一個編外人物「混跡」在紛繁複雜的人物關係之中。

二、大眾眼中的尤氏

尤氏在大眾心中的形象，基本可以用王熙鳳大鬧寧國府時對她的評述來
概括：

> 　　你又沒才幹，又沒口齒，鋸了嘴子的葫蘆，就只會一味瞎小心圖賢
> 良的名兒。③

這段話雖是王熙鳳在氣頭上說出口的，卻也不是無來由的「胡說」。尤氏
的大眾形象主要體現在以下三點：

（一）過於從夫。丈夫賈珍和兒媳婦秦可卿的「爬灰」事件中，尤氏對兩人

---

① 【清】曹雪芹著：《紅樓夢》，人民文學出版社 2008 年版，第 881 頁。
② 【清】曹雪芹著：《紅樓夢》，人民文學出版社 2008 年版，第 899 頁。
③ 【清】曹雪芹著：《紅樓夢》，人民文學出版社 2008 年版，第 946 頁。

的關係心知肚明，但是並無實質性的動作，與王熙鳳發現賈璉和尤二姐偷情時的暴跳如雷相比，尤氏的態度不僅淡定，反而在兒媳秦可卿生病期間悉心照料，吃了啞巴虧，卻不聲張，只默默承受。

又有賈璉有意偷娶尤二姐時，賈珍、賈蓉均獻計欺瞞鳳姐，尤氏聽聞後：

> 卻知此事不妥，因而極力勸止。無奈賈珍主意已定，素日又是順從慣了的，況且她與二姐本非一母，不便深管，因而也只得由他們鬧去了。[1]

足見尤氏對於賈珍父子的蠻橫行徑雖然嗤之以鼻，但是考慮到賈珍在家中的地位，又礙於自己身份的尷尬，況且賈珍惡習由來已久，便有理也作罷，只得「從夫」。

（二）沒有才幹。秦可卿喪禮時，尤氏告病修養，王熙鳳受賈珍委託協理寧國府事務首日，便對下人們來個下馬威，說道：

> 我可比不得你們奶奶好性兒，由著你們去。[2]

側面反映出尤氏在府中料理事務時並不像王熙鳳一般嚴苛，對於下人的管束也隨意，沒有體現出府中管理方面的才能。而焦大能在府中醉酒說「胡話」，也說明了尤氏對下人疏於管理，此等事情在王熙鳳管理的榮國府是絕不會發生的。

（三）性格軟弱。先看書中人的評價：探春知她畏事不肯多言[3]；鳳姐道：「我成日家說你太軟弱了，縱的家裏人這樣還了得了。」[4]榮府丫頭給她盛了下人吃的「白粳米飯」她不在意；李紈丫頭給她用自己的胭脂她也不在意。無論從書中人的評價還是關於具體事件的描述，尤氏都被解讀為性格軟弱，地位低

---

[1]【清】曹雪芹著：《紅樓夢》，人民文學出版社 2008 年版，第 900-901 頁。

[2]【清】曹雪芹著：《紅樓夢》，人民文學出版社 2008 年版，第 181 頁。

[3]【清】曹雪芹著：《紅樓夢》，人民文學出版社 2008 年版，第 1042 頁。

[4]【清】曹雪芹著：《紅樓夢》，人民文學出版社 2008 年版，第 113 頁。

下，以至於連下人都不把她當正經主子對待。

為何尤氏軟弱無能，膽小怕事的特徵這麼深入人心？一是源自她出身不好，沒有強大的家族背景作為支撐。二是在於她「家庭地位」不高，本身僅是續弦妻子，兒子賈蓉亦非親生，賈珍為非作歹她卻無力勸阻。三是體現在其他人對待她的方式上：賈母面前她不像鳳姐討人歡心；鳳姐對她隨意撒潑，毫無情面可言；下人待她隨意不像主子。加上府中事務的管理也看似不及王熙鳳嚴肅妥當，這就將尤氏無才無為的形象豐富了起來。

三、真實的尤氏和她的處世智慧

曹雪芹塑造人物的手法「其要點在敢於如實描寫，並無諱飾，和以前的小說敘好人完全是好，壞人完全是壞的，大不相同，所以其中所敘的人物，都是真的人物。」[1] 真實的尤氏從地位來看，同為府中奶奶、大管家，看似她僅是與王熙鳳同級，並為妯娌關係，但在官爵上，元妃省親那回寫道：

> 至十五日五鼓，自賈母等有爵者，皆按品服大妝。[2]

賈母自然是一品誥命，賈赦襲了一等爵，邢夫人也是一品誥命，賈珍襲三品爵威烈將軍，所以尤氏是三品誥命，這一點力壓無任何官爵的王熙鳳。

從外形樣貌來看，雖無關於其樣貌的詳細描寫，但作者在第六十四回用了兩個字來形容尤氏，是〈死金丹獨艷理親喪〉的「獨」和「艷」字，且第七十六回中，尤氏回覆賈母道：

> 我們雖然年輕，已經是十來年的夫妻，也奔四十歲的人了。[3]

結合尤氏的答話和作者對尤氏的形容，想來尤氏並不是老氣橫秋的形象，

---

① 魯迅：《魯迅全集》第 9 卷附錄《中國小說的歷史的變遷》，人民文學出版社 2015 年版。

② 【清】曹雪芹著：《紅樓夢》，人民文學出版社 2008 年版，第 236 頁。

③ 【清】曹雪芹著：《紅樓夢》，人民文學出版社 2008 年版，第 1058 頁。

一個「艷」字凸顯了作者筆下與眾不同的尤氏容貌和風韻，而「獨」字又彰顯了在面臨家族重任時尤氏的精幹的處事能力。

從管理才能來看，筆墨不多的幾件事卻都體現了尤氏不輸鳳姐的才幹。

賈母欽點尤氏操辦王熙鳳生日，書中寫道：

> 展眼已是九月初二日，園中人都打聽得尤氏辦得十分熱鬧，不但有戲，連耍百戲並說書的男女先兒全有，都打點取樂頑耍。【蒙側】：剩筆，且影射能事不獨熙鳳。①

另有尤氏獨自處理賈敬喪事，不僅在家無男子時毫不慌亂，還審道士、請御醫、發信報、擇日期，一系列動作打法準確、條理清晰，書中道：

> 賈珍聽了，贊稱不絕，又問家中如何料理。賈璉等便將如何拿了道士，如何挪至家廟，怕家內無人接了親家母和兩個姨娘在上房住著。賈蓉當下也下了馬，聽見兩個姨娘來了，便和賈珍一笑。賈珍忙說了幾聲「妥當」②。

老太妃去世時，兩府無人，家中無主，便報了尤氏產育，將她騰挪出來，協理榮寧兩處事體。③

從情商來看，書中幾處體現了尤氏的高情商。一為第四十三回操辦鳳姐生日時，歸還份子錢，一方面把份子錢歸還太太們的大丫頭做了順水人情，另一方面又體恤不受待見的姨娘們。還有第七十六回在「略為淒涼」的中秋夜，尤氏能感受到賈母憂傷的心情，專門留下來陪伴賈母，體現了她的孝心和換位思考的能力，又從其他回次中賈母多次要求尤氏協理府中事務來看，尤氏的工作和處事能力亦得到賈母的認可。

---

① 【清】曹雪芹著：《蒙古王府本石頭記》，北京圖書館出版社 2007 年版，第 1654-1655 頁。

② 【清】曹雪芹著：《紅樓夢》，人民文學出版社 2008 年版，第 579 頁。

③ 【清】曹雪芹著：《紅樓夢》，人民文學出版社 2008 年版，第 881-882 頁。

從為人來看，尤氏為人寬厚的性格特徵卻恰恰是其「性格軟弱無能」的另一個體現。相比王熙鳳嚴苛的管理要求，尤氏待家中下人隨和，略顯放縱，但從尤氏的家世可以窺見，尤氏本身家境並不優良，可以體諒下人生活的不易，因此對下人並不苛求，同時從下人給她盛「白粳米飯」和素雲拿自己的胭脂給她來看，她也不在意這些假體面，亦體諒姨太太們在王夫人和鳳姐的強壓管控下的生存之難。所以亦有庚辰雙行夾批：

> 按尤氏犯七出之條，不過只是「過於從夫」四字，此世間婦人之常情耳。其心術慈厚寬順，竟可出於阿鳳之上。[1]

尤氏頗有處世智慧。尤氏身處賈家人口眾多，關係繁雜的豪門之中，又無顯赫的家族背書，則必須以賈珍為靠山，保全自己，因此才會有「過於從夫」的表現，對於賈珍的惡行和奢靡生活不多勸阻，聽之任之，維持夫妻之間基本的尊重；另一方面借助對於下人的寬鬆管理和小恩小惠的施捨，籠絡人心，鞏固其在寧國府的管家地位。而在對待「權力中心」的態度上，雖然尤氏性格與李紈更契合，更喜與李紈相處，多次進入榮國府時先到李紈處聊天，但其深知要保全自身、維繫地位，仍需「討好」高層領導，所以與鳳姐雖性格不同但也「相愛相殺」，能聊得來卻也存在潛在的競爭關係，而在賈母面前施展才華，表現孝心更是站穩了其在府中的位置——雖非中心，勝在穩固。

四、尤氏對現代女性婚姻的啟示意義

（一）強大的個人能力才是硬道理。無論身處何境，還需自身強大方可站穩腳跟，尤其在豪門深宮中，必須有拿得出手的才幹與才華，才能立於不敗之地。

（二）適度適用的情商。對上孝敬但不攀附，對下寬厚但不縱容，對於無

---

① 曹雪芹著：《脂硯齋重評石頭記（庚辰本）》，人民文學出版社 2006 年版，第1803 頁。

法掌控的關係不強求,並懂得藏住鋒芒。

　　(三)兩性相處的智慧。相敬如賓,有分寸,知進退,情緒穩定,維持相處的空間。

　　尤氏在《紅樓夢》中的出場次數不多有作者的道理,這樣的一個人物在《紅樓夢》錯綜複雜、利益糾葛的故事中顯得邊緣且另類,她似乎不符合能在兩府之中生存的個性,卻依然穩坐寧國府大奶奶的位置,與書中各人有衝突但又不突兀,在抄家後幾乎擁有最好的結局。這或許也是作者想傳達給讀者的一個信息,亂世之下,豪門之中,人們雖以各方利益為權衡關係和處事的標準,但回歸本源,待人真誠、為人寬厚,不爭朝夕之間,不在意無謂的假體面,才能在紛擾世間,找到最好的歸宿。

病梅枝頭一叢沉默的新綠：賈蘭

明燦

內容摘要：賈蘭是賈政的嫡孫，論身份比寶玉更重要，但實際在賈府的地位卻似乎可有可無，並沒有得到應得的重視，就連賈蘭的親奶奶王夫人，對待賈蘭的態度也是十分淡漠，未見寵愛之舉。賈蘭的境遇與其出身地位十分不符，不受寵的原因有多方面，其父賈珠早亡，賈母等人不重視賈蘭，賈府人勢利眼，自然也不會高看賈蘭。賈蘭本身的性格太過中規中矩，李紈的管教也非常嚴格，賈蘭敏感、自尊、上進、冷淡、渴望被重視，卻又與世無爭。賈蘭雖生在大觀園，但與寶玉不同，他非常自律，少年老成，知書達理，能文能武，認真讀書，在賈府奢靡衰敗的環境中就像病梅枝頭的一叢新綠。賈蘭應該是賈府眾人中結局較好的一個，金榜題名，身居高位，母親李紈也因此得享富貴。但賈蘭的整個基調還是悲涼的，雖是爵祿高登，不過是荒草一堆土沒了，枉與他人做作笑談。

關鍵詞：賈蘭；嫡孫；冷淡；金榜題名；夢裏功名

賈蘭，在《紅樓夢》中出場的地方不多，好似一個可有可無的人，很多讀者也並不熟悉。其實，賈蘭作為賈府的第五代子孫，其父親賈珠是賈政和王夫人的嫡長子，母親李紈是名門世家的小姐，賈蘭是賈政的嫡孫。嚴格說來，賈蘭的身份比叔叔寶玉更重要。

按賈蘭的出身地位，原本該是全家人千嬌百寵的對象。但看《紅樓夢》前八十回裏，賈蘭大多時候只如一個群眾演員一般，隨兄弟們一齊出席一下賈家的各種場面活動，單獨描寫賈蘭的地方真是少之又少，雖然身在大觀園，但似乎被大家選擇性地遺忘掉了，並沒有得到應得的重視，可以說是在《紅樓夢》中比較邊緣化的人。

賈蘭的親奶奶王夫人對待賈蘭的態度更令人玩味，在王夫人這裏，從未見過對賈蘭有過任何關心之舉，前八十回中基本找不到王夫人這個親奶奶與親孫子賈蘭的任何互動，唯一一次管過有關賈蘭的事情，便是抄檢大觀園中順帶將賈蘭的奶娘趕出去了。

一、賈蘭為何不受寵

在整部《紅樓夢》中，賈蘭無疑是不受寵的，其境遇與其出身地位十分不符。那麼，賈蘭不受寵的原因是什麼？筆者分析，可能以下幾方面原因兼而有之。

首先，父親賈珠早亡，賈蘭幼年失父。如果賈珠不死，必定得官進爵，是眾人不敢怠慢的「珠大爺」。看父敬子，賈蘭的境遇必定會溫暖很多。可是人死茶涼，大家都各忙各的，他的世界裏，就剩了母親李紈一人，即使身在富貴之中，却仍會生出相依為命的凄涼感。

其次，賈府人勢利眼。無論是賈母還是王夫人，目光都落在了銜玉而生的寶玉身上，對賈蘭的態度一直都是冷冷淡淡的。賈府上下都長著一雙富貴眼，捧高踩低，賈蘭沒有得到賈母等人的重視，自然也會被那些勢利眼的人們忽視。

再次，賈蘭太過中規中矩。這可能是他母親教會他的。小孩子本來就是頑皮一點討人喜歡，而賈蘭一直都是很成熟的樣子，一副小大人的態度，賈蘭失去了天真，自然不會討老人們喜歡。

或者，與李紈的管教也有關。賈府驕奢淫逸的氣氛，和李紈原生家庭國子監祭酒的書香門第的氛圍高下立判，李紈自然也並不希望賈蘭和寶玉、賈蓉、賈環這樣的紈絝子弟一樣，所以估計她也會刻意讓賈蘭和他們保持距離，以免沾染上他們的驕縱奢侈。

最後，從心理學的角度，王夫人作為親奶奶，不喜歡賈蘭的原因可能是喪子之痛太厲害，對李紈沒有什麼好印象。

二、缺愛又自強的賈蘭

賈蘭的性格，可以用幾個關鍵詞概括：敏感、自尊、上進、冷淡、渴望被重視，却又與世無爭。

首先，說說敏感。因為從小喪父，他的世界裏就剩了母親李紈一人，即使身在富貴之中，與母親相依為命的凄涼之感反而益發強烈。而且，因為失去了

父親的庇佑，賈蘭自幼便飽嘗人情冷暖，內心應該是很缺乏安全感的，尤其是與其叔叔寶玉做對比，想必他內心的落差會變得更大。

關於賈蘭自尊的一面，從紅樓夢中的一個小細節便可一覽無遺。《紅樓夢》第二十二回：

> 上面賈母，賈政，寶玉一席，下面王夫人，寶釵，黛玉，湘雲又一席，迎，探，惜三個又一席。地下婆娘丫鬟站滿。李紈，王熙鳳二人在裏間又一席。賈政因不見賈蘭，便問：「怎麼不見蘭哥？」地下婆娘忙進裏間問李氏，李氏起身笑著回道：「他說方才老爺並沒去叫他，他不肯來。」婆娘回復了賈政。眾人都笑說：「天生的牛心古怪。」賈政忙遣賈環與兩個婆娘將賈蘭喚來。賈母命他在身旁坐了，抓果品與他吃，大家說笑取樂。[1]

這裏所謂的牛心古怪，不過是一個從小缺乏被愛、習慣了被冷落、被忽視的男孩子因為自尊而在情緒上的過激反應罷了。

賈蘭性格中上進的一面是十分明顯的。賈蘭與賈寶玉不同，他知道他必須要憑藉自己的實力脫穎而出，才能夠讓其他人注意到他，關注到他，所以他自幼刻苦努力，奮發圖強。第七十五回，中秋家宴，賈政讀了寶玉的詩默不作聲，讀了賈蘭的却喜不自勝[2]，很明顯，賈蘭此時的才學已開始超過寶玉，連賈母都歡喜得叫賈政賞他。第二十六回，寶玉在大觀園裏閒逛，順著沁芳溪看了一回金魚。這時候，忽然那邊山坡上兩隻小鹿箭也似的跑了過來，打破了詩意，可愛的小鹿為什麼驚慌失措？寶玉不解其意，正自納悶，只見賈蘭在後面拿著一張小弓追了下來，一見寶玉在面前，就站住了，跟寶玉打招呼。寶玉就責備他淘氣，問好好的小鹿，射它幹什麼？賈蘭說是這會子不念書，閒著作什麼呀？所以演習演習騎射[3]。李紈望子成龍心切，對賈蘭也是進行全方位的培

① 【清】曹雪芹著：《紅樓夢》，人民文學出版社 2008 年版，第 302 頁。
② 【清】曹雪芹著：《紅樓夢》，人民文學出版社 2008 年版，第 1053-1054 頁。
③ 【清】曹雪芹著：《紅樓夢》，人民文學出版社 2008 年版，第 354 頁。

養，要他能文能武。

　　賈蘭的冷淡也不難理解。賈蘭的母親李紈是個寡婦。李紈青春喪偶，雖處膏粱錦繡之中，竟如槁木死灰一般，一概無見無聞，她整個人都是壓抑的，從不妝扮。尤氏偶爾一次去她房裏洗臉梳妝，竟連一點胭脂都找不到，最後只得借丫鬟的用。她的詩寫得不錯，卻自謙不能寫，甘願只評詩。她的年齡其實比探春一干姊妹大不了太多，心境竟像是隔了一代人。李紈對園中姐妹說，我自飲酒，不管你們興廢 [①]。而賈蘭深受李紈的影響，性格冷淡，行為處事方式與李紈如出一轍。

　　雖然性格冷淡，但與常人一樣，賈蘭也有渴望被重視的一面。越是缺少愛的人越渴望被愛，越是被忽視的人越渴望被重視。中秋佳節至，賈府子弟齊聚一堂共度，寶玉做了一首詩得到了賈政的獎勵，賈蘭見狀便也做了一首詩遞給賈政看 [②]。賈蘭此舉不正是他渴望被重視，被表揚的心思的顯露嗎？賈蘭自幼努力讀書，練習騎射，一方面是由於母親李紈對他的要求和教導；另一方面，也是因為這與他想實現自己出人頭地，讓人刮目相待的心願有關吧。

　　賈蘭與其他賈府眾子弟性格比較明顯的一個區別是其與世無爭。在封建大家庭中獨自長大的賈蘭，性子自斂內向，比不得寶玉開朗活潑。他清醒而警覺，會下意識與周圍的人保持距離；懂得自保，和自己無關的事，絕不跟著起哄瞎摻和，不肯捲入矛盾鬥爭的漩渦。他和賈菌一起上學的時候，別人打架，把硯臺扔掉了，墨水濺了他們的書，賈菌一下子就發火了，抄起硯臺要砸回去，被賈蘭阻止了，賈蘭勸告他，不要去惹不必要的事情 [③]。

　　賈蘭對應的人物應該是賈寶玉：

　　寶玉像個長不大的孩子，事事要人提點，連襲人這樣的丫頭都不放心他單獨外出，而賈蘭非常自律，少年老成，知書達理；

　　寶玉從小被賈母養在身邊，混在女孩子堆裏，喜歡脂兒粉兒，賈蘭年幼跟

---

① 【清】曹雪芹著：《紅樓夢》，人民文學出版社 2008 年版，第 1041 頁。
② 【清】曹雪芹著：《紅樓夢》，人民文學出版社 2008 年版，第 1054 頁。
③ 【清】曹雪芹著：《紅樓夢》，人民文學出版社 2008 年版，第 137 頁。

隨母親，也是在內帷長大，卻毫無脂粉氣；

住在大觀園，寶玉以為他淘氣追小鹿，他卻是想學騎射，追求能文能武；

寶玉能滾在賈母懷裏，王夫人懷裏，膩在寶姐姐林妹妹身邊，猴在丫頭們身上吃胭脂，賈蘭別說在王夫人賈母面前，哪怕是在李紈面前，都沒有撒嬌過；

寶玉天資聰明，卻不喜讀書，只在詩詞這些中看不中用的「精緻淘氣」上下功夫，即使賈政暴打，王夫人苦勸，都不能改變他的想法，最終看破紅塵出家，而賈蘭詩詞不如寶玉，讀書卻比寶玉強，孜孜不倦地向寶玉求教，認真讀書，一心想掙副誥命報答寡母。

三、賈蘭之死

賈蘭應該是賈府眾人中結局較好的一個：金榜題名，身居高位，母親李紈也因此得享富貴。

賈蘭顯然沒讓母親失望，十年寒窗苦，一朝金榜題名。高鶚在後續的後四十回中，給賈蘭安排的是考中第一百三十七名舉人。「昨憐破襖寒，今嫌紫蟒長。」[1]【甲戌側批：賈蘭、賈菌一干人。甲戌眉批：一段功名升黜無時，強奪苦爭，喜懼不了。】賈蘭的一生顯然是順遂的。科舉高中後，步步高升，能穿上「紫蟒袍」，表明做了很大的官。

謀劃數十年，換取而來的卻也是黃沙一捧。雖然賈蘭逐得功名，身居高位，但最終李紈與賈蘭母子均逃不掉悲劇的結局。

> 《晚韶華》：鏡裏恩情，更那堪夢裏功名！那美韶華去之何迅！再休提繡帳鴛衾。只這帶珠冠，披鳳襖，也抵不了無常性命。雖說是，人生莫受老來貧，也須要陰騭積兒孫。氣昂昂頭戴簪纓，光燦燦腰懸金印，威赫赫爵祿高登，昏慘慘黃泉路近。問古來將相可還存？也只是虛名兒與後人欽敬。[2]

---

[1] 【清】曹雪芹著：《紅樓夢》，人民文學出版社 2008 年版，第 18 頁。

[2] 【清】曹雪芹著：《紅樓夢》，人民文學出版社 2008 年版，第 585 頁。

　　從曲中可以推斷出，賈蘭應是在頭戴簪纓、腰懸金印、爵祿高登後的不久，就在一次征戰時命喪黃泉。「鏡裏恩情」消逝固然讓人失望，但總比不上「夢裏功名」的絕望。母親含辛茹苦，一朝盼出了頭，卻好景不成長，兒子很快離去，這於李紈的打擊是致命的，因此才會有後面的「雖說是，人生莫受老來貧，也須要陰騭積兒孫」，為兒孫積陰騭，是李紈在萬念俱灰時發出的感慨。

　　在《紅樓夢》中，李紈掣到的籤是老梅，上面的詩是「竹籬茅舍自甘心」，李紈淡泊自守，一心望子成名。但她青春喪偶，含辛茹苦，一如病梅，賈蘭就是這株病梅枝頭一從沉默的新綠，在默默中積蓄力量，等待華滿春枝的到來。「氣昂昂頭戴簪纓，光燦燦胸懸金印，威赫赫爵祿高登」，這三句極言賈蘭母子的苦盡甘來、揚眉吐氣，但在一片喜樂中忽然來了句「昏慘慘黃泉路近」。稻香村「背山山無脉，臨水水無源」[1]，亦隱喻賈蘭之死。

　　「問古來將相可還存」，同〈好了歌〉「古今將相在何方？荒冢一堆草沒了」[2]照應，很可能這黃泉路近的是爵祿高登的賈蘭。無論是枉與他人做作笑談，還是「虛名兒與後人欽敬」，都表明賈蘭即便中興了賈家，終有一天，不過是荒草一堆土沒了！

---

① 【清】曹雪芹著：《紅樓夢》，人民文學出版社 2008 年版，第 225 頁。

② 【清】曹雪芹著：《紅樓夢》，人民文學出版社 2008 年版，第 85 頁。

中國越劇《紅樓夢》與朝鮮歌舞劇《紅樓夢》編排背景初探

胡晗翰

內容摘要： 徐進結合時代的需要，遵循原著，理解原著意義，他編寫的越劇《紅樓夢》不但超越了清代「紅樓戲」的唯心主義，也超越了民國時期只表現婚姻自由民主思想的作品。深受中國越劇《紅樓夢》影響的朝鮮歌舞劇《紅樓夢》，既貼合原著風貌，又加入朝鮮特色，體現了文化融合，是中朝兩國合作的結晶。

關鍵詞： 中國越劇《紅樓夢》；朝鮮歌舞劇《紅樓夢》；編排背景；文化融合

　　小說《紅樓夢》在中國國內被翻拍的電影、電視劇、戲曲、話劇作品數不勝數。其中 1958 年的越劇《紅樓夢》和電影版越劇《紅樓夢》以及 87 版電視劇《紅樓夢》都是深受觀眾喜愛，在海外也受到了廣泛關注和好評。而朝鮮舞劇版《紅樓夢》不僅在朝鮮掀起熱潮，而且來到中國演出，可見紅樓在大家心中的地位。筆者就 1958 年越劇《紅樓夢》與朝鮮歌舞劇《紅樓夢》的編排背景進行初步的探討和研究。

一、 1958 年中國越劇版《紅樓夢》編排的背景

　　《紅樓夢》傳播至今已有二百多年的歷史，紅學也成為中國二十世紀三大顯學之一。《紅樓夢》在古代的傳播方式多以戲劇、說書、文本為載體進行傳播。早在清代就已經有了戲劇《紅樓夢》，其中越劇是改編《紅樓夢》次數最多的劇種[①]。越劇誕生於清末民初，是一個比較年輕的劇種，喜歡演繹一些年輕人們喜歡的與情感和家庭相關的作品。因當時《紅樓夢》小說非常流行，它又是以「寶黛釵」三人之間的情愛為主的小說，所以從 1937 年開始算起，到今天越劇《紅樓夢》的相關戲劇有近三十多部。不過，雖然當時戲劇《紅樓夢》廣為流

---

① 佟靜：〈紅樓夢越劇改編研究述評〉，《紅樓夢學刊》2014 年第 1 輯，第 109 頁。

傳，但沒有統一的劇本和編劇邏輯，都是靠上一代師傅的經驗進行傳承。直到
1955 年，徐進完成了對越劇《紅樓夢》的重新改編，才出現了完整的堪稱善本
的改編本①。

朱小珍博士曾較為全面地梳理各時期「紅樓」戲劇，她曾經在博士論文中
提到民國時期的「紅樓戲」有 7 種，1949 年至文革時期之間有 6 種，文革時
期至 20 世紀末有 4 種②。可以說「紅樓戲」是各大劇場的頭牌劇。在眾多戲劇
中脫穎而出的越劇《紅樓夢》是最受人們喜愛且具有文學藝術價值的，因而被
研究次數也最多。它的成功不是巧合，不單單是因為演員的優秀表演，還有編
劇的成功改編，編曲的優美旋律等等，是眾多藝術者們為藝術辛苦奮鬥結出的
碩果。

目前「紅樓戲」改編最成功、影響力最大的是由徐進改編、上海越劇院出
演的 1958 年版越劇《紅樓夢》，它不僅首次演出就取得了成功，至今仍深受國
內外觀眾喜愛，更是獲得了「高品位展現越劇藝術風格的最佳代表」、「越劇劇
本的典範」的好評③。以至於在 1962 年最終定稿並拍攝成電影方便後人欣賞。
同時也培養出一批優秀的越劇人才。

> 上世紀 50 年代，學者普遍認為《紅樓夢》是一部「封建社會的百科
> 全書」，加之毛主席也十分稱賞《紅樓夢》中的反抗精神，所以不少劇
> 團都著重展現《紅樓夢》中的「階級鬥爭」層面。④

1906 年，越劇從說唱藝術演變成戲曲。1925 年 9 月 17 日，在小世界遊
樂場演出的「的篤班」，首次在《申報》廣告上稱為「越劇」。1938 年起，多數
戲班、劇團稱「越劇」。而早在 1944 年，雪聲劇團就已經創作並演出了《林黛

① 張惠：〈越劇紅樓夢寶玉形象的重塑及其當代價值〉，《曹雪芹研究》2016 年第 4
　期，第 76 頁。
② 朱小珍：〈「紅樓」戲曲演出史稿〉，上海戲劇學院博士學位論文 2010 年。
③ 張惠：〈越劇紅樓夢寶玉形象的重塑及其當代價值〉，《曹雪芹研究》2016 年第 4
　期，第 76 頁。
④ 謝柏梁：《中國當代戲曲文學史》，中國社會科學出版社 1995 年版，第 131 頁。

玉》，1945 年和 1947 年，芳華劇團和玉蘭劇團都分別演出過自己創作的《紅樓夢》，只是當時沒有對社會造成很大的影響力，所以研究者並不是很多，留下來的資料也十分稀少。但這足以證明越劇《紅樓夢》是幾乎貫穿越劇從誕生到發展、成熟的整個生命期的戲劇。

從 1951 到 1954 年，共有七部越劇「紅樓戲」在中國越劇院上演，比如《寶玉與黛玉》和一部分《紅樓夢》的折子戲。因為當時社會上掀起了「批紅」熱潮——《紅樓夢》研究批判運動，因此這段期間內的「紅樓戲」都在闡述馬克思主義的階級論，反對資產階級唯心主義思想。在 1954 年的時候唐湜在《談越劇〈紅樓夢〉》中就提出當時的天津越劇團演出的《紅樓夢》是將原著思想降低了，把反封建主題也降低為個人恩怨帶來的家庭悲劇，同時為了凸顯鳳姐、賈母、賈政與寶黛兩大陣營之間的衝突，把原著原本應該有的豐富複雜的歷史生活與社會內容給簡單化和平面化了，卻間接將人物寫得概念化和抽象化了①。在「紅學大批判」的時代背景下的文化作品，大多都是為了體現批判精神，而弱化原著中的人物形象；使得劇中的人物性格簡單化、概念化，進而失去了審美的趣味。

當然「紅學大批判」的運動也增加了人們對《紅樓夢》的關注，同時也是促進了「紅樓戲」的改編。佟靜在《〈紅樓夢〉越劇改編研究述評》中提出，1954年的紅學批判運動對《紅樓夢》的戲劇改編工作起到了很大的促進作用，所以與清代和民國的「紅樓戲」相比，50-60 年代的質量是有所提高的，「基本上做到保留精華，剔除糟粕」，②從而體現時代精神的價值。

在「紅學大批判」和文化大革命之後出現的徐進改編越劇《紅樓夢》成為「紅樓戲」的經典，鄭公盾指出其難能可貴之處在於做到了「作品題材歷史真實性和現實需要、時代需要的辯證統一」。③徐進結合時代的需要，遵循原著，理解原著意義，不但超越了清代「紅樓戲」的唯心主義，也超越了民國時期只

① 唐湜：〈談越劇《紅樓夢》〉，《中國戲劇》1954 年第 7 期，第 18 頁。
② 佟靜：《〈紅樓夢〉越劇改編研究述評》，《紅樓夢學刊》2014 年第 1 輯，第 114 頁。
③ 鄭公盾：〈漫談《紅樓夢》的戲曲改編〉，《紅樓夢學刊》1980 年第 4 輯，第 327 頁。

表現婚姻自由民主思想的作品。他不過分渲染人物關係，不違背藝術規律，尊重原著思想的同時還能把握住觀眾的心理情感。就是利用這把「尺子」，才有了今天越劇《紅樓夢》的生命。

二、2010 年朝鮮歌舞劇版紅樓夢編排的背景

中朝兩國於 1949 年 10 月 6 日開始建交，朝鮮是同新中國最早建交的國家之一。[1] 不管是解放時期的「鴨綠江戰役」，還是更早的時期漢代做為中國的附屬國，朝鮮與中國的關係基本上都十分友好。中國的文化、經濟等也一直影響著朝鮮，與朝鮮的合作也不斷深化，為了保持良好的溝通和促進更深度的合作，中國將 2009 年設定為中朝建交 60 周年的中朝友好年，而這一年也再次影響到朝鮮歌舞劇《紅樓夢》的發展。

中國四大古典名著《紅樓夢》，早在 19 世紀前後就已經傳入朝鮮半島，並成為當時朝鮮宮廷御讀小說，很受當時朝鮮人民的追捧，就連譯本都有很多種類型。同時這部經典的思想性及藝術性也深深影響了朝鮮幾代人。[2]

《紅樓夢》通過一個封建貴族家庭的興衰，揭露封建社會、封建統治階級、思想和道德倫理的腐敗性和反人性，同時它還暗示封建社會會滅亡，[3] 這種思想正是朝鮮人民所需要的，他們從中深刻地體會到封建社會生活的苦難，因此格外喜歡《紅樓夢》。

說到朝鮮歌舞劇《紅樓夢》不得不提及金正日，他是朝鮮第二代最高領導人，曾任朝鮮勞動黨中央委員會總書記、朝鮮國防委員會委員長、朝鮮人民軍

---

[1] 中朝關係概況，中華人民共和國駐朝鮮民主主義人民共和國大使官網，2015 年 10 月 1 日。https://baike.baidu.com/reference/10015657/51ab_am6pq6TzbhkPooWCk JAHK65k65sfQxlIhIc33ZBO4KdqzCZolgSXF_cMbBFfmYosRTtp0yvZKZX3hj5P5Td WWvyZOnBxHdVhoVn

[2] 黃艷濤：〈金正日一手締造朝鮮版《紅樓夢》〉，《名人故事》，2010 年 5 月，第 46-47 頁。

[3] 黃艷濤：〈金正日一手締造朝鮮版《紅樓夢》〉，《名人故事》，2010 年 5 月，第 46-47 頁。

最高司令官及朝鮮勞動黨中央軍事委員會委員長等職務。[①] 在金正日與其父金日成對《紅樓夢》的喜愛及推動下，朝鮮歌舞劇《紅樓夢》得到了空前發展。這50年的時間裏通過不斷改編《紅樓夢》舞臺劇劇本，不斷完善舞臺效果，最終在2010年5月上旬朝鮮最新歌舞劇版《紅樓夢》在北京等各大劇院上演。這次表演的《紅樓夢》被稱為朝鮮帶給中國人民的一份厚禮。幾乎所有觀看過朝鮮歌舞劇《紅樓夢》的人都對此讚嘆不已，甚至有激動的觀眾需要使用速效救心丸才能觀看完此劇，[②] 可是說代表當時朝鮮最高藝術水平的歌舞劇了。

其實歌舞劇《紅樓夢》在朝鮮已有近半個世紀的歷史，早前朝鮮《紅樓夢》戲劇是朝鮮傳統的唱劇，不是歌舞劇。唱劇《紅樓夢》的誕生還要從金日成、金正日父子深厚的「紅樓夢情結」說起。

早在1961年，金日成訪問中國時，觀看了上海越劇團表演的《紅樓夢》，表示對越劇《紅樓夢》十分歡喜，並主動邀請上海越劇團訪問朝鮮，對朝鮮唱劇的《紅樓夢》做舞臺指導和知識講解等工作。國家領導人在商榷後，當年秋天，上海越劇團受邀訪朝，為朝鮮人民上演了這部經典劇目。[③]

為了讓更多的人觀賞和理解《紅樓夢》的原著精神，在朝鮮藝術家的指導下，朝鮮以民族戲劇的形式改編了《紅樓夢》。1962年，朝鮮唱劇版《紅樓夢》問世，受到朝鮮觀眾的廣泛好評。此後，中國1987年版的電視劇《紅樓夢》在朝鮮電視臺播出，再次引發了朝鮮人民的「紅樓熱潮」。

金正日在父親金日成的影響下，對中國名著《紅樓夢》產生了深厚的情感。2008年4月，為了迎接中朝建交60周年紀念年，朝鮮領導人再次提出對唱劇

---

① 金正日生平簡介，引用騰訊新聞網，2011年12月9日。https://baike.baidu.com/reference/509378/6132HUB5fE51hakFIk9EWylu-U2m7JfVH8zIcvmOytdbNm54bkl11_JKzepVBuO_belGn89rgDnV9ziY9FqAkO5iqhyH
② 新華社：〈一觀眾看朝鮮版《紅樓夢》吃救心丸〉，《文化大觀》2010年6月下。
③ 王博：〈朝鮮歌舞劇紅樓夢登錄中國〉，《文化播報》2010年10月。

《紅樓夢》進行復排和改編，並且指定由朝鮮著名的血海歌劇團承擔這次任務。

朝鮮領導人在此期間發言，「要將《紅樓夢》劇作為獻給中國人民的禮物，在中朝友好年之際演出」，[1] 於是便有了現在能在網絡上查找到的朝鮮歌舞劇版《紅樓夢》。

把中國古典小說《紅樓夢》改編成當時朝鮮規格最高的歌舞劇《紅樓夢》，可以看出朝鮮人民對中國古典文化的重視與熱愛。隨著朝鮮歌舞劇版《紅樓夢》的到來，中國又再一次刮起《紅樓夢》的熱潮。

朝鮮作為一個能歌善舞的國家，唱劇占據朝鮮藝術領域的重要地位。同時歌劇作為一門綜合藝術，最能展現一個國家的藝術發展成熟度，所以朝鮮將唱劇作為主要藝術表現形式，大力發展唱劇。從 1948 年的歌舞劇《春香傳》到 2010 年的朝鮮歌舞劇《紅樓夢》，都可以發現唱劇藝術在朝鮮有較為重要的地位。[2]

朝鮮歌舞劇《紅樓夢》是在朝鮮領導人的指導下與朝鮮藝術家們一起親手改編的戲劇。金正日對於該劇的要求只有一個「既要反應原著的風貌，還要在上世紀 60 年代演出的基礎上，按照新世紀的美感進行重排」。[3] 因此他對這部歌劇的演員、歌曲、唱腔、舞蹈、樂器等都進行了細緻的篩選，可見朝鮮十分重視這部給中國人民的「禮物」。

為了找到朝鮮人們心中的黛玉、寶釵、寶玉等劇中重要人物，朝鮮還特地模仿中國演員的選拔，舉辦了全國範圍內的文藝競賽會，經過層層篩選，才有了現在我們所看到演出的演員們。其中值得一提的是，賈寶玉的扮演者金日黃的爺爺曾是 40 多年前第一版《紅樓夢》中賈寶玉的扮演者，當時還受到周恩來總理的接見。正是這份榮譽，在當時朝鮮國內傳為「寶玉緣」的佳話，為朝鮮

---

① 韋冬澤、周之然：〈同賞《紅樓夢》中朝情意濃：看朝鮮歌劇演繹中國故事〉，《人民日報》2010 年 5 月 14 日。

② 高曉倩：〈朝鮮革命歌劇《血海》研究〉，中央音樂學院 2013 年碩士學位論文。

③ 韋冬澤、周之然：〈同賞《紅樓夢》中朝情意濃：看朝鮮歌劇演繹中國故事〉，《人民日報》2010 年 5 月 14 日。

歌舞劇《紅樓夢》增添了一份情緣感。

　　為了使朝鮮歌舞劇版《紅樓夢》更加貼合原著風貌，朝鮮領導人向中國「要來」了上海越劇團的專家小組們，與此同時中國為了表示友好，將越劇中的服裝、道具帶到朝鮮，並對朝鮮歌舞劇版《紅樓夢》進行全方位的指導。小到一個眼神、一個手勢，大到舞臺表現、舞臺效果，中國專家們認真地指導，朝鮮演員們也極為用心地學習，因此可以說朝鮮歌舞劇版《紅樓夢》是中朝兩國合作的結晶。

　　其實在創作的時候，朝鮮血海歌劇團在復排時曾出現過一些問題，例如：使用什麼樣的樂器伴奏比較好？以什麼樣的唱腔為主？怎麼樣可以讓中國人民更好地接受朝鮮版《紅樓夢》？怎樣的表演可以讓朝鮮人民更加瞭解《紅樓夢》的內核？這都是當時朝鮮血海歌劇團所面臨的困難。在這種情況下，對藝術不僅有熱愛，亦對《紅樓夢》有自己獨到見解的金正日起了一定的指導作用，他提出對歌劇《紅樓夢》進行再創作，並在創作過程中進行數十次指導。[①] 在排練《紅樓夢》音樂的時候，金正日依靠耳朵反覆聽音樂所表達的不同，很快從中找出不同點和問題點。曾經一個樂手沒發現樂器壞了，依舊如同往日一樣參加排練，所有人都聽到排練出來的樂曲有問題，但就是找不到問題出在哪裏。恰巧金正日前來做指導，他通過每個人的單獨演奏，很快就篩選到樂器壞掉的樂手，並告知樂手注意樂器的保養。[②] 在《紅樓夢》歌舞曲編排上，因為新版《紅樓夢》的改編背景是 21 世紀，金正日認為需要按照 21 世紀觀眾的要求重新編制這部歌舞劇的音樂，既要用到朝鮮的民族傳統樂器海琴等，同時還要求必須演奏出中國傳統樂器的韻味。這增加了歌舞劇的難度，但也別出心裁，因此歌舞劇中的序曲便有了四小節用海琴演奏。

　　台前幕後，無論是沒有臺詞的小角色，編劇，導演，乃至金正日，朝鮮人民都在以非常認真負責的態度，不斷反覆演練來表達他們對紅樓文化的喜愛，

① 黃艷濤編譯：〈金正日一手締造朝鮮版《紅樓夢》〉，《名人故事》，2010 年 5.13-5.19B。

② 蘇向東：〈金正日的別樣人生〉，《文化中國‧中國網》2010 年 5 月 21 日。

因此才有了我們在 2010 年所看到的「最美」朝鮮歌舞劇《紅樓夢》。文化融合的趨勢之下，朝鮮人民懷著飽滿的情感、熱烈的態度去看待中國傳統文化，不斷深入研究，可見中國傳統文化在當時的朝鮮是十分受歡迎的。

　　越劇《紅樓夢》在中國國內成為經典，之後來到朝鮮，並直接影響了朝鮮歌舞劇《紅樓夢》，這段《紅樓夢》的傳播歷程，也是中朝友誼的見證。

淺論《紅樓夢》中儒道佛思想的衝突
——以第二十二回為例

馬春陽

內容摘要:《紅樓夢》中將寶玉設定為表面愚鈍而實際上最具道佛悟性的人物形象，在其身上著力凸顯儒、道、佛思想的碰撞。儒家思想為濟世之道，三綱五常重在製定規則以維持社會原本的秩序；而道佛重在個體生命，探究的是人生的意義與智慧。本文以《紅樓夢》第二十二回〈聽曲文寶玉悟禪機，製燈謎賈政悲讖語〉中對寶玉的描寫為例，展現中國人對於入世與出世的人生選擇，探究書中表現出的儒、道、佛思想的交纏與衝突，表現中國文學的豐富層次與中國文化的兼容並包。

關鍵詞:儒；道；佛；宗法禮教

　　《紅樓夢》被譽為中國文學史上藝術價值最高、哲學思想最深刻的一本小說，書中貫穿著中國人的哲學，儒、道、佛的交纏與衝突，中國人對於入世與出世的人生選擇。作者將寶玉設定為表面愚鈍而實際上最具道佛悟性的人物形象，在其身上最著力凸顯儒、道、佛思想的碰撞。本文以《紅樓夢》第二十二回〈聽曲文寶玉悟禪機，製燈謎賈政悲讖語〉中對寶玉的描寫為例，探究書中表現出的哲學思想之間的衝突及糾結。

　　第二十二回主要描寫寶釵十五歲生辰發生的事件，賈母出資提議鳳姐操辦寶釵的及笄生辰，鳳姐有意比往年黛玉的生日辦得大些，在賈母院內搭了戲臺，昆弋兩腔俱有。酒席上寶釵點了〈山門〉，寶玉說不喜熱鬧戲，寶釵向寶玉解釋此戲詞藻中有支〈寄生草〉：

> 漫搵英雄淚，相離處士家。謝慈悲，剃度在蓮台下。沒緣法，轉眼分離乍。赤條條來去無牽掛。那裏討，煙蓑雨笠卷單行？一任俺，芒鞋破缽隨緣化！[1]

---

[1] 【清】曹雪芹著：《紅樓夢》，人民文學出版社 2008 年版，第 294-295 頁。

寶玉聽了拍膝搖頭，十分喜歡，寶玉對佛學思想的興趣貫穿《紅樓夢》始終，他思想上的偏好也能為賈府中人所知。出世的佛學思想正是「赤條條來去無牽掛」，這樣出世意味十足的戲文卻在位貴官賈、入世至極的賈府中出現，出世之戲文演於入世之家宴，為賈府中的嫡孫所喜歡，儒家與佛道思想的衝突在這個情節上體現得淋漓盡致。

另外，此處的「赤條條來去無牽掛」呼應了貫穿全書始終的儒家與道佛思想衝突這一條主線。《紅樓夢》開篇以一佛一道引靈石即賈寶玉入世，在紅塵中歷盡劫難回到青埂峰下，後空空道人抄錄了靈石歷劫的《石頭記》，並「因空見色，由色生情，傳情入色，自色悟空」[①]。寶玉本身帶著道佛的悟性來到人世，原本與俗世的人情世故、宗法禮教格格不入，但卻生於賈府這樣的官賈之家，還承載著成人後為官光耀門楣的期望，事事皆矛盾，處處俱出入。寶玉最終被和尚道士一左一右架著，光頭赤腳地走在白茫茫的雪地中，以出家結尾。以佛道起始出生，以儒家糾葛成長，以佛道歸途結束。

從儒家和道佛思想的宗旨來看，儒家思想為濟世之道，三綱五常重在制定規則以維持社會原本的秩序；而道佛重在個體生命，探究的是人生的意義與智慧。由此看來，作者以尊重個體平等與自有的思想去碰撞當時社會的統治階級思想，確實是具有先進性的。

而後湘雲心思耿直，在眾人面前說破唱戲的小旦長得像黛玉，寶玉因給湘雲使眼色惹得湘雲不快，寶玉哄勸湘雲時落了一身埋怨。而寶玉哄湘雲的話又被黛玉聽了去，加深了黛玉的誤會。寶玉兩邊說好話，兩邊遭數落，就想到了《南華經》即《莊子》寫「巧者勞而智者憂，無能者無所求，飽食而遨遊，汎若不繫之舟」、「山木自寇，源泉自盜」等語。寶玉想著「如今不過這幾個人，尚不能應酬妥協，將來猶欲何為？……」，回房後與襲人的對話吐出別人與我無關、自己赤條條無牽掛的氣話，又寫出「你證我證，心證意證。是無有證，斯可云證。無可云證，是立足境。」的偈語，並填了一首《寄生草》來解釋偈語：

---

① 【清】曹雪芹著：《紅樓夢》，人民文學出版社 2008 年版，第 6 頁。

「無我原非你，從他不解伊。肆行無礙憑來去。茫茫著甚悲愁喜，紛紛說甚親疏密。從前碌碌卻因何，到如今回頭試想真無趣！」①便覺得自己大徹大悟了。此處寶玉夾在湘雲與黛玉之間調停，其實是「仁」心的寫照。寶玉尊重每個女孩子，也留心每個人的好惡。他知道黛玉敏感，瞭解湘雲不喜別人將自己視作外人，因此他的說勸之詞全是發自仁心，是為「己欲立而立人，己欲達而達人。己所不欲，勿施於人」，他能夠站在黛玉和湘雲的立場上考慮感受和解決問題。寶玉能夠捨身處地、能夠竭力勸說，是為了眾人的之間的一團和氣，這樣的追求也是一種儒家思想的體現。同時，兩邊勸說、兩邊不得罪的規勸方法，也體現了儒家中庸之道。

寶玉生於長於傳統的儒家文化中，言行中脫離不了儒家思想的影響。但今他苦悶的是，出於儒家思想的目的和行為，不能達到他的目標，反而讓事情更加惡化，同時複雜的人際關係也令他無措與厭煩，他嘗試理解人情世故，但無法順應與周全。此時，寶玉的本心中出世的思想再次跳出，入世的煩悶自然而然的將他逼向出世的超脫，他想到道家的《南華經》、想到佛家的思想。為儒家的目的而有儒家的行為，實現不了返回到佛道的思想中，此時的寶玉經歷了一次醒悟，也為他後文中的出家埋下了伏筆。

中國的文化是兼容並包的，中國哲學儒、道、佛的思想是在碰撞中並存的，一時一行，而本土的儒家文化和道家文化中也有兼容並包的思想存在，如儒家思想中的「窮則獨善其身，達則兼濟天下」，如道家思想中的「無為而治」。一如梁漱溟的「文化三大路向論」所說：「中國的文化姑且說是以意欲的調和為其根本精神的，是第二條路向。不前不後。屈己相就以謀妥協。」②寶玉帶著道佛思想入世，以儒家思想為指引意欲取得他人、社會的認可，結果並未如願，從而回歸到他出世的道路上。這是一次關於人生價值的探究，是三種哲學思想的交鋒，最終寶玉以道佛思想暫時了卻了心中煩悶，尋得了出路。

---

① 【清】曹雪芹著：《紅樓夢》，人民文學出版社 2008 年版，第 295-298 頁。
② 中國文化書院學術委員會編：《梁漱溟全集》，山東人民出版社 1991 年版，第 614 頁。

　　黛玉與寶釵湘雲同去與寶玉話機鋒，《紅樓夢》中黛玉是「情」的代表，寶釵是「理」的代表，「情」與「理」共同以看似更深奧的禪理將寶玉拉回到現實中去，但其實無論黛玉的「無立足境，方是乾淨」，還是寶釵引用《禪宗語錄》「本來無一物，何處惹塵埃」，都向寶玉傳達了「空」字。寶玉雖然暫且放下了繼續悟禪的想法，但恰恰黛玉與寶釵這種打壓式的勸阻，更加深了寶玉對道佛思想的認識。這不是一次阻斷，而是一次助推。

　　《紅樓夢》中儒家宗法禮教的代表是賈政，「政」代表「正」。寶玉愚鈍乖張的形象源於賈政的評判，而反叛的形象也集中體現在他對賈政表面的順從與事實上的反抗。第二十二回中猜燈謎這一場，也體現了儒家與道佛思想的衝突。賈母因元春送來燈謎與府中人互動而歡喜，設宴請大家共同猜謎取樂。賈政的參席使得寶玉壓抑拘束，不像往常活潑。在賈政猜謎時，文中寫道：

> 　　南面而坐，北面而朝，象憂亦憂，象喜亦喜。——打一用物。
>
> 　　賈政道：「好，好！如猜鏡子，妙極！」寶玉笑回道：「是。」賈政道：「這一個卻無名字，是誰作的？」賈母道：「這個大約是寶玉作的？」賈政就不言語。[①]

　　這個賈政猜燈謎的場景以「讖語法」中的謎讖為後文打下伏筆。元春、迎春、探春、惜春的謎語都讓賈政感覺不祥，鏡子的謎語賈政先是由衷地誇獎了一番，當他知道是寶玉所作，就不言語了。鏡子在佛教中具有空幻的象徵意義，《四十二章經》卷一曰：「有沙門問佛，以何緣得道，奈何知宿命？佛言：道無形相，知之無益。要當守志行。譬如磨鏡，垢去明存，即自見形。斷欲守空，即見道真，知宿命矣。」[②]六朝時期鏡子的主要意蘊即為空，《維摩詰經·入不二法門品第九》：「色、空為二。色即是空，非色滅空，色性自空。」[③]葛兆

① 【清】曹雪芹著：《紅樓夢·上冊》，臺灣：時報文化出版企業股份公司，2016年版，第420頁。

② 賴永海編：《四十二章經》，中華書局2018年版，第37頁。

③ 賴永海編：《維摩詰經》，東方出版社2016年版，第87頁。

光在《中國思想史》中指出：「關於以鏡為『空』之喻，鑒於相當多的佛教經論，其中尤其是般若一系的經典，如《般若》《智度》《維摩詰》等，把這一譬喻的多種意義綜合，大致上可以歸納出『空』的如下思路：鏡中本來無相，猶如空性；鏡中相隨緣成相，猶如有相；鏡中相是哄誆人的假相，就好像有人揀了一個鏡，看到鏡中人相，以為鏡子的主人來了，就慌忙扔下；由於人們照鏡見相，相有好醜，所以『面淨歡，不淨不悅』，引起好惡和煩惱；沉湎於鏡中假相，如同陷入虛假世界，為之發狂；其實這種幻相隨其緣滅，自然消失，鏡中並無存相，終究永恆還是本原『空』。」「而以『鏡』喻『空』，則由於它容納了有關『空』的種種複雜涵意，更是被佛教中人經常使用，關於『空』的非常複雜和細微的意蘊，就在這些精緻的譬喻中層層呈現出來。」[1] 寶玉與賈政面對面時，以鏡子的謎語作為媒介。

白先勇說：「鏡子，佛家有一句話說鏡花水月，一切都是幻象。寶玉看到的一切，由色入空，一切都是幻象。」[2] 賈政本身作為儒家思想的代表人物，作者運用佛家的鏡花水月的哲理與之對應，這造成了強烈的衝突。賈政作為一個正統的封建大家長形象，在猜謎時的內心活動是鮮活而富有感情的，他對鏡子這一富含佛教思想的謎語也是真心地稱讚，但當他知道這是寶玉所作，儒家思想又佔據上風。而寶玉在一開始宴會中的壓抑、唯唯諾諾，到自然地寫出佛教哲理的謎語，再到賈政離席後的高談闊論、無拘無束，道佛思想與儒家思想的對抗躍然紙上，哲學思想隨著情節的推進而碰撞。

中國歷史中，儒、道、佛的思想貫穿始終，或現於廟堂之上，或展於江湖之中，儒家的入世和佛道的出世影響著中國文化中人的思想和行為，也伴隨著中國文化中人的人生起承轉合。藝術源於生活，也表現了中國特有的哲學思想，這樣的文字、這樣鮮活的人物也只有在中國文化兼容並包的環境下才能產生。一部《紅樓夢》也寫出了儒道佛思想中的同路並行和互相影響，賈寶玉作

---

① 葛兆光：《中國思想史》，復旦大學出版社 2001 年版，第 410 頁。

② 白先勇：《白先勇細說紅樓夢》，臺灣：時報文化出版企業股份公司，2016 年版，第 171 頁。

為小說的最重要的主人公，其言語行思也是或外儒而內道，或形佛而實儒。這樣儒、道、佛文化的衝突和並存，讓厚重的中國文化和中國文學有了豐富的層次感，也增加了歷史的厚重感，讀此書令人掩卷回味無窮，照此律使人行事進退有度，參此思想讓人深解中國文化真味。

劉姥姥——小人物的大智慧

馬瀟瀟

內容摘要：本文在《紅樓夢》數百個人物中，選取「劉姥姥」這一人物進行分析。首先從劉姥姥在文中的第一次出場，通過其語言以及與榮國府的「有些瓜葛」，道出了劉姥姥給人的初印象。之後通過寫劉姥姥為了打秋風一進榮國府，展現了其能屈能伸的形象；通過描寫劉姥姥二進榮國府報接濟之恩，展現了其「捨己為人」，甘於自我醜化的形象；通過描寫劉姥姥三進榮國府哭喪老太太、探望王熙鳳之舉，展現了其知恩圖報的赤子之心；通過描寫劉姥姥四進榮國府救巧姐兒於水火之中，展現了其雪中送炭的俠義心腸。本文從小人物的視角，展現了世間的人情冷暖，為人生進退、樂終天年作出了最佳詮釋。

關鍵詞：劉姥姥；大智若愚、能屈能伸、「捨己為人」、知恩圖報

劉姥姥在《紅樓夢》幾百個人物中，論地位，只是個微不足道的小人物、小角色，出場次數不多、戲份也不多，卻給讀者留下了深刻的印象，甚至「劉姥姥進大觀園」成了歇後語。

「劉姥姥進大觀園」是比喻沒有見過世面的人來到陌生新奇的花花世界。既可用來挪揄那些見識短淺、孤陋寡聞的人，也可用作自謙或者自嘲。

一、劉姥姥的第一次出場——大智如愚

書中第六回〈賈寶玉初試雲雨情，劉姥姥一進榮國府〉寫到：

> 按榮府一宅中合算起來，人口雖然不多，從上至下也有三四百丁，事雖不多，一天也有一二十件，竟如亂麻一樣，並無個頭緒可作綱領。正尋思從那一件事自那一個人寫起方妙，恰好忽從千里之外、芥豆之微、小小一個人家，因與榮府略有些瓜葛，這日正往榮府中來，因此便就此一家說來，倒還是頭緒。[①]

---

① 【清】曹雪芹著：《紅樓夢》，人民文學出版社 2008 年版，第 91 頁。

可得出作者之所以設計劉姥姥這個人物，讓她作為「綱領」，作為亂麻一般故事的「頭緒」，無非是想拉遠其小說中敘述的距離，以便在賈府之外建立一個旁觀的據點，以便完成其「眼看他起朱樓，眼看他宴賓客，眼看他樓塌了」的作用性使命。[①]

書中對劉姥姥家的形容，「芥豆之微」寫出了劉姥姥家的地位之低，「有些瓜葛」才能得以進入榮國府，而一個「略」字又突出了進榮國府之難。書中描寫，因王狗兒家中冬事未辦，心中煩慮，在家閑尋氣惱，劉姥姥看不過，對其規勸道：

> 姑爺，你別嗔著我多嘴。咱們村莊人，那一個不是都是老老誠誠的，守著多大碗吃多大的飯。你皆因小時候，托著你那老的福，吃喝慣了，如今所以把持不住。有了錢就顧頭不顧尾，沒了錢就瞎生氣，成個什麼男子漢大丈夫了。如今咱雖離城住著，卻終是天子腳下。這長安城中遍地都是錢，只可惜沒人會去拿去罷了。在家跳蹋會子也不中用。[②]

劉姥姥又幫女兒女婿一家想出一個機會，原是二十年前，女婿王狗兒家和金陵王家連過宗的，只是現在不肯去親近他們，故而疏遠起來。劉姥姥認為王家不拿大，還爽快，是會待人的人家。希望女婿多去走動走動，或者金陵王家念舊情，能夠給些好處。

劉姥姥作為一個久經世代的老寡婦，整日在家照顧孫兒，只靠兩畝薄田度日的鄉下人，當她面對生活窘境時，卻敢於主動解決生活危機。她在自己家裏一出場就顯得見識不凡，比那務農為業只會唉聲歎氣的女婿狗兒強得多了。又一次體現了曹雪芹歌頌女性和對於男性為中心的社會失望的理念。在整部小說中，同一輩份的，同一家庭的，男的一律不如女的。在王狗兒家，狗兒無論是見識、口才、魄力、心計，都遠不如他老岳母劉姥姥。

---

① 余洋洲：〈試析劉姥姥形象的意義〉，《江西理工大學學報》2010 年第 4 期，第70-71 頁。
② 【清】曹雪芹著：《紅樓夢》，人民文學出版社 2008 年版，第 92 頁。

既然是女婿王狗兒家祖上與榮國府有些瓜葛，為什麼最後却是劉姥姥帶著外孫兒板兒去榮國府「打秋風」呢？因為劉姥姥有「眼觀六路、耳聽八方」的精明本事。女婿家與王家連過宗的事，女婿自己都沒有想到，而劉姥姥却想到了，又根據年輕時的接觸和印象得知賈家的狀況：「拔一根寒毛比咱們腰還粗呢」①。又知賈家人的性情：「如今上了年紀，越發憐貧恤老，最愛齋僧敬道，舍米舍錢」②。所以由劉姥姥帶著板兒去榮國府討生計再合適不過了。

二、劉姥姥一進榮國府——能屈能伸

劉姥姥帶著板兒前往榮府，所見之景：

> 來至榮府大門石獅子前，只見簇簇的轎馬，劉姥姥便不敢過去，且撣了撣衣服，又教了板兒幾句話，然後蹭到角門前。③

一個「蹭」字，顯示出了劉姥姥站在高門大院面前，內心的躊躇和緊張，又稱那些「坐在大板凳上說東談西」的僕人為「太爺們」，一句稱呼，足以見劉姥姥的膽戰心驚和小心謹慎，只希望以低眉順眼、以自尊心和臉面換來一點實際或物質的幫助，細想來也是不易和心酸。

劉姥姥何以能「成功」地討到生計呢？這要歸結於劉姥姥良好的心理素質。眾所周知，王熙鳳的潑辣威風可是出了名的，劉姥姥進了賈府，見到了王熙鳳，從起初的表現：「未語先飛紅了臉，欲待不說，今日又所為何來？只得忍耻說道……」④到突被賈蓉打斷之後，和王熙鳳套近乎，開口就是「你侄兒」，點明自己需要接濟的目的，「成功」地使王熙鳳給了她二十兩銀子和一吊錢。她深刻懂得「人在屋簷下，不得不低頭」的道理。

---

① 【清】曹雪芹著：《紅樓夢》，人民文學出版社 2008 年版，第 93 頁。
② 【清】曹雪芹著：《紅樓夢》，人民文學出版社 2008 年版，第 92 頁。
③ 【清】曹雪芹著：《紅樓夢》，人民文學出版社 2008 年版，第 93 頁。
④ 【清】曹雪芹著：《紅樓夢》，人民文學出版社 2008 年版，第 99 頁。

三、劉姥姥二進榮國府——「捨己為人」

從第三十九回〈村姥姥是信口開河，情哥哥偏尋根究底〉、第四十回〈史太君兩宴大觀園，金鴛鴦三宣牙牌令〉、第四十一回〈櫳翠庵茶品梅花雪，怡紅院劫遇母蝗蟲〉、第四十二回〈蘅蕪君蘭言解疑癖，瀟湘子雅謔補餘香〉這些章回中，劉姥姥先是因著莊家果蔬收成好，摘了頭茬的瓜果蔬菜送來賈府，以報之前的接濟之恩，再因賈母想要一個積古的老人家說話，「語言藝術家」劉姥姥便根據聽眾的審美需要，進行即興創作——編故事，就很快受到賈母、寶玉、鴛鴦、平兒等人的喜歡。又因賈母的邀請參加了大觀園宴，「表演藝術家」劉姥姥通過自我調侃——大夥兒給劉姥姥頭上插滿花，她自己打趣道自己的頭也不知修了什麼福，今兒這樣體面起來，調侃自己雖老了，但年輕時也風流過，愛個花兒粉兒的，今兒老風流才好。自我醜化——「象牙鑲金筷夾鴿子蛋」[1]，逗得眾人笑態百出：

> 史湘雲撐不住，一口飯都噴了出來；林黛玉笑岔了氣，伏著桌子嗳喲；寶玉早滾到賈母懷裏，賈母笑的摟著寶玉叫「心肝」；王夫人笑的用手指著鳳姐兒，只說不出話來；薛姨媽也撐不住，口裏茶噴了探春一裙子；探春手裏的飯碗都合在迎春身上；惜春離了坐位，拉著他奶母叫揉一揉腸子。[2]

這一系列人物的笑態可以看出劉姥姥的笑料是一片真心，她對老太太和姑奶奶還有那些小姐們連各房裏的姑娘們是真心喜愛的，劉姥姥給大觀園的人們帶來了由衷的笑聲，然而她並沒有因為眾人的捉弄而斤斤計較，而是豁達坦率地表示為了哄老太太開心，給大家取個笑而已，自己沒什麼好惱的。劉姥姥與賈母年齡相仿，對人世風霜俱有同感，故而惺惺相惜，相互愛重。難得的是她也能推己及人，體貼人情。

---

[1] 【清】曹雪芹著：《紅樓夢》，人民文學出版社 2008 年版，第 535 頁。
[2] 【清】曹雪芹著：《紅樓夢》，人民文學出版社 2008 年版，第 535 頁。

在第四十回中,「詩歌藝術家」劉姥姥的詩才便通過金鴛鴦三宣牙牌令顯露出來,她的酒令儘管文雅不足,卻也是莊家人現成的本色,透著別樣的村野風光。

劉姥姥雖然是一個滿身土裏土氣的農村婆婆形象,但她節儉、快樂、愛熱鬧。她雖然扮演的是丑角,意在討好賈府的主子,但她絕不是醜惡的人物,她願意「奉獻」自己的土氣,為大家帶來歡樂。

四、劉姥姥三進榮國府——知恩圖報

第一百一十三回〈懺宿冤鳳姐托村嫗,釋舊憾情婢感癡郎〉寫道,劉姥姥因聽說賈府抄家,賈母身故,著實憂心,次日天沒亮就趕著進城來了:

> 聽見姑奶奶這裏動了家,我就幾乎唬殺了……昨日又聽說老太太沒有了,我在地裏打豆子,聽見了這話,唬得連豆子都拿不起來了,就在地裏狠狠的哭了一大場。我和女婿說,我也顧不得你們了,不管真話謊話,我是要進城瞧瞧去的。①

探望過鳳姐,來不及飲茶,便急著叫平兒帶了她去「請太太的安,哭哭老太太去罷」②。俗話說:「牆倒眾人推」,時值賈府分崩離析,大多數人即使不上趕著踐踏,也會對之敬而遠之,但劉姥姥卻是個例外,她恪守做人的本分和知恩圖報的赤子之心,③ 在賈府一敗塗地時,沒有遠遠地躲開或者落井下石。

鳳姐落到「力詘失人心」,眾叛親離,被鬼魂糾纏睡不著,劉姥姥便想著回鄉替鳳姐禱告,鳳姐從手腕上褪下金鐲子給劉姥姥,劉姥姥不僅沒拿金鐲子,還說:

> 姑奶奶,不用那個。我們村莊人家許了願,好了,花上幾百錢就是

① 【清】曹雪芹著:《紅樓夢》,人民文學出版社 2008 年版,第 1513 頁。
② 【清】曹雪芹著:《紅樓夢》,人民文學出版社 2008 年版,第 1513 頁。
③ 郭帥:〈醜姥姥不醜,喜姥姥不喜〉,《開封教育學院學報》2016 年第 6 期,第 22 頁。

了，那用這些。就是我替姑奶奶求去也是許願，等姑奶奶好了要花什麼自己去花罷。①

劉姥姥沒有見錢眼開，趁火打劫，而是忙忙地趕出城去幫鳳姐祈福。

書中，王熙鳳托孤劉姥姥說道：

「姥姥，我的命交給你了。我的巧姐兒也是千災百病的，也交給你了。」②

為何王熙鳳最後將巧姐兒托孤給劉姥姥？

第一、劉姥姥和王熙鳳都沒讀多少書，但都是精明人，落難的王熙鳳也許明白了「求人須求大大夫」，她認為劉姥姥就是女中大丈夫，有豪俠之氣，正是：仗義每多屠狗輩，負心多是讀書人。

第二、王熙鳳從劉姥姥二次進大觀園的交往中，深明劉姥姥是個知恩守義、有擔當，又有手腕且精於俗務的人。同時她從賈雨村、賴大管家身上感受到有些親友，即使接受再多的恩惠也是喂不熟的狼。相反，劉姥姥第一次受二十兩銀子後知恩回報，秋後即將田園的第一茬瓜果（自家人都未曾捨得嘗鮮）裝了滿滿一車親送賈府回謝；又能深受見多識廣的賈母敬重，還能與賈府一眾內眷傭人相與融洽，王熙鳳自然也領悟到劉姥姥的非凡見識。

第三，眼前有餘忘縮手，身後無路想回頭。王熙鳳半生聰明用盡，使盡手段攢下的幾萬兩銀子頃刻間被抄盡，反成了作惡放債的罪證，讓她省悟到「榮華富貴一夢空，命了終化土饅頭」，錦衣玉食的勾心鬥角不如尋常人家平安和睦。也許，生命的最後，她明白了，萬般富貴如浮雲；反不如，送巧姐過鄉下的淳樸生活更快樂、更平安。平安即福，平平淡淡才是真。

---

① 【清】曹雪芹著：《紅樓夢》，人民文學出版社 2008 年版，第 1513 頁。
② 【清】曹雪芹著：《紅樓夢》，人民文學出版社 2008 年版，第 1514 頁。

五、劉姥姥四進榮國府——救人於「水火」中

書中第一百一十九回〈中鄉魁寶玉卻塵緣，沐皇恩賈家延世澤〉，劉姥姥得知在王熙鳳死後，巧姐的舅舅王仁和叔叔賈環等，為了圖幾個錢，要把巧姐賣了的時候，連賈璉都袖手旁觀時，劉姥姥卻挺身而出，冒著極大的風險，救巧姐於水火之中，真正做到了雪中送炭，給予巧姐最溫暖的的關懷和保護①。劉姥姥俠義心腸，敢做敢為，有謀有勇，毫不顧慮拯救這個無助孤女，會給自己帶來多少麻煩和危險。

作者以小人物劉姥姥的視角，通過貧富貴賤的對比，向讀者展現了封建貴族奢華浮靡的生活，呈現了貴族世家的盛衰過程，劉姥姥起到了一個非常重要的陪襯作用，她陪襯出賈府上下的好心善意和勢利取笑。劉姥姥用她的善良正直，聰明能幹，明事理，重情義，待人真心贏得了讀者的喜愛。不得不承認，只有「駟馬無貰患，貧賤有交娛」的劉姥姥才是人生進退、樂終天年的最佳詮釋。②

---

① 郭帥：〈醜姥姥不醜，喜姥姥不喜〉，《開封教育學院學報》2016 年第 6 期，第 22 頁。
② 余洋洲：〈試析劉姥姥形象的意義〉，《江西理工大學學報》2010 年第 4 期，第 70-71 頁。

低出身高身份，低姿態高智慧
——《紅樓夢》尤氏淺析

內容摘要：尤氏乃賈珍之妻，寧國府的大奶奶。眾人認為其才能和威望與賈府王熙鳳相差甚遠。平民和填房的出身，行事低調，貌似軟弱後面却深藏堅韌的靈魂和一顆善心。尤氏的生存智慧和對寧府的影響力却不可低估，尤氏形象最重要特質就是高智商高情商，良好的心理素養和婦順之德周旋和生存於賈府，並取得丈夫的信任和其地位的穩固。

關鍵詞：尤氏；出身；身份；生存智慧；《紅樓夢》

一、尤氏的低出身和嫁入賈府的高身份

作者在第六十三回用了一個字來形容尤氏，是〈壽怡紅群芳開夜宴，死金丹獨豔理親喪〉[①]的「豔」字。第七十六回中，尤氏回覆賈母道：

> 我們雖然年輕，已經是十來年的夫妻，也奔四十歲的人了。[②]

可以看出她是一位年紀不算太大、姿容尚在、衣著鮮亮、舉止端莊且處事幹練的大家主婦的形象。曹先生筆下的尤氏出生於很一般的普通家庭，年少母親早逝，父親娶了一個二婚的尤老娘帶著兩個異父異母的妹妹，大戶人家娶填房不會娶二婚，並且在金陵十二釵正冊判詞中無尤氏，由此可以看出尤氏的原生家庭地位是十分低微的，尤氏嫁到寧國府做賈珍的續弦夫人，寧國府當家大奶奶，在輩分地位上與王熙鳳李紈是妯娌關係，在寧國府的地位相當於甚至高於王熙鳳之於榮國府；在封誥上，《紅樓夢》中元妃省親那回寫道：「至十五日五鼓，自賈母等有爵者，皆按品服大妝。」[③]賈母是一品誥命夫人，尤氏是三品誥命；無子嗣，對賈珍百般順從，所謂「不孝有三，無後為大」。《禮記·昏儀》

---

① 【清】曹雪芹著：《紅樓夢》，人民文學出版社 2008 年版，，第 864 頁。
② 【清】曹雪芹著：《紅樓夢》，人民文學出版社 2008 年版，第 1058 頁。
③ 【清】曹雪芹著：《紅樓夢》，人民文學出版社 2008 年版，第 236 頁。

篇中有言:「婚姻者,將合二姓之好,上以事宗廟,下以繼後世」。[1] 反映了古代婚姻觀是以家族利益而不是以兩性為中心的,承載著「事宗廟、繼後世」這樣的兩大功能。這也造就了尤氏在賈府的低調、隱忍的處事之風。

二、尤氏在賈府生存的高智慧:高 IQ+ 高 EQ

尤氏有如此高的身份地位,為什麼下人都不把尤氏放在眼裏?真的是「軟弱無能」?其實是尤氏的高智慧之處,由於低微的出身,別人看不起她,但是她嫁入賈府當了大奶奶,地位極其的高,她不能靠強制的手段,而是用高智慧和高情商收買人心,從而鞏固自身的地位。以下從兩方面根據原著對尤氏這一人物進行分析。

尤氏的高智慧——尤氏的高智商,善統籌管理。從三件事可以看出尤氏的治家之能不輸於鳳姐。一是尤氏獨立處理賈敬喪事,賈府裏有能力的女人,讀者第一個都會想到王熙鳳,第二個就是探春或是薛寶釵,而尤氏則往往被忽視,尤氏和王熙鳳管理同樣大的家庭,從人數上說寧國府人數比榮國府還要多,還要時常跑榮國看望賈母,兼顧兩邊,實屬不易。當年王熙鳳料理秦可卿的喪事,正值賈府鼎盛時期,有著賈珍給予人力物力的全力支持,是何等的威風凜凜,尤氏獨自料理了賈敬的喪事,天不時地不利的情況下,可是她依然考慮得面面俱到,有條有理,賈珍趕回的路上聽聞尤氏所為,「稱讚不絕」,連忙說了幾聲「妥當」[2]!

二是受賈母之命操辦王熙鳳生日。「展眼已是九月初二日,園中人都打聽得尤氏辦得十分熱鬧,不但有戲,連耍百戲並說書的男女先兒全有,都打點取樂頑耍」[3]。此處有蒙府側批:【剩筆,且影射能事者,不獨阿鳳】[4],再度說明尤

① 【清】朱彬撰;饒欽農點校:《禮記訓纂》,中華書局 1996 年版,第 877 頁。
② 【清】曹雪芹著:《紅樓夢》,人民文學出版社 2008 年版,第 882 頁。
③ 【清】曹雪芹著:《紅樓夢》,人民文學出版社 2008 年版,第 579-580 頁。
④ 【清】曹雪芹著:《蒙古王府本石頭記》,北京圖書館出版社 2007 年版,第 1654-1655 頁。

氏處事管家的能力。

三是曾經協理寧榮二府。老太妃薨逝，凡誥命等皆入朝隨班按爵守制。榮寧兩府這些主子都要去替太妃守喪，但是兩府要留一個妥當有身份的人來管理，賈母思量再三，決定由尤氏管理兩府一切大小事宜，這是一項工作量大而且非常考驗人的工作，充分顯示了尤氏的管理能力同時可以看出尤氏深得賈母的喜歡和信任。

尤氏的高智慧——尤氏高情商，待人寬厚善良。第四十三回，將鳳姐生日份子錢歸還給大丫頭們和周趙兩位姨娘。一方面把份子錢歸還太太們的大丫頭做了順水人情，另一方面又體恤不受待見的姨娘們。庚辰本此處夾批：【尤氏亦可謂有才矣。論有德比阿鳳高十倍，惜乎不能諫夫治家】[1]，她的品德比王熙鳳高十倍，只是不能勸諫丈夫，實乃那個封建時代女人的無奈。尤氏是賈府唯一對二位姨娘最厚道寬容、設身處著想的主子，這也許是本性厚道之故，但也許也有同病相憐的緣故，因為她自己也是填房，與元配不可同日而語，所以更能體會姨娘們的卑微處境。第七十六回，陪賈母賞月，給賈母講笑話，在「越發淒涼」[2]的中秋夜，尤氏能感受到賈母憂傷的心情，願意專門留下來陪伴賈母，體現尤氏的孝心和換位思考的高情商。從賈母多次要求尤氏協理府中事務來看，尤氏的工作和處事能力亦得到賈母的認可。第七十五回，尤氏在李紈處洗臉，素雲將自己的胭脂給尤氏，李紈說不妥，但尤氏並不介意。——可見尤氏不在意這些「假禮假體面」，同時平日對下人寬容也使得下人對她並不十分恭敬。【庚夾：按尤氏犯七出之條，不過只是「過於從夫」四字，此世間婦人之常情耳，其心術慈厚寬順，竟可出於阿鳳之上。】[3]

第七十五回，下人給尤氏上了白粳米飯，尤氏並不責怪。鳳姐協理寧國府

---

① 【清】曹雪芹著：《脂硯齋重評石頭記（庚辰本）》，人民文學出版社 2006 年版，第992 頁。

② 【清】曹雪芹著：《紅樓夢》，人民文學出版社 2008 年版，第 1050 頁。

③ 【清】曹雪芹著：《脂硯齋重評石頭記（庚辰本）》，人民文學出版社 2006 年版，第1803 頁。

時對來升媳婦道：「我可比不得你們奶奶好性兒，由著你們去」。① 從直接和間接兩方面均可看出尤氏為人寬厚，對下人寬容、體恤。《論語·雍也》：「宰我問曰：『仁者，雖告之曰』『井有仁焉』。其從之也？」子曰：「何為其然也？君子可逝也，不可陷也；可欺也，不可罔也」②，尤氏性本善，對人對事皆以寬容、理解、不苛求、不責難、從而廣攬人心，強有力地維護著自己大奶奶的地位。

尤氏處理夫妻關係，識時務，無力反抗便學會睜一眼閉一隻眼，既保全自己的地位，同時也維持和賈珍相敬如賓的夫妻關係，維護和鞏固在寧國府內眷一把手的地位。與王熙鳳的處理方式完全相反，王熙鳳太好強，生活在男人可以三妻四妾的年代，接受不了丈夫賈璉花心，為了鬥敗丈夫身邊的那些女人費盡心機，然而王熙鳳鬥爭的結果是表面上丈夫賈璉對她服服帖帖，實際上二人關係漸行漸遠形同陌路。而尤氏很識時務，知道自己所處的時代反抗是沒有用的，學會看開和放下，與賈珍的感情維持融洽。第七十六回中秋賞月，賈母讓尤氏先回去，尤氏笑道：「我今日不回去了，定要和老祖宗吃一夜。」賈母笑道：「使不得，使不得。你們小夫妻家，今夜不要團圓團圓，如何為我耽擱了」，尤氏紅了臉，笑著說：「我們雖然年輕，已經是十來年的夫妻，也奔四十歲的人了。況且孝服未滿，陪著老太太頑一夜還罷了，豈有自去團圓的理。」③ 第二天十六賈珍辭掉了外面一切應酬，回家陪尤氏吃酒。

每讀至此，可以感受到兩人感情是比較和諧良好的。在事業上尤氏管理統籌能力與王熙鳳不分上下，在私生活上，也不像王熙鳳管賈璉那樣，去干涉賈珍。所以尤氏和賈珍之間關係應該是不錯的，遠比賈赦邢夫人，賈政王夫人要好，反而更像早期的賈璉和王熙鳳，又真實又可愛。最終尤氏的結局比王熙鳳好太多，賈寧兩府被抄家，王熙鳳下監獄慘死，尤氏在賈府未被抄的祖屋裏安度晚年，一直做著大奶奶。尤氏憑著「低出身高地位，低姿態高智慧」的做人做事原則，為自己收穫了人心，維護了在賈府「當家大奶奶」的地位。

① 【清】曹雪芹著：《紅樓夢》，人民文學出版社 2008 年版，第 181 頁。
② 楊伯峻：《論語譯注》，中華書局 2012 年版，第 88 頁。
③ 【清】曹雪芹著：《紅樓夢》，人民文學出版社 2008 年版，第 1050 頁。

三、尤氏生存之道的啟示

通過對尤氏人物的分析，也對人際關係和婚姻生活有頗多的啟示：

(一) 人際關係：要能吃虧，多為別人著想，做事高調，做人低調，與人方便就是給自己方便。

(二) 婚姻生活啟示：雙方一定要有愛，這樣才會有動力去經營婚後的柴米油鹽的瑣碎煙火氣婚姻生活。

(三) 女人要有生存技能：無論身處什麼樣的家庭環境，尤其是豪門深院，必定要有過硬本領才能站住腳，徒有虛表不能服人，最好的辦法不斷學習，完善自己。

(四) 為人處世原則：豁達，樂觀，與人為善，重情重義；處事方式：善於換位思考，理解和體諒他人，恩威並重，賞罰分明。

(五) 夫妻相處之道：相互敬重，懂得服軟，不斤斤計較，咄咄逼人，維持相處的空間。有個人興趣和朋友圈，有自己的興趣和愛好以陶冶身心，增加個人魅力，有自己的社交朋友，談天說地，各抒情懷。

探春人物形象淺析

許常玉

內容摘要：探春位居金陵十二釵的正冊第四位，僅排在主人公黛釵及皇妃元春之後，足見曹公對其評價之高。她性格開朗、大方，才情高且有自己的一番抱負，是位有政治家風範的脂粉釵壞裏的女英雄。本文通過探春組織詩社、反對抄檢大觀園、探春治家、探春遠嫁等典型事件，分析探春性格及人物形象。

關鍵詞：賈探春；精明能幹；倔強自尊；心有主見；志氣高遠

賈探春，別號蕉下客，賈政庶出女，姐妹中排行第三，是賈府的三小姐，「削肩細腰，長挑身材，鴨蛋臉面，俊眼修眉，顧盼神飛」[1]，這是書中對探春相貌的描述，她美得活靈活現，健康、自信、明快，具大家之氣，像一隻天鵝，只待振翅欲飛。在賈母教育下，她是一個精明能幹，富有心機，能決斷、志趣高雅、有膽有才的奇女子，其聰穎高雅可比黛玉，穩重端莊可比寶釵，精明能幹可比鳳姐，是一個關注家族命運，富有憂患意識的大觀園中的女「政治家」。然而美麗脫俗的她，卻是眾人眼裏一朵「帶刺的玫瑰」，時時被庶出的身份和所謂的「原生家庭」所累，縱使一身才華不讓鬚眉，卻也「英雄氣短」，不得不以自尊和自強的心性與命運抗爭，她自己是這樣說的：

> 我但凡是個男人，可以出得去，我必早走了，立一番事業，那時自有我一番道理。偏我是個女孩兒家，一句多話也沒有我亂說的。[2]

探春雖有「才自精明志自高」[3]的性格，但「生於末世運偏消」[4]，命運無常，不幸偏偏生於末世，不但無法施展才華，實現抱負，最終也只能像其他姐妹們

---

① 【清】曹雪芹著：《紅樓夢》，人民文學出版社 2008 年版，第 38 頁。

② 【清】曹雪芹著：《紅樓夢》，人民文學出版社 2008 年版，第 752 頁。

③ 【清】曹雪芹著：《紅樓夢》，人民文學出版社 2008 年版，第 76 頁。

④ 【清】曹雪芹著：《紅樓夢》，人民文學出版社 2008 年版，第 76 頁。

一樣，被動無奈地接受命運的安排，可悲！可歎！

下面我們再以四件典型事件來進一步說明探春的性格。

一、成立海棠詩社

探春發起詩社時興致勃勃、意興盎然，從某種意義上講結詩社屬於精神層面，其意義及影響甚至還要高過大觀園這個物質層面，可以說海棠詩社的發起堪稱是探春的一大創舉，也是其小試牛刀初展才華的一塊試金石。那麼為何是探春最先發起海棠詩社呢？

首先，這是由探春的身份與地位所決定的。大觀園真正的主人除了元春之外，只剩下寶玉跟探春，賈環也算，但是賈環實在上不了檯面，連入住大觀園的資格都沒有。李紈也算，但是李紈是寡居，本身如同槁木死灰一樣，只負責領著姑娘們做針線，循規蹈矩的。寶玉也是正經主子，但是《紅樓夢》開篇就說此書是為閨閣立傳，有幾個異樣的女子，是為突出女性。況且未出閣的女兒在家地位非常的尊貴，是嬌客，就連鳳姐李紈這樣的管家奶奶都要站著伺候其吃飯。迎春乃大老爺賈赦這邊兒的，惜春更是寧國府那邊兒的，三春中唯有探春屬於二房。而黛玉和寶釵，一個是投親，一個是客居，至於湘雲，更是不得自由，大部分時間是居住在史家，要想到賈府來還得央告寶玉求老太太來接，所以由探春來發起詩社既名正言順又合情合理。

其次，這是由探春的才華與志向所決定的，主要表現在：

一、可以說在寶黛來之前，探春是最優秀的一個，這也就是為何南安太妃後來要召見賈府小姐，賈母只命探春一人來見，她舉止大方，胸襟闊朗，沒有迎春的懦弱，沒有惜春的孤僻，足以堪當大任，以及最能撐得起賈家的門面。

二、省親大典上作詩，賈探春出於姊妹之上。她又給紅樓第一才女林黛玉起了個極當的雅號「瀟湘妃子」[1]，並親自為詩社命名。海棠詩會，她興致最高，

① 【清】曹雪芹著：《紅樓夢》，人民文學出版社 2008 年版，第 488 頁。

第一個交卷，寶玉評價此詩比寶釵那首還高。菊花詩會，她的《簪菊》僅次於黛玉的三首，足見她是一位緊追黛玉的大才女。

三、賈府四春，於琴棋書畫各擅一藝，賈探春以書法勝。小說中對她的書法表演及作品留白未叙，只從側面寫她對自己書法創作的書境——秋爽齋精心布置，由此成功烘托出她身為紅樓第一書法家的大將風範。她的生日三月初三，剛好是「天下第一行書」——《蘭亭序》的創作紀念日。

四、探春英闊，有齊家治國之才，正如她自己所說的，「我但凡是個男人，可以出得去，我必早走了，立一番事業，那時自有我一番道理」①，所以說探春是胸有大志向有大氣象的人，雖為庶出，但是正如興兒所說「老鴰窩裏出鳳凰」②，後來才能成為王妃。

最後、海棠詩社起於秋天，《紅樓夢》中的海棠是具有特殊意義的。

海棠歷來為文人所喜愛，常被稱作「花中神仙」、「花貴妃」，也常常與玉蘭、牡丹、桂花等相提並論。海棠也象徵著眾女兒們，寶玉就曾經說過女兒們嬌貴的就如秋天芸兒送我的那兩盆白海棠，實際上詩詠白海棠其實就是眾女兒的一種自我精神寫照。

在《紅樓夢》中海棠出現了數十次，比如秦可卿房中懸掛的《海棠春睡圖》，本是烘托秦可卿人物形象，結果秦可卿死了；芳官穿著海棠紅的小棉襖，湘雲掣到了海棠簽，兩人結局都很悲慘；再比如後來的海棠枯萎，寶玉說：

> 這階下好好的一株海棠花，竟無故死了半邊，我就說有異事，果然應在他身上。③

可以說海棠既美又悲，也應驗眾人結局都不太好，死的死，走的走。

① 【清】曹雪芹著：《紅樓夢》，人民文學出版社 2008 年版，第 752 頁。
② 【清】曹雪芹著：《紅樓夢》，人民文學出版社 2008 年版，第 914 頁。
③ 【清】曹雪芹著：《紅樓夢》，人民文學出版社 2008 年版，第 1082 頁。

二、反對抄檢大觀園

大觀園的最終命運是歸於毀滅，這是《紅樓夢》悲劇精神的核心所在，抄檢大觀園是毀滅的開始，所以驚心動魄。其抄檢危害有三：一是迫害；二是內亂；三是恐慌。家族內亂，必然導致被迫害，也必然帶來更大混亂，進而造成恐慌，恐慌將人人自危各有打算，家族衰敗也就是必然了。

抄檢的起因是園子裏發現了繡春囊。第七十三回〈癡丫頭誤拾繡春囊，懦小姐不問累金鳳〉，邢夫人偶遇手拿繡春囊的傻大姐在園子裏閒逛，邢夫人逮著由頭，派人把繡春囊送到了王夫人手裏，王夫人一看氣急敗壞，懷疑繡春囊是鳳姐所遺，顯係邢夫人暗示的結果，邢夫人與王夫人面和心不和，與鳳姐更是芥蒂很深，常常互相拆臺，邢夫人想借機一石二鳥，還派王善保家的推波助瀾，於是王善保家的就出了一個主意，說是趁夜深人靜沒人能跑也無人能防的時候，給大觀園來個突然襲擊，因為既然有這個繡春囊，那麼身邊必然還有其他東西窩藏，查到了就能順藤摸瓜，找出繡春囊的主人，就這樣發生了雷嗔電怒地動山搖的抄檢大觀園事件。

面對抄檢，探春憤怒之極，慷慨陳詞，激烈的言辭中句句都透著對家族命運的憂慮，其言可畏，其心可憫，主要表現在：一、對家族命運的無力感。她仗義執言，厲聲痛斥抄檢這一行為，為家族的敗落感到寒心：

> 你們別忙，自然連你們抄的日子有呢！咱們也漸漸的來了，可知這樣大族人家，若從外頭殺來，一時是殺不死的，這是古人曾說的「百足之蟲，死而不僵」，必須先從家裏自殺自滅起來，才能一敗塗地！[1]

探春認為家亂必然是自亂陣腳。族人不團結，不能同心協力都是敗家的根源，這種見識，才不枉了脂粉英雄。

二、尊嚴受到侵犯，必須維護。王善保家的狗仗人勢，借著邢夫人的體面，王夫人的看重，欺負庶出的探春，以為探春地位低，又未出閨閣，還有那

---

[1] 【清】曹雪芹著：《紅樓夢》，人民文學出版社 2008 年版，第 1030 頁。

麼多禮儀規範束縛著，拿她沒有辦法，於是就去掀探春的裙子，說是翻看賊贓，結果挨了探春一記耳光。探春這一記耳光打在王善保家的臉上，也是打邢夫人，「你就狗仗人勢，天天作耗，專管生事」①，雖然不是粗語，但也罵得暢快淋漓。這是賈政這邊的人第一次打賈赦那邊的人，也是小姐第一次打這種管事，可見探春是個有膽識敢為人先的人。

三、治家時雄心不已、躊躇滿志

第五十五回，賈府中剛忙完年事，女管家王熙鳳便小月了，不能理事，「王夫人便覺失了膀臂」②。不得已，便讓探春與李紈暫代鳳姐理事，且特請了薛寶釵協理。探春雖是年輕小姐，平日也是平和恬淡，言語安靜，性情和順，但「精細處不讓鳳姐」③，具備政治風度。

一、探春治家第一件大公無私與英明獨斷的事就是就生母趙姨娘之弟趙國基死亡之事，該賞她多少銀子？吳新登的故意刁難而不說明往例，不提供辦法，結果探春決定按舊帳賞銀二十兩，當面指斥了吳新登家的：

> 你辦事辦老了的，還不記得，倒來難我們？你素日回你二奶奶也現查去？還不快找了來我瞧。④

吳新登家的被說得滿面通紅——本來要看別人的熱鬧，結果卻被人看了自己的熱鬧。

特別值得注意的是探春對趙姨娘態度，白盾曾說：

> 探春果斷地捨棄趙姨娘賈環這樣的生母胞弟，而堅決地站在王夫人、寶玉一邊，這既是合乎封建宗法之「理」，同時又合於舍惡就善、

---

① 【清】曹雪芹著：《紅樓夢》，人民文學出版社 2008 年版，第 1031 頁。
② 【清】曹雪芹著：《紅樓夢》，人民文學出版社 2008 年版，第 748 頁。
③ 【清】曹雪芹著：《紅樓夢》，人民文學出版社 2008 年版，第 749 頁。
④ 【清】曹雪芹著：《紅樓夢》，人民文學出版社 2008 年版，第 751 頁。

舍非就是、舍醜就美的這個「理」。

對於這件事情就是趙姨娘在無理取鬧，可是探春不僅沒有生氣，反而一點一滴地給趙姨娘解釋原因，如果她不尊重自己的母親，這些完全沒有必要，只要她不理趙姨娘就可以了，但是她沒有這樣做。探春對趙姨娘的心疼，體現在無數微小的細節裏，看到趙姨娘一把鼻涕一把眼淚哭起來。探春忙道：

> 姨娘這話說誰，我竟不解。誰踩姨娘的頭？說出來我替姨娘出氣。①

這是探春對自己母親的表態，她也是這樣去做的。

探春沒有辦法在眾人面前承認趙姨娘是自己的母親，因為這是賈府的規矩。探春從小就被帶到賈母身邊教養，王夫人就是她的嫡母，不管她願不願意她都只能夠尊王夫人為母親，探春早就明白只有適應賈府的規則才能夠好好地在這裏生存下去。可是趙姨娘不明白，才會有她三番五次地來找探春鬧，如果探春真的不愛她，探春何苦要一次次地跟她解釋原因，一次次地要聽她的吵鬧。探春並非沒有王熙鳳的潑辣爽利，只是她的強硬可以對著王善保家的這樣的外人，卻絕對不會對著自己的母親

二，探春「攝理家政，洞悉利弊」，對大觀園實行了一系列的改革，主要表現在：一、蠲除了寶玉、賈環、賈蘭等人的每月學裏吃點心買紙筆的八兩銀子的「助學金」。二、罷免買辦，削減不必要的開支。三、完善園圃之理實行責任承包制。探春的這三項改革措施，並不是一時興起，而是看到「家裏出去的多，進來的少」②，故而想出的「興利剔弊」③、「興利節用」④的有益辦法。特別是承包制，好處有四：一是園子裏有了專人修理，花木會一年比一年好。二是不至作踐園裏所產。三是承包者可以借此小補，賺點辛苦錢。四是可以節省花卉工的費用。

---

① 【清】曹雪芹著：《紅樓夢》，人民文學出版社 2008 年版，第 751 頁。
② 【清】曹雪芹著：《紅樓夢》，人民文學出版社 2008 年版，第 758 頁。
③ 【清】曹雪芹著：《紅樓夢》，人民文學出版社 2008 年版，第 766 頁。
④ 【清】曹雪芹著：《紅樓夢》，人民文學出版社 2008 年版，第 768 頁。

三，大觀園裏探春的改革，很快就得到了廣泛的好評。鳳姐聽平兒說了探春的一番舉動，大加讚賞：「好，好，好，好個三姑娘！」又高度的評價探春：「她雖是姑娘家，心裏却事事明白，不過是言語謹慎；他又比我知書識字，更厲害了一層了。」①就連不管事的寶玉、黛玉二人對探春的改革也都是讚不絕口。寶玉讚道：「這園子也分了人管，如今多掐一草也不能了。又蠲了幾件事，單拿我和鳳姐姐作筏子禁別人。最是心裏有算計的人。」黛玉說：「要這樣（指探春的大觀園改革）才好，咱們家裏也太花費了。如今若不省儉，必致後手不接。」②

四，探春治家與鳳姐相比水平更高。鳳姐管理榮府書中並沒有集中說，但不外乎威逼利誘，打罵體罰，在鳳姐的管理下，府內並不和諧，但探春不一樣，她知書識字，關注的是整個家族的命運，她理家有理念，有危機感，有憂患意識；她在管理大觀園時，情況比可卿喪事更加複雜，還要克服自己「庶出」身份的影響，但却能夠在眾人面前樹威、把方方面面的矛盾處理好，又能興利除弊、把大觀園管理得井井有條，充分展示了自己傑出的管理才華，這樣比較下來，探春的管理才華，其實遠高於鳳姐兒。

四、遠嫁之謎

探春的歸宿，從判詞後兩句「清明涕送江邊望，千里東風一夢遙」③；從判曲「一帆風雨路三千，把骨肉家園齊來拋閃。恐哭損殘年，告爹娘……從今分兩地，各自保平安。」④；還有元宵燈謎及花籤名，探春確實遠嫁他鄉了。在當時已經走向滅亡的封建末世社會背景之下，探春縱有天高的本事，對自己的命運也是無能為力，面對家長的安排下的這場婚姻，一向堅強的探春也只能是無奈大於悲哀，默默接受命運的安排。探春遠嫁，則是賈府不幸的開始，即探春

① 【清】曹雪芹著：《紅樓夢》，人民文學出版社 2008 年版，第 758 頁。
② 【清】曹雪芹著：《紅樓夢》，人民文學出版社 2008 年版，第 857 頁。
③ 【清】曹雪芹著：《紅樓夢》，人民文學出版社 2008 年版，第 77 頁。
④ 【清】曹雪芹著：《紅樓夢》，人民文學出版社 2008 年版，第 83 頁。

遠嫁後不久，接著是元春死亡，「三春去後諸芳盡，各自須尋各自門」，賈府最終「事敗」。「探」春者，歎春一去不重來也。

《紅樓夢》真假寶玉人物對比探析

張艾

內容摘要：賈寶玉是《紅樓夢》中第一主人公，榮國府嫡派子孫，甄寶玉是金陵甄府「甄應嘉」之子，是重振甄府家業的子孫。這甄、賈寶玉的外貌相似，內心世界卻是截然相反。文中通過「神」與「凡」、「奇」與「俗」、「正」與「邪」的對比，分析出二位人物的本質差異。賈寶玉無疑是作者大力肯定的人物，從他的靈性、他的才華、他的平等博愛以及他對人性中真善美的追求就可知，作者是借賈寶玉這一人物，來對世人表白自己人生觀與價值觀。曹公花十年的心血去寫一本世人作為茶餘飯後的閒書，這個「癡」與書中的賈寶玉極其相似。賈寶玉的癡狂就是曹雪芹自己的本性，能讀懂賈寶玉之人就是讀懂曹公之人。

關鍵詞：賈寶玉；甄寶玉；神瑛侍者；女兒論；仕途

賈寶玉是《紅樓夢》中第一主人公，榮國府嫡派子孫，賈母的掌上明珠。他出身地位不凡，又聰明靈秀，是賈家寄予重望的繼承人。不過書中還有另一個寶玉，就是金陵甄府「甄應嘉」之子——「甄寶玉」，從開篇到結尾，甄寶玉時不時出現，他似為賈寶玉的鏡中幻影，與之呼應。書中安排這「真」「假」寶玉到底有何玄機呢？正如太虛境中的一幅對聯中寫道「假作真時真亦假，無為有處有也無。」[①] 這甄、賈寶玉到底孰「真」孰「假」，通過四處對比就可見分曉。

一、「神」與「凡」的對比

賈寶玉出場前就與神話色彩緊密相連——女媧補天遺留下的一塊未用的石頭。頑石有些靈性，化為人形，被警幻仙子留在赤霞宮中，做了「神瑛侍者」，對「絳珠仙草」有灌溉之恩。頑石又被一僧一道點化成一塊美玉，鑴上數字，正面是：「莫失莫忘、仙壽恒昌」，反面是：「一除邪祟、二療冤疾、三知禍福」[②]，並命名為「通靈寶玉」。一種說法是：賈寶玉由神瑛侍者脫胎而成，銜玉而生；

---

① 【清】曹雪芹著：《紅樓夢》，人民文學出版社 2008 年版，第 73 頁。
② 【清】曹雪芹著：《紅樓夢》，人民文學出版社 2008 年版，第 120 頁。

另一種說法是：「通靈寶玉」、「神瑛侍者」和「賈寶玉」三者合為一體。

書中第二回〈冷子興演說榮國府〉就介紹了榮國府的子孫賈寶玉人盡皆知的一件奇事：

> 一落胎胞，嘴裏便銜下一塊五彩晶瑩的玉來，上面還有許多字跡，萬人皆以為奇，說他來歷不小。①

這一吉兆自然就給賈寶玉的身世蒙上一層朦朧的神話色彩，顯然他是書中有意安排的具有特殊靈性的人物，而甄府中的寶玉出場前後都沒有任何的神話色彩。書中人物除黛玉外，也沒有與開篇的神話有任何關聯。從這一點來看，更加對比出，誰是神仙下凡，誰是凡夫俗子。

緊接著又借賈雨村之口介紹了甄寶玉「其暴虐浮躁，頑劣憨癡，種種異常。」他還常對小廝們說「這女兒兩個字，極尊貴，極清淨的……凡要說時，必須先用清水香茶漱了口才可，設若失錯，便要鑿牙穿腮等事。」②

根據鏡像人物「相似相反」的原則，這甄、賈寶玉的表面性情貌似相同，內心世界卻是截然相反的，賈寶玉心地善良、待人真誠，有超越階級的平等博愛之心，何曾會做「鑿牙穿腮」之事？而甄寶玉「暴虐浮躁，頑劣憨癡」，內心世界是非常殘忍的。由此更加可知，甄寶玉本身只是個「凡胎濁物」，而賈寶玉才是「神瑛」下凡。

二、「奇」與「俗」的對比

賈寶玉相貌出眾：

> 面如敷粉，唇若施脂，轉盼多情，語言常笑。天然一段風騷，全在眉梢；平生萬種情思，悉堆眼角。③

---

① 【清】曹雪芹著：《紅樓夢》，人民文學出版社 2008 年版，第 28 頁。
② 【清】曹雪芹著：《紅樓夢》，人民文學出版社 2008 年版，第 31 頁。
③ 【清】曹雪芹著：《紅樓夢》，人民文學出版社 2008 年版，第 48 頁。

他自幼天資聰慧，雖不屑於讀「聖賢書」，卻有著過人的才華與靈性。從大觀園賈政試才情可看出，他文才超凡脫俗，第七十八回為晴雯所寫的〈芙蓉女兒誄〉更是一絕。在警幻仙姑的眼中他「天分高明，性情穎慧。」① 冷子興說他「雖然淘氣異常，但其聰明乖覺處，百個不及他一個。」② 以及寶玉平日胡亂寫的詩詞傳出之後，被市井的讀書子弟所喜歡，甚至有向他來求詩詞的。這些都可以看出賈寶玉是天分極高的「奇」人。

在後續書中第一百二十回也寫了，這個平時對於聖賢書大半夾生、斷不能背之人，被逼參加科考居然高中第七名舉人，而一向苦讀的賈蘭卻只考了第一百三十名，連一向不看好他的父親最終也不得不承認他的靈性是凡人所不能比的。賈政道：「你們那裏知道，大凡天上星宿，山中老僧，洞裏的精靈，他自有一種性情。你看寶玉何嘗肯念書，他若略一經心，無有不能的。他那一種脾氣也是各別另樣。」③ 這都說明賈寶玉的才情與靈性是凡人所不能比的「奇」人。

甄寶玉年齡比賈寶玉小一歲，雖與賈寶玉有著相同的外貌，但卻沒有玉。賈寶玉的「玉」是日夜不離、如影隨形，丟了「玉」便失去心智。它像是寶玉的護身符，更像是寶玉的靈魂。最重要的是「玉」是寶黛愛情的見證者，《紅樓夢》中所寫的故事都是由這塊石頭記載著。可見，這「玉」在書中的地位非同一般，而甄寶玉為何卻沒有「玉」？

「玉」是集天地之精華而成，具有靈性，超凡脫俗的寶物，自古以來就是高貴、純潔的象徵。因此，是否有「玉」對於「真」「假」寶玉也是非常重要的。眾所周知，曹公對書中人物的起名是頗有寓意的，名字中帶「玉」的四人：賈寶玉、林黛玉、妙玉、林紅玉，都是書中所歌頌的正面人物，性格中都帶有玉的特質——超凡脫俗、一身傲骨、追求真我、不入世俗。唯獨這「甄」寶玉改變原有的真性情，最終落入經濟仕途的官場，成為一俗人。

甄寶玉的性情開始也跟賈寶玉有相似之處，不願走仕途，不願讀書，他說：

① 【清】曹雪芹著：《紅樓夢》，人民文學出版社 2008 年版，第 79 頁。

② 【清】曹雪芹著：《紅樓夢》，人民文學出版社 2008 年版，第 28 頁。

③ 【清】曹雪芹著：《紅樓夢》，人民文學出版社 2008 年版，第 1592-1593 頁。

必得兩個女兒伴著我讀書，我方能認得字，心裏也明白，不然我自己心裏糊塗。①

因此，他令尊也曾下死笞楚過幾次，無奈竟不能改。甄家先於賈家獲罪被抄，在後四十回續寫甄寶玉為重振家業，參加科考中舉，並娶李綺為妻；而賈寶玉在賈家被抄後，雖科考高中第七名，但終不願落入塵網，遁入空門，跟著一僧一道做了和尚。石頭又回到青峰之下，所記載之事被一空空道人從頭至尾抄錄回來，成為問世傳奇。

無才可去補蒼天，枉入紅塵若許年。此係身前身後事，倩誰記去作奇傳？②

從開篇到結局，通過上述「奇」與「俗」的對比就更加顯而易見，這甄、賈寶玉鏡像中的二位人物，到底孰「真」孰「假」了。

三、「正」與「邪」的對比

書中開篇第二回，借賈雨村之口將天地生人分為大仁大惡兩種，並將甄、賈寶玉評為正邪兩種人格的典型：賈寶玉評為「正」——「置之於萬萬人中，其聰俊靈秀之氣，則在萬萬人之上。」③而甄寶玉卻為「邪」——「這等子弟，必不能守祖父之根基，從師長之規諫的。」④那麼反觀二人的性格特徵與人生抉擇，這個評價是否是作者的本意呢？通過幾處對比便可知。

首先，甄、賈寶玉的「女兒論」具有本質上的差異。

賈寶玉在七八歲時就發表了驚世駭俗的「女清男濁」論：

女兒是水作的骨肉，男人是泥作的骨肉。我見了女兒，便清爽；見

---

① 【清】曹雪芹著：《紅樓夢》，人民文學出版社 2008 年版，第 31 頁。
② 【清】曹雪芹著：《紅樓夢》，人民文學出版社 2008 年版，第 4 頁。
③ 【清】曹雪芹著：《紅樓夢》，人民文學出版社 2008 年版，第 29 頁。
④ 【清】曹雪芹著：《紅樓夢》，人民文學出版社 2008 年版，第 31 頁。

了男子，便覺濁臭逼人！①

表面上看是對女兒的讚美之情，實際上卻蘊含著生命的真諦。在當時的男權社會，男人們佔據了統治地位，女子處於被壓迫的地位，只能依附男人生存，而男人的世界就是一潭污水。書中從寧、榮二府，到賈、王、史、薛四大家族，對男人們的荒淫、醜惡、無情、兇殘描寫得淋漓盡致，而「神瑛」下凡的賈寶玉所追求嚮往的是真、善、美，這些人性中美好的一面只能在深居閨閣之中的女兒們身上看到，她們心地善良、美麗聰慧、多才多藝，她們大多數的命運是悲慘結局，令人倍感心痛。他深刻感悟到：

> 天生萬物之靈，凡山川日月之精秀，只鍾於女兒，鬚眉男子不過是些渣滓濁沫而已。②

與她們相比，自己也是個濁物了，因此他不願進入男人的世界，逃避長大、逃避家庭責任，只願在留在閨閣之中。由此可見，賈寶玉的女兒情是直覺的、純真的，建立在人權平等的基礎之上的。

而甄寶玉的女兒論原文是這樣描述的，他說：

> 必得兩個女兒伴著我讀書，我方能認得字，心裏也明白，不然我自己心裏糊塗。

> 這女兒兩個字，極尊貴，極清淨的，比那阿彌陀佛，元始天尊的這兩個寶號還更尊榮無對的呢！你們這濁口臭舌，萬不可唐突了這兩個字，要緊！但凡要說時，必須先用清水香茶漱了口才可，設若失錯，便要鑿牙穿腮等事。③

甄、賈寶玉的女兒論好似同出一轍，仔細品讀就覺得大相徑庭了。甄寶

---

① 【清】曹雪芹著：《紅樓夢》，人民文學出版社 2008 年版，第 28 頁。
② 【清】曹雪芹著：《紅樓夢》，人民文學出版社 2008 年版，第 274 頁。
③ 【清】曹雪芹著：《紅樓夢》，人民文學出版社 2008 年版，第 31 頁。

玉把「女兒」二字提升到極其尊貴的地位上，濁口臭舌的小廝們不能隨便說，說錯了就要鑿牙穿腮，而自己不但可以說，還必得要兩個女兒伴著才能讀書識字。表面上看是對女兒的尊重，實質上是把人分成等級，女兒的地位遠遠高於小廝，自己的地位卻是最尊貴的，女兒要常伴著我，為己所用的。可見，甄寶玉內心世界是既自私又殘酷的。這與「怡紅公子」的平等博愛剛好相反，「怡」就是快樂，「紅」在傳統文化中代表女性。用他的話來說，是為女兒們操碎了心，他是為女兒們而存在的，只有付出並無索取的自私想法。

其次，甄、賈寶玉對仕途人生道路的選擇也不同。

書中多次描寫賈寶玉厭惡世俗，玩世不恭。他鄙視官場上阿諛奉承的偽君子，諷刺那些求取功名的人是「國賊祿鬼」。曾因湘雲勸他學些仕途經濟的學問而惱羞成怒，與寶釵的隔閡也源於對仕途的看法不同，二人的婚姻最終因三觀不合而導致分道揚鑣。在後四十回的續寫中，甄寶玉走仕途道路，留在塵世，重振家業。雖然這未必是曹公的親筆，但基本延續了他本人的意願。作為賈寶玉的鏡像人物，甄寶玉一定會做出不一樣的人生選擇，賈寶玉步入空門，而甄寶玉勢必會走入仕途。甄、賈寶玉究竟孰「正」孰「邪」呢？甄寶玉功成名就、重振家業不就是賈府上下對賈寶玉的殷切期望，不就是正路嗎？我想不同的人會給出不同的答案吧。

在世人的眼中，考取功名就是人生的最高追求，重振家業就是賈家子孫的責任所在。但作為「神瑛侍者」和「絳珠仙草」下凡的賈寶玉和林黛玉就不這麼認為，所以賈寶玉說：

> 林姑娘從來說過這些混帳話不曾？若他也說過這些混帳話，我早和他生分了。[1]

而甄、賈寶玉在後續中唯一一次見面談心，賈寶玉卻是這樣評價甄寶玉的：

---

[1] 【清】曹雪芹著：《紅樓夢》，人民文學出版社 2008 年版，第 432 頁。

只是言談間看起來並不知道什麼，不過也是個祿蠹。他說了半天，並沒個明心見性之談，不過說些什麼文章經濟，又說什麼為忠為孝，這樣人可不是個祿蠹麼！只可惜他也生了這樣一個相貌。我想來，有了他，我竟要連我這個相貌都不要了。①

他現在才知道這個寶玉不是他少年夢中夢到的寶玉，不是他少年聽別人說起的寶玉。薛寶釵卻說人家這話是正理，做了一個男人原該要立身揚名的。由此可知，賈寶玉與林黛玉是心靈相通的，甄寶玉與薛寶釵才是同路人。或許在甄寶玉、薛寶釵等世人的眼中賈寶玉是無用的「富貴閒人」。而在「絳珠仙草」眼中，她的「神瑛侍者」是無人可替代的。

再從書中所描寫賈雨村的仕途之路，可知官場確實是藏汙納垢，讓人迷失良知的地方。賈雨村從起初不懂官場規矩而被罷免，到「葫蘆僧判葫蘆案」，直至為討好賈赦居然設計誣陷石呆子，欺壓良民，已經蛻變成一個利慾薰心的官吏，如本從良知是很難在官場上立足的。對於一個「見了男子，便覺濁臭逼人」的「神瑛侍者」必定是所不能容忍的。而賈寶玉無疑是作者所大力肯定的人物，從他的靈性、他的才華、他的平等博愛以及他對人性中真善美的追求就可知，曹公是借賈寶玉這一人物，來對世人表白自己的人生觀與價值觀。

最後，還要說明賈寶玉對權勢名利的追求態度有別於他人。

賈寶玉唾棄功名權勢，是不是說名利本不可求呢？這個觀點從寶玉見北靜王與賈雨村時的態度對比就可以看出。

第十四回賈寶玉路謁北靜王寫道：

那寶玉素日就曾聽得父兄親友人等說閒話時，贊水溶是個賢王，且生得才貌雙全，風流瀟灑，每不以官俗國體所縛。每思相會，只是父親拘束嚴密，無由得會，今見反來叫他，自是歡喜。一面走，一面早瞥見

---

① 【清】曹雪芹著：《紅樓夢》，人民文學出版社 2008 年版，第 1534 頁。

那水溶坐在轎內，好個儀表人材。①

第三十二回寫道：

> 有人來回說：「興隆街的大爺來了，老爺叫二爺出去會。」寶玉聽
> 了，便知是賈雨村來了，心中好不自在。襲人忙去拿衣服。寶玉一面蹬
> 著靴子，一面抱怨道：「有老爺和他坐著就罷了，回回定要見我。」史
> 湘雲一邊搖著扇子，笑道：「自然你能會賓接客，老爺才叫你出去呢。」
> 寶玉道：「那裏是老爺，都是他自己要請我去見的。」湘雲笑道：「主雅
> 客來勤，自然你有些警他的好處，他才只要會你。」寶玉道：「罷，罷，
> 我也不敢稱雅，俗中又俗的一個俗人，並不願同這些人往來。」②

北靜王與賈雨村同是官場中人，賈寶玉對二人的態度卻截然不同。如果是
「不以官俗國體所縛」的賢王，賈寶玉是願意結交的；如果是那些唯名是圖而
失去自我的人，賈寶玉就不屑於與之來往。可見，官商權貴未必都是濁物，濁
的是為名利權勢所累的人。賈寶玉更看重的是人品及做人態度。

四、曹公與賈寶玉的對比

曹公晚年的生活非常窘迫，以賣畫為生。住的地方是「山村不見人，夕陽
寒欲落」③，過的日子是「滿徑蓬蒿老不華，舉家食粥酒常賒」④。在生活窘迫的狀
態下，卻依然堅持自己的夢想「批閱十載，增刪五次」，著成這傳世偉大之作，
可謂「字字看來皆是血，十年辛苦不尋常」。為了寫《紅樓夢》不知付出多少血
淚，可以說他一生都在寫《紅樓夢》。人的一生有幾個十年，以曹公的才華，

---

① 【清】曹雪芹著：《紅樓夢》，人民文學出版社 2008 年版，第 190-191 頁。
② 【清】曹雪芹著：《紅樓夢》，人民文學出版社 2008 年版，第 431 頁。
③ 【清】鐵保輯；趙志輝校點補：《熙朝雅頌集》，遼寧大學出版社 1992 年版，第 314 頁。
④ 敦誠：《贈曹雪芹》，郭豫適編：《紅樓夢研究文選》，華東師範大學出版社 1988 年版，第 3 頁。

用十年的時間去考取功名或者混口飯吃未必不能，為何他花十年的心血去寫一本世人作為茶餘飯後的閒書呢？這個「癡」與書中賈寶玉極其相似。賈寶玉的癡狂就是曹雪芹自己的本性，能讀懂賈寶玉之人就是讀懂曹公之人。正可謂：

> 滿紙荒唐言，一把辛酸淚！都云作者癡，誰解其中味？①

其實每個人的內在都一個真假寶玉，到底哪個才是真寶玉？當我們習慣把假的當成真的，就真正地迷失了自我。「假作真時真亦假，無為有處有也無。」只有分清何為真、何為假、何為有、何為無，才不會為假像所惑而迷失真我。在當今社會物欲橫流的金錢社會，有誰還能像曹公一樣堅持真理、保持真我本性，有誰能不隨波逐流，不入世俗？當你脫去虛偽的外殼真實地面對你自己時，你是否可以坦然地面對那個真實的你！

---

① 【清】曹雪芹著：《紅樓夢》，人民文學出版社 2008 年版，第 7 頁。

任性驕縱的官三代賈赦

張然

內容摘要：本文以鴛鴦女誓絕鴛鴦偶為例，試圖探究賈赦這個世襲官位的官三代、賈府長子的生活、家庭和仕途。他貪戀女色、荒唐蠻橫、狹隘任性，到底是天性使然，還是環境使然？

關鍵詞：賈赦；好色；荒淫無度；任性

賈赦，中國古典小說《紅樓夢》裏的人物，字恩侯，榮國公之孫，賈代善、賈母長子、正室是邢夫人，賈璉、賈迎春的父親，承襲一等將軍爵位。與小說關鍵人物的關係是賈政的哥哥，寶玉的大伯、王熙鳳的公公。

賈赦在整部小說中出場並不多，屬於比較邊緣化的人物。但是，卻做了幾件比較醒目的事情。讀過《紅樓夢》的人對他的直觀評價是，荒淫好色，有紅樓愛好者發出的「色淫之最」投票排行中：賈珍排名位列第一，賈赦則位列第二。

我們從賈赦在文中幾處比較醒目的出場來著手分析他的人物特徵。縱觀全文，把賈赦的出場總結為四個比較醒目的事件和行為，即娶鴛鴦，搶扇子，「賣女兒」以及他的讀書觀。

一、好色之強娶鴛鴦

周汝昌先生說：「封建社會的富貴人，除了正妻，例有幾位側室姬妾。」[1]娶妻納妾本是很普遍的行為，但是賈赦卻費盡手段，威逼利誘無所不用其極。

為了能得到鴛鴦，威逼鴛鴦的父母和哥嫂。鴛鴦父親金彩在南京看房子，母親是個聾子；哥哥和嫂子均在賈府打工。在哥嫂初步探得鴛鴦不同意之後，賈赦怒不可遏地讓賈璉找又聾又病的鴛鴦的父母仍是未果，賈赦暴怒地放

---

[1] 周汝昌：《紅樓夢新證》，人民文學出版社 1976 年版，第 69 頁。

狠話：

> 叫他細想，憑他嫁到誰家去，也難出我的手心。除非他死了，或是終身不嫁男人，我就伏了他！若不然時，叫他趁早回心轉意！[①]

在強納鴛鴦為小妾的這件事上，從一定程度上可以視為對家族地位的一次挑戰。眾所周知，鴛鴦是賈母身邊最為貼心的侍女，在賈府眾多的女眷中相貌並不出眾，書中云：

> 穿著半新的藕合色的綾襖，青緞掐牙背心，下面水綠裙子。蜂腰削背，鴨蛋臉面，烏油頭髮，高高的鼻子，兩邊腮上微微的幾點雀斑。[②]

按照世俗的審美觀，在賈府眾多女孩子中，從鴛鴦的相貌描述來看，她算不上出類拔萃的美，而且是賈母的貼身丫頭，說話辦事也算是狠角色，連王熙鳳都要讓她三分，那麼賈赦為什麼非得挑她呢？由此，我們可以解讀為賈赦想從鴛鴦入手，達到接近賈母，接近賈家政治、經濟統治地位中心的目的。

二、專制蠻橫搶扇子

在文中第四十八回，賈赦看上了石呆子二十把有古人寫畫真跡的扇子，讓自己的兒子賈璉去強行索買。那個石呆子硬是不賣，正當賈璉無奈之際，當初投靠賈府而發跡的貪官賈雨村設了個法子，把這扇子抄來了，賈赦奪得了石呆子的古扇後，又責罵兒子賈璉辦事不力，賈璉看不過去，回了一句：

> 為了這點小事，弄得人坑家敗業，也不算什麼能為！

結果被賈赦混打一頓，其專制蠻橫到了無法無天的地步。

---

① 【清】曹雪芹著：《紅樓夢》，人民文學出版社 2008 年版，第 623 頁。
② 【清】曹雪芹著：《紅樓夢》，人民文學出版社 2008 年版，第 758 頁。

三、任性狹隘不識中山狼

很明顯賈迎春的婚姻是不幸的，在文中第八十回迎春回到賈府哭訴：

> 你老子使了我五千銀子，把你准折賣給我的。①

關於迎春婚姻抵債的說法在紅學愛好者中有很多爭議。一說是孫紹祖用來賄賂巴結賈赦，一說是孫紹祖主動給賈赦讓其給買官的，後來買官不成，孫紹祖心生怨恨，所以把這口氣出在了迎春身上。但是就我們對當時賈家的分析，雖然賈家有些沒落了，但是瘦死的駱駝比馬大，應不至於因為五千兩賣了女兒。

在迎春婚姻的處理上，可以歸結為賈赦的一意孤行，任性的舉動。通篇全文，賈赦的地位都比較尷尬，雖為賈府長兄，襲了官位，但是弟弟受母親愛護，正房弟弟住著，弟弟兒子受北靜王稱讚「龍駒鳳雛」②，弟弟女兒受封賢德妃。如今嫁女兒，屬於本府家中的事情，還做不了主了嗎？回看第八十回的迎春回府傾訴中，王夫人只得用言語解勸說：

> 想當日你叔叔也曾勸過大老爺，不叫作這門親的。大老爺執意不聽，一心情願，到底作不好了。③

從這一點，我們可以假想，如果，當時賈政沒勸，是不是作為老大的賈赦，不會任性地賭氣答應這門親事，彼時賈赦的心理是不是：「我做不了家族的主，我自己的家女兒的婚姻我還做不了主麼，你們不同意，我非不！」這值得探索。

四、賈赦的讀書觀

小說在第七十五回，賈赦在褒揚賈環作的詩時展示了他的「讀書觀」：

---

① 【清】曹雪芹著：《紅樓夢》，人民文學出版社 2008 年版，第 1136 頁。
② 【清】曹雪芹著：《紅樓夢》，人民文學出版社 2008 年版，第 192 頁。
③ 【清】曹雪芹著：《紅樓夢》，人民文學出版社 2008 年版，第 1137 頁。

想來咱們這樣人家，原不比那起寒酸，定要「雪窗螢火」，一旦蟾宮折桂，方得揚眉吐氣。①

意即「像我們這樣的人家，原不必讀什麼書，只要認識幾個字，不怕沒有一個官兒做」，這樣的言論居然從一個書香門第的長輩口中說出，實在讓人覺得荒唐無稽。作為長輩，他不鼓勵子孫後代積極進取，發憤圖強，而是滿足現狀，不求上進，靠祖宗留下的基業，坐吃山空，對家業日微的現狀，毫無危機感，還藐視讀書的重要性。因為在那樣的時代背景下，一朝天子一朝臣，沒有永遠的世襲基業，賈家爵位傳至賈赦已是第三代，而累世降襲，每襲一代，就要降一級，這時的賈家想家業益隆，只有兩條路可走，要麼讀書考功名，要麼效力疆場立功業。賈赦如此讀書觀，實在是家族沒落的先兆。

通過如上事件的剖析，初步給予賈赦的定位就是：好色、荒淫、卑鄙、昏聵、無下限。

但是，小說第二十五回，王熙鳳和賈寶玉姐弟逢五鬼中邪的時候，他叔嫂二人愈發糊塗，不省人事，睡在床上，渾身火炭一般，口內無般不說。賈赦還各處去尋僧覓道，賈政見不靈效，著實懊惱，因阻賈赦道：

兒女之數，皆由天命，非人力可強者。他二人之病出於不意，百般醫治不效，想天意該如此，也只好由他們去罷。②

賈赦也不理此話，仍是百般忙亂，那裏見些效驗。連寶玉的爹賈政都想順了天命罷了，而賈赦也不理此話，仍是百般忙亂。因此，可以看出，在他內心深處，對家人還是有一種複雜的情感在裏面。

綜上，我們對賈赦有個總結性的分析：本來賈赦是長子襲官位、應該掌家、應該娶名門，應該有如龍似鳳的子女，應該受萬人崇敬。現實中的賈赦，雖然襲了官位，但是家裏弟弟主政，沒能娶了名門，原配在原文中都沒有介

① 【清】曹雪芹著：《紅樓夢》，人民文學出版社 2008 年版，第 1055 頁。
② 【清】曹雪芹著：《紅樓夢》，人民文學出版社 2008 年版，第 344-345 頁。

紹。生了個兒子基本和他一個德行，兒媳婦精明一些，還跑去了寧國府操持去了。

賈母不喜歡賈赦：不會讀書，不會拉弓騎射，文治武功皆無所長，倒是貪淫好色。賈母說他：[①]

> 放著身子不保養，官兒也不好生做去，成日裏和小老婆喝酒。[②]

在小說第七十五回開夜宴賞中秋時，婆子的一句「不妨事。你不知天下父母心偏的多呢」道出了賈赦的真實內心，他對賈母偏心賈政的行為深惡痛絕而不敢言語。

既然姥姥不親，舅舅不愛，賈赦開啟了他任性的人生之旅；他好色，妻妾一片，一妻四妾仍要再娶，無心好好做官和打理家庭事務；他無恥，利益熏心，為一把古扇，讓石呆子家破人亡；他下流，為娶鴛鴦做妾，用盡各種手段威逼利誘鴛鴦的家人；他糊塗，不加辨別，任性而為地把親生女兒嫁給了險惡狠毒的孫紹祖……賈赦，字恩侯，赦，赦免之意，賈赦的一生，並沒有對別人有過赦免行為，而是極度苛責、貪淫昏暴；恩侯，皇帝的恩澤，引申為他的爵位不是建功立業所得，而是皇帝的恩澤。賈赦典型的輕薄形象，他自己的一生是失敗的，也是迎春不幸的推手，更為兒子賈璉樹立了反面的典型。[③]

賈赦，雖然在整部小說中並沒有正面描寫，甚至容易被忽略，但又在賈家的命運中有舉足輕重的作用，雖然沒有正面出場，但是他的形象動作卻貫穿文章始終。他的結局是以「交通外官，依勢凌弱，辜負朕恩，有忝祖德」[④]的罪名，被革去世職，發往臺站贖罪。雖貴為世襲、長子長兄，在賈家大廈傾覆時，他這棵腐木無任何還擊之力。

---

① 【清】曹雪芹著：《紅樓夢》，人民文學出版社 2008 年版，第 613 頁。

② 【清】曹雪芹著：《紅樓夢》，人民文學出版社 2008 年版，第 1054 頁。

③ 孫麗華：〈未出場的出場——《林黛玉進賈府》賈赦、賈政人物形象分析〉，2017 年第 35-36 期合刊，第 131 頁。

④ 【清】曹雪芹著：《紅樓夢》，人民文學出版社 2008 年版，第 1421 頁。

《大觀園行樂圖》：工筆重彩中的華貴憶念

張惠

內容摘要：《大觀園行樂圖》不僅透視出曹雪芹對工筆重彩畫的精深認識。不算人工和藝術價值，這一幅畫僅裏面一種顏料的價格就遠超一頓蟹宴一年飯錢，不動聲色地展現了王侯貴族的奢華。這幅工筆重彩畫的繪製也表現了寶釵對周圍人心理的洞察和精准拿捏，她可以為了求同而泯滅小我，這也確實是賈府眾人認為她符合大家新婦要求很重要的特點。這幅《大觀園行樂圖》是賈府歡樂和奢華的定格，盛極而衰，力難為繼，因此它也是一幅永遠也無法完成的畫。

關鍵詞：《大觀園行樂圖》；《紅樓夢》；薛寶釵；青金

　　《紅樓夢》中寶釵對畫具如數家珍的當行，以及能够指導只會畫寫意的惜春按部就班地完成一幅工筆重彩，透視出曹雪芹對工筆重彩畫的精深認識。

　　《紅樓夢》中黛玉教香菱作詩是顯性的，通過開列書單，又讓香菱3次試做，循序漸進地使香菱學會了作詩，展現了曹雪芹詩歌方面的才能。但是少人注意到的是，《紅樓夢》中寶釵隱性地教了惜春作畫。在《紅樓夢》中，賈母一時興起，分派惜春繪製一幅《大觀園行樂圖》，裏面不但涉及到屬於「界畫」的範疇的工細樓臺，還涉及到屬於「仕女畫」範疇的美人。繪製《大觀園行樂圖》首要是畫樓閣房屋，「一點不留神，欄杆也歪了，柱子也塌了，門窗也倒竪過來，階磯也離了縫，甚至於桌子擠到墻裏去，花盆放在簾子上來」①，因此寶釵提出這些樓臺房舍需要「界劃（畫）」來畫。因為用人手去勾勒綫條，無論如何不可能做到完全平直，但是用一種一面有槽的專業界尺，「畫直綫時，用兩支筆，其一用筆端用在紙或絹上；另一支筆用筆根，將其放在界尺的槽內。一手執二筆，這樣隨著界尺走的筆就會畫出筆直的綫條來。」② 界畫是利用界尺畫綫來繪製宮室、樓臺、屋宇，又稱「宮室畫」，最著名的界畫為《清明上河圖》。

---

① 【清】曹雪芹著：《紅樓夢》，人民文學出版社2008年版，第569頁。

② 蔣采蘋：〈《紅樓夢》中的工筆畫創作和畫材〉，《美術研究》2004年第2期。

這幅圖還要把寶釵惜春等人都畫進去，後來賈母又提出加入「寶琴立雪」，「第一要緊把昨日琴兒和丫頭梅花，照模照樣，一筆別錯，快快添上。」①寶玉還提到可以借鑒程日興的美人，這又屬仕女畫的範疇。仕女畫是人物畫中專門以貴族女性生活為描繪對象的繪畫，又稱「美人畫」，在清代達到了尊於山水畫和花鳥畫的地位，正如清代高崇瑞《松下清齋集》所言「天下名山勝水，奇花异鳥，惟美人一身可兼之，雖使荊、關潑墨，崔、艾揮毫，不若仕女之集大成也。」②著名的仕女畫有東晉顧愷之的《洛神賦圖》、周昉的《簪花仕女圖》、文徵明的《湘君湘夫人圖》等。

惜春所會的只是寫意，但這幅畫絕非僅僅寫意所能完成，於是寶釵開列了清晰的步驟，第一步先把大觀園的建築圖拿來做草稿。第二步學習工細樓臺和美人畫，但是惜春作為侯門千金，大門不出，二門不邁，因此這個請教師傅的行為就由寶玉來做中間溝通人。第三步寶釵開列了專業的繪畫工具和顏料。惜春原本常用的只有赭石、廣花、藤黃、胭脂四種顏色，這四種也都是寫意畫的傳統用色。然而從寶釵給她開列的「箭頭朱、南赭、石黃、石青、石綠、管黃、廣花、鉛粉、胭脂、大赤、青金」各種顏料；「工細樓臺」和「美人」的構圖；以及采用「重絹」絹本設色，這應該是一幅工筆重彩畫。

這幅工筆重彩畫透露出的第一個特別重要的信息是價格昂貴，其中涉及多種珍貴的礦物質顏料，展現了貴族的奢華生活。箭頭朱來自於朱砂礦，呈金剛石光澤的鮮紅色，長沙馬王堆漢墓出土的不少絲織品上面的花紋，繪製都是用的朱砂，時至今日仍然顏色鮮麗。除了繪畫用，自古以來，歷代皇帝批閱奏摺皆用上好朱砂色，稱為「朱批」，可見朱砂的珍貴。箭頭朱又是朱砂中的上等品，《芥子園畫傳》曾說：「朱砂用箭頭者良，次則芙蓉塊匹砂。」③寶釵還談到

① 【清】曹雪芹著：《紅樓夢》，人民文學出版社 2008 年版，第 683 頁。
② 轉引自李信斐：〈明清文人仕女畫的女性形象及審美文化解讀〉，《文教資料》2011 年第 21 期。
③ 【清】諸升等編繪，穆雲穠譯注：《芥子園畫傳譯注》，陝西人民出版社 1999 年版，第 49 頁。

要使用石黃，石黃來自於石黃石，又稱黃金石、雞冠石，顏色為正黃色。同時也要用泥金、泥銀，泥金、泥銀是將金、銀箔加膠水研磨製成金屬顏料。金箔、銀箔因主要產地為蘇州俗稱「蘇赤」，根據金的含量和色澤分為：紫赤、庫赤、大赤、田赤、選金和銀箔數種。泥金、泥銀具體方法是將金箔或銀箔放在碟子中，通過手指蘸膠將其研磨成極細的粉末粘附在碟子上。運用泥金留下的傳世之作有董其昌的泥金箋畫《山莊秋景圖扇》、清代任熏的泥金箋畫《花鳥圖扇》等。所謂石青、石綠、青金是把藍銅礦、孔雀石、青金石磨成粉末做成顏料，雖然它們不像紅寶石、綠寶石那樣珍稀，但是也屬「半寶石」。石青是藍銅礦，呈玻璃光澤的天藍色或深藍色；石綠是孔雀石，呈玻璃光澤或絲絹光澤的綠色或墨綠色，宋徽宗《瑞鶴圖》中使用了大量的石綠。石青、石綠是「青綠山水」的主色。中國的山水畫，從顏色上劃分可以分為兩類，一類是設色山水畫，包括青綠山水、金碧山水，其中青綠山水又以大小區分。另一類是不設色的山水畫，即僅用單純的墨色來表現的山水畫，也是能見到的最多的一種山水畫類型。青綠山水是中國傳統山水畫當中較為成熟的早期繪畫，設色豐富，用石青、石綠來塑造畫面中的山水，色彩絢麗。而其中的大青綠山水畫則多用細墨勾勒輪廓，顏色更為濃重，唐朝李思訓開大清綠山水畫的先河，他不但用濃厚的石青、石綠作畫，並且在處理山石輪廓時使用金綫勾勒，使得畫面有突然眼前一亮和金碧輝煌的感覺。宋朝青綠山水的最高峰代表作王希孟的《千里江山圖》也屬設色山水畫中的大青綠山水畫，第一層以水墨勾出輪廓，第二層以赭石上色，第三層用石綠疊加上色，第四層再次疊加石綠，最後第五層再以石青上色進行點綴。

　　《本草綱目·石部》認為扁青「即今之石青是矣，繪畫家用之，其色青翠不渝，俗呼大青，楚、蜀諸處亦有之。而今貨石青者，有天青、大青、西夷回回青、佛頭青，種種不同，而回青尤貴。」[1] 而且《芥子園畫傳》談及，「石青只宜用所謂梅花片一種」，而用乳鉢輕輕乳細的石青中，分為頭青、二青、三青，

<hr />

① 李經緯、李振吉：《本草綱目校注》上冊，遼海出版社 2000 年版，第 375 頁。

只有「中間一層是好青，用畫正面青綠山水」[①]。石青其價若何，國內鮮有記載，德國萊比錫宮廷畫師 Lucas CARANACH 在 1523 年 9 月有一份記錄，用手稿的方式保留了確切的價格，以中世紀德意志地區的通行貨幣格羅申（Groschen）來計算，15 個格羅申加 9 個第納爾可以買到 0.5 磅石青：「15 groschen 9 denare fur 0.5lb Pfunds cheffergrun」。[②]

青金的價格更遠超石青，因為只有阿富汗山區的巴達赫尚省才有一座礦源。由青金製成的「群青」，呈玻璃光澤或蠟狀光澤的藍色或紫藍色，是顏料界的名門望族，上好的群青價格在當時的歐洲比黃金的價格還要昂貴，在文藝復興時期，常常僅限於為基督與聖母像的衣物著色。The contract for the Madone des Harpies by Andrea del Sarto (1514) required that the robe of the Virgin Mary be coloured with ultramarine costing at least five good florinsanounce.[③]（安德烈亞德爾薩托（Andrea del Sarto，1514 年）的聖母像（Madone des Harpies）合約上明確規定：聖母瑪利亞的袍子使用的群青顏料要花費每盎司至少五個上好的弗洛林。）

Albrecht Dürer notierte in seinem Tagebuch ein Tauschgeschäft: "Ich hab dem für 12 Ducaten Kunst fürein Untz gut Ultramaringeben." Dürer tauschte Drucke im Wert von zwölf Dukaten – das sind 42 Gramm Gold – gegen 30 Gramm Ultramarin.[④]（德國畫家阿爾布雷希特·丟勒（1471－1528）（Albrecht Dürer）在他的日記中寫道："我為了一個價值 12 達克特的藝術品支付了一盎司的上好群青。"丟勒換得的藝術品價值 12 達克特，

---

① 【清】諸升等編繪、穆雲穠譯注：《芥子園畫傳譯注》，陝西人民出版社 1999 年版，第 46 頁。

② https://lucascranach.org/archival-documents/DE_ThHStAW_EGA_Reg-Bb_4321_34v

③ Ball, Philip. *Bright Earth: Art and Invention of Colour.* Illinois: University of Chicago Press, 2003, p.347.

④ Heller, Eva. Wie Farben wirken: *Farbpsychologie - Farbsymbolik – Kreative Farbgestaltung.* Hamburg: Rowohlt Taschenbuch Verlag, 2004, p. 37.

相當於 42 克黃金，與之交換的群青則僅約 30 克。）

在中國清代，青金石不但是四品官頂戴所用，《大清律例・禮律》提及，「四品：起花金帽頂，上銜青金石一大顆。」[1] 青金石還以其深邃的藍色，被認為「色相如天」，用於皇帝祭祀時所穿冠服，如《欽定大清會典・冠服》談到「南郊施方青金石四，銜以金飾，各綴東珠五。……南郊飾以青金石」[2]，皇后、貴妃等後宮妃嬪的冠服也規定要以「青金石」為飾 [3]。青金石通過「絲綢之路」從阿富汗傳入我國，用其製成的群青自古也是最昂貴的顏料，見於佛教石窟壁畫，在繪畫中運用並不普遍。而且根據對敦煌莫高窟壁畫的考察，清代應用的還是人工製造的合成群青，而不是天然青金石。[4] 然而，寶釵明確地提到這幅畫需用的顏料是「青金二百帖」，即一、要用貨真價實的青金石研磨而成顏料；二、「帖」指一張箔，其規格為 3 寸 ×3 寸，「二百帖」就是 200 張 [5]，3 寸約等於 10 厘米。筆者曾專程請教過專業畫家，10 厘米 ×10 厘米的一張紙上要塗滿顏料，大概最少需要多少克，得到的答案是 0.5 克到 2 克，因有厚薄之分。即以最薄而論，二百帖也需要 100 克，30 克群青值 42 克黃金的話，這二百帖大概要花 140 克黃金，以清制一斤等於 16 兩計量，大約 3.57 兩黃金，清代 1 兩黃金大概可以兌換 8-11 兩白銀，所以這「青金二百帖」大約價值是 28.56-39.27 兩白銀。正是在「白玉為堂金作馬」的賈家和「珍珠如土金如鐵」的薛家，寶釵會輕鬆提出也相信賈母會毫不費力地提供支持。

如前所述，青金製成的群青多見於壁畫少見於繪畫，多見於西方繪畫少見

① 張榮錚、劉勇強、金懋初點校：《大清律例》，天津古籍出版社 1993 年版，第 289 頁。

② 商務印書館四庫全書出版委員會：《文津閣四庫全書》第 205 冊，商務印書館 2005 年版，第 776 頁。

③ 商務印書館四庫全書出版委員會：《文津閣四庫全書》第 205 冊，商務印書館 2005 年版，第 776 頁。

④ 王進玉、郭宏、李軍：〈敦煌莫高窟青金石顏料的初步分析〉，《敦煌研究》1995 年第 3 期。

⑤ 蔣采蘋：〈《紅樓夢》中的工筆畫創作和畫材〉，《美術研究》2004 年第 2 期。

於中國繪畫，《芥子園畫傳》是清朝康熙年間的一部著名畫譜，詳細介紹了中國畫中山水畫、梅蘭竹菊畫以及花鳥蟲草繪畫的各種技法，以及朱砂、胭脂、石青、石黃等等各種傳統中國顏料，但裏面都沒有談到「青金」，可見其罕用。但曹雪芹卻明確指示這幅畫要用「青金」，再聯繫到怡紅院被劉姥姥誤以為是真丫環的貼在板壁上的通景貼落畫，曹雪芹已經在《紅樓夢》用西方錯覺通景畫，為讀者帶來全新的視覺經驗[①]，那麼這幅《大觀園行樂圖》實際上也融合了中西雙方的繪畫技巧。

由於這些礦物質顏料需要研磨、澄漂，調膠在使用過程中的角色也非常重要。首先要把礦物質粉放在一個容器，其次要把膠放在另一個容器中化解開，慢慢加入礦物質粉，使之充分調和，膠的多少嚴重影響礦物質顏料的色澤。而且必須旋用旋加，用膠撇膠操作稍有不慎，則貴重的青綠顏料就報廢了：

> 青綠加膠，必須臨時，以極清膠水投入碟內，再加清水溫火上略溶用之，用後即宜撇去膠水，不可存之於內，以損青綠之色。……若出不淨，則次遭取用，青綠便無光彩。[②]

所以，寶釵還提到需要廣勻膠四兩，另攬上風爐子，準備化膠、出膠，甚至具體到「生薑二兩，醬半斤」，因為「粗磁碟子保不住不上火烤，不拿薑汁子和醬預先抹在底子上烤過，一經了火，是要炸的」[③]，寶釵的這些見解反映的正是曹雪芹對於畫具的當行。不僅石青、石綠顏色貴重，這些用來上色的膠也不是普通的膠，需用牛皮，鹿皮以及上等的阿膠製作而成。在使用這些顏料時也需嚴謹地按照步驟操作，例如綠色，需一遍又一遍按從四綠到頭綠的順序逐層添加，觀察其顏色的深淺變化，以求達到明淨而薄、潤厚而不髒的效果。僅僅

---

① 〔美〕商偉：《〈紅樓夢〉中的「假」寶玉和「真真國」》，《三聯生活周刊》2018 年第 21 期。

② 〔清〕諸升等編繪，穆雲穆譯注：《芥子園畫傳譯注》，陝西人民出版社 1999 年版，第 48 頁。

③ 【清】曹雪芹著：《紅樓夢》，人民文學出版社 2008 年版，第 571 頁。

上色都這麼繁瑣，所以畫這一幅畫，曹雪芹通過寶釵之口評議說一個月太少，須得半年，的是確論。

惜春畫的這幅畫並非是呈交元妃的進上之用，僅僅是賈母一時起意要送給劉姥姥的，但是寶釵隨意一開列，就包括各式畫筆一百零六枝，作畫工具十幾項，顏色十一種，包括箭頭朱四兩，石黃四兩，石青四兩，石綠四兩，大赤飛金二百帖，青金二百帖，一般畫家概用「鉛粉」，但寶釵開出的是「蛤粉四匣」，這種白色也是歷久彌新，「古人率用蛤粉，法以蛤蚌殼粉煅過，研細，水飛用之。」[1]劉姥姥曾算了一筆賬，驚嘆一頓螃蟹宴花費二十多兩銀子，一頓飯錢夠莊家人過一年的，但是劉姥姥可能不知道，不算人工和藝術價值，這一幅畫僅裏面一種顏料的價格就遠超一頓蟹宴一年飯錢，不動聲色地展現了王侯貴族的奢華。

這幅工筆重彩畫透露出的第二個特別重要的信息是深化人物性格和形象。這幅畫的構成，某些人物的衣服、楓葉、欄楯、寺觀用「箭頭朱」來畫。

> （朱砂）投入鉢中研極細，用極清膠水，同清滾水傾入盞內。少項，將上面黃色者撇一處，曰「朱標」，著人衣服用。中間紅而且細者是好砂，又撇一處，用畫楓葉、欄楯、寺觀等項。[2]

石黃調做「松皮及紅葉用之」[3]；「藤黃中加以赭石，用染秋深樹木。……如著秋景中山腰之平坡，草間之細路，亦當用此色」[4]，遠處的山郭和近處的芭蕉、蘅蕪、杜若、千竿翠竹，用石青、石綠來表現；蘅蕪苑的香草結的珊瑚豆子一般紅艷艷的果實、怡紅院的女兒棠、還有稻香村噴雲蒸霞一般的杏花，用

① 【清】諸升等編繪、穆雲穠譯注：《芥子園畫傳譯注》，陝西人民出版社 1999 年版，第 54 頁。
② 【清】諸升等編繪、穆雲穠譯注：《芥子園畫傳譯注》，陝西人民出版社 1999 年版，第 49 頁。
③ 【清】諸升等編繪、穆雲穠譯注：《芥子園畫傳譯注》，陝西人民出版社 1999 年版，第 49 頁。
④ 【清】諸升等編繪、穆雲穠譯注：《芥子園畫傳譯注》，陝西人民出版社 1999 年版，第 61 頁。

箭頭朱、胭脂等來表現；「丹楓鮮明、烏柏冷艷，則當純用朱砂」①；繪畫貴重精緻的家具，需用泥金、泥銀。因為在家具漆地上用金銀描繪紋樣的裝飾技法稱之為泥金，描金，又名洋漆。描金技法源於中國卻發揚於日本，在日本稱為「蒔繪」，清代再由東洋反傳我國，故有「洋漆」之稱。因皇室貴族喜好，描金漆器行業一度受到重視，不乏精品問世，南京、江西一帶作為貢品進獻皇室。②《紅樓夢》中有很多「洋漆」家具，如第三回「梅花式洋漆小几」③，第四十回「懸著一個白玉比目磬」的「洋漆架」④，以及第五十三回「一個極輕巧洋漆描金小几」⑤等。湛藍的天空、朱甍碧瓦、雕窗綉戶，要用上「色相如天」的青金、箭頭朱。可以想見，這是一幅金碧輝煌類型的工筆重彩畫，而這個審美情趣也正是賈母所喜歡的。回想一下，賈母珍藏的「雨過天晴」「秋香色」「松綠」「銀紅」四色軟烟羅、野鴨子頭上的毛作的「金翠輝煌」的凫靨裘、「金翠輝煌，碧彩閃灼」的雀金裘，便大致可以推知賈母的審美偏好，但是寶釵的天性和這種金碧輝煌型是恰好相反的，她寫的海棠詩說是「淡極始知花更艷」，她平時不喜歡花兒粉兒的，穿的衣服也一色半新不舊，屋子像個雪洞一般，擺設只是一個土定瓶。而且寶釵的為人，「罕言寡語，人謂裝愚；安分隨時，自云守拙」⑥，據鳳姐冷眼戡戡，是「不干己事不張口，一問搖頭三不知」⑦，然而，在繪製《大觀園行樂圖》這件和自己無關的事情上，寶釵卻一反常態地大展其才，大發議論，原因何在？元妃省親的詩稿和劉姥姥游園的《大觀園行樂圖》，都是賈府的對外形象工程。元妃省親的詩稿由探春謄抄，「賈妃回宮，次日見駕謝恩，並回奏

---

① 【清】諸升等編繪、穆雲穌譯注：《芥子園畫傳譯注》，陝西人民出版社1999年版，第61頁。

② 楊波、吳智慧：〈《紅樓夢》「虛構」的清代貴族家具文化〉，《家具與室內裝飾》2013年10月期，第20頁。

③ 【清】曹雪芹著：《紅樓夢》，人民文學出版社2008年版，第44頁。

④ 【清】曹雪芹著：《紅樓夢》，人民文學出版社2008年版，第538頁。

⑤ 【清】曹雪芹著：《紅樓夢》，人民文學出版社2008年版，第728頁。

⑥ 【清】曹雪芹著：《紅樓夢》，人民文學出版社2008年版，第119頁。

⑦ 【清】曹雪芹著：《紅樓夢》，人民文學出版社2008年版，第759頁。

歸省之事。龍顏甚悅」[1]；這幅由賈母倡議贈送劉姥姥之畫，肩負著誇耀戚裏的使命，但惜春只「偏科」寫意，力屈難支，故寶釵不避嫌疑挺身而出。賈母給寶釵過生日，寶釵深知賈母年老之人，喜吃甜爛之物，愛聽熱鬧戲文，因此總依賈母喜好說了出來；寶釵也意識到，這幅畫要符合賈母喜歡金碧輝煌的審美偏好以及展示侯門氣度風範的需要，所以在這件事上，寶釵秉持「無我」，放弃了自己一貫平淡樸素的審美觀，這不但表現了寶釵對周圍人心理的洞察和精准拿捏，而且她可以為了求同而泯滅小我，這也確實是賈府眾人認為她符合大家新婦要求很重要的特點。

但是這幅畫在《紅樓夢》中一直未完成，這幅畫要把賈母帶著劉姥姥與釵黛眾姐妹游園畫成一幅行樂圖，基本上所有人都在笑，包括多病的林黛玉、孤介的惜春、精明的探春，這是賈府歡和和奢華的定格，但是正如壽怡紅群芳開夜宴是青春的繁華頂點，這幅《大觀園行樂圖》是賈府的繁華盛極，盛極而衰，力難為繼，因此它也是一幅永遠也無法完成的畫。

本文為香港研究資助局資助項目「《種芹人曹霑畫册》文化生態學研究「(項目編號：UGC/FDS13/H02/19) 的階段性成果。

---

① 【清】曹雪芹著：《紅樓夢》，人民文學出版社 2008 年版，第 253 頁。

紅樓夢中的林黛玉「疾病」描寫及影響

張曉嫻

內容摘要：疾病是人類生活的基本經驗，也是文學作品表現的主題之一。《紅樓夢》對疾病的描寫達到了罕有其匹的地步，作品中的疾病意象不僅存在醫學、病理學、心理學層面，還具備更深廣的社會、文化、倫理等多方面的意義。作者將其作為一種象徵、隱喻、表達方式和敘述策略來傳達多方面的含義。小説當中的疾病描寫，一方面是通過疾病反映現實生活中的現象，另一方面，疾病有著暗示人物命運、深化思想主題、提綱挈領等深層次的作用。小説通過對疾病的描寫，塑造了豐滿的人物形象，暗示了不同人物的命運，並向讀者展現了沒落的封建貴族「病入膏肓」的面目。分析《紅樓夢》中林黛玉的「病」是進一步解讀、感悟這部作品的重要途徑。

關鍵詞：《紅樓夢》；林黛玉；疾病；醫學

專家學者對於《紅樓夢》的研究已超過百年，可見「紅學」魅力之大。《紅樓夢》的研究範圍之廣、內容之豐富、思想之深刻自不必贅述，且其中涉及多種醫學學科，在文學媒介和語言藝術作品中疾病意象包含著其他意義，比它在人們的現實生活世界中意義豐富很多。疾病在文學作品中不僅是醫學層面的問題，更需要通過角色載體來傳達文學方面的意義。文學作品中的患病之人不止是身體上的疾病，更多的是心理、思想、命運方面的疾病；隨著作者進一步對病因的挖掘，深刻反映病人所處的生活和社會環境，《紅樓夢》中大量描寫疾病的目的也在於此，對林黛玉疾病描寫即為其中一個顯例。

一、黛玉病態的描寫

文學作品中人物的疾病往往跟個人的命運有著某種關聯，有時候描寫一種病就是暗示一個人的命運，每種疾病描寫的背後都隱藏著一類鮮活的人物形象。

作品開篇便提到「一僧一道」携頑石入世，瘋瘋癲癲、似病非病。通讀作品會發現，一僧一道伴隨《紅樓夢》從開頭到結尾，並且和作品中重要人物的

命運經歷緊密相關。癩頭和尚和跛足道人是貫穿整部作品的關鍵性綫索人物，黛玉有先天病症，癩頭和尚也分析了她的病情，提出了醫治辦法，先天的病症就代表有命運的安排，黛玉病症也為她的命運做出暗示。書中對林黛玉疾病的描寫堪稱經典，第三回〈賈雨村夤緣復舊職，林黛玉拋父進京都〉中寶玉眼中的黛玉是這樣的：

> 兩彎似蹙非蹙罥烟眉，一雙似泣非泣含露目，態生兩靨之愁，嬌襲一身之病。淚光點點，嬌喘微微。嫻靜時如姣花照水，行動處似弱柳扶風。心較比干多一竅，病如西子勝三分。①

疾病作為刻畫人物形象性格、暗示人物命運的重要展現形式，貫穿了黛玉的一生，並將她的生命畫上了濃重的宿命色彩，這也是她在小說中退場的直接原因。

黛玉進賈府時在眾人的詢問之下道出了自己的病情，「自會吃飯便吃藥，四處求訪名醫皆不見效，癩頭和尚說如是捨不得她出家，只怕這病一生也不能好；若要想好，除了父母，其他外姓親友，全都不見，才能平平安安過完這一世；現如今吃的藥是人參養榮丸。」② 黛玉是在外姓親友面前那兒說出自己的病情，可以想到他們聽到這番話的感受，在無形中疏遠了她和賈府眾人的關係，也為她日後的淒涼生活做了暗示。疾病使她變得軟弱，讓她形成了憂鬱多情、多愁善感的性格特點，這樣的性格又與大觀園複雜的人事關係和冷漠的社會環境格格不入，如此惡性循環造成了黛玉的悲慘命運。再者林黛玉吃的藥是人參養榮丸，不免勞民傷財，當黛玉初次說自己吃人參養榮丸時，賈母順口說讓底下人多配一副藥就行了。到後來，第四十五回〈金蘭契互剖金蘭語，風雨夕悶制風雨詞〉當寶釵建議黛玉每日早晨吃燕窩時，黛玉嘆道：

> 我因身上不好了，每年犯這個病，也沒什麼要緊的去處，請大夫，

---

① 【清】曹雪芹著：《紅樓夢》，人民文學出版社 2008 年版，第 49 頁。

② 【清】曹雪芹著：《紅樓夢》，人民文學出版社 2008 年版，第 39 頁。

熬藥，人參肉桂，已經鬧了個天翻地覆，這會子我又興出新文來熬什麼燕窩粥……那些底下的婆子丫頭們，未免不嫌我太多事了。[1]

黛玉吃的藥給她帶來了巨大的精神壓力，紫鵑勸黛玉時，多次說到黛玉的病是「想不開」、「憂思過度」的緣故，賈府中許多人也經常說「林姑娘最是個多心的人……」。在這樣一個寄人籬下、無依無靠的地方，再加上一副多愁多病的身子，又有誰能夠無憂無慮呢？「一年三百六十日，風霜刀劍嚴相逼。」這是黛玉生存環境的真實寫照，一直伴隨她的疾病正是造成她這種生存狀態的主要原因。

二、黛玉病態的影響

「小病病在身體，大病病在社會」。細讀《紅樓夢》不難發現，小說中疾病的發生大多數是在青年人的身上，而這種種疾病，無論是生理上的還是心理上的都與他們所處的家庭和社會環境有關。醫學上的病情和生活環境的病態造就了這般絢麗夢幻而又藥性十足的《紅樓夢》。

以黛玉為例，書中常以多愁善感、鬱鬱寡歡、病態奄奄的形象示人。黛玉的病情在她與寶玉交往過程中充分體現，尤其在寶玉和寶釵成親的章節中推向了高潮，焚稿斷痴情時，黛玉還在不停地咳嗽吐血。這個病症在現代醫學來看是典型的肺結核，書中解釋為「因平時鬱結所致」。可見，黛玉的疾病不僅是她自身的生理原因，還有很大部分是她孤獨無依的生活、疑心過重、與寶玉愛情沒有結果等多種因素造成的。黛玉的病是先天痼疾、無名之症，後遍訪名醫、久治不愈、不可根治。如此頑疾導致她身體羸弱、憂傷思慮、多愁善感，時時處處都要小心謹慎，吃的藥勞民傷財、又恐引人不滿。身體疾病和心理疾病的雙重壓力也是導致她與寶玉愛情悲劇的原因之一。

縱觀全書，「憂鬱病」不僅是黛玉的特徵，也是整個賈府中人的通病。「憂鬱病」的困擾和賈府病態的生存環境，兩種病態的交融是小說中更深層次的精

---

[1] 【清】曹雪芹著：《紅樓夢》，人民文學出版社 2008 年版，第 606 頁。

神世界。人物疾病中蘊含了腐敗、隱晦、造作、悲情的諸多因素，是在病態的
生活環境中催生的產物。所謂「心病還須心藥醫」，而身處賈府這樣一個視愛
情為「淫亂」、視反抗為悖逆的地方，他們的心病不但得不到醫治，反而一天
天加重。《紅樓夢》中各色人等的抑鬱病症與他們所生活的環境以及封建禮教
的壓迫有很大關係。

> 疾病和死亡隨時隨地都會發生，病態不僅是作品中人物的生存方
> 式，而且也是賈府的特點，青年人的不治之症正好與賈府的衰敗相協
> 調，因為疾病蘊含著軟弱、厭惡和悲觀等諸多情緒，並且是身體和精
> 神衰敗的象徵。①

封建大家長們雖擁有健康的身體，但在心理與精神上却患有重症。他們處
處維護著封建禮教和封建秩序，對上，打著忠孝的幌子徇私舞弊、貪贓枉法，
對下，用封建禮教束縛人心，不知葬送了多少年輕無辜的生命。《紅樓夢》以
隱曲之筆寫出了無病之人的大病，有病之人的不堪病痛，為封建末世敲響了喪
鐘。」一部《紅樓夢》寫出多少辛酸事，「作者就像一位高明的醫生，準確地把
握住了整個封建時代的脉搏，並且用手中的筆寫出了一個個行將就木的病態之
人，同時也毫不留情的揭露了這個病態社會。」②

---

① 郭雲：〈論《紅樓夢》疾病描寫的藝術作用〉，《赤峰學院學報》2010 年第 31 期，第
78-79 頁。

② 高慧娟：〈《紅樓夢》中的疾病主題〉，《南都學壇》2006 年第 26 期，第 49-51 頁。

向賈母學習如何優雅而睿智地老去

黃毛毛

內容摘要：《紅樓夢》中賈母是濃墨重彩的核心人物之一，是賈府中真正的大家長。賈母是侯爵史家的千金，後嫁入公爵府賈家授誥命夫人，歷經家族史中最輝煌的盛世階段。至晚年，成為寧榮二府中輩分最高的老祖宗。得享高壽的賈母，沒有被年齡消磨掉生命能量和審美熱情，而是成為了懂得生活趣味、善於經營生活的高級別生活家。賈母睿智優雅地老去，離不開物質的基礎保障和心靈的修煉升華。從侯爵到公爵府，高門貴府的雄厚實力為賈母的廣博見聞、超俗品味提供了物質基礎；從千金到當家人再到享有絕對母權的老祖宗，賈母以高度的識人之明、處事之智，統攝家族培育子孫，使其得享尊崇；此外，賈母更是以積極健康的態度，對生命與美的熱愛，經營出心靈的美好歸宿。

關鍵詞：賈母；優雅睿智；物質條件；心靈修養；貴族風範

「長命百歲」是人類對自身壽命美好的期望，也是對永生長存的嚮往。但是由於多種因素影響，對於眾生而言「長命百歲」並非易事。古代的人均壽命不超過 50 歲，所以有言「人生七十古來稀」，若超越此壽數則更是罕見。

《紅樓夢》訴榮、寧二府之興衰，描刻書中人物近千，賈母出場時便已年過七旬，以賈家嫡傳「代」字輩中僅存的碩果，成為榮寧二府的大家長。此時「賈、史、王、薛」四大家族都已經傳承到第三、第四代人執掌家事，例如賈府的賈母之子賈赦、賈政，王家則是賈母之媳王夫人的哥哥王子騰，史家則是賈母的侄子史鼎、史鼐，都已是賈母的後代晚輩。見證了家族數代傳承的賈母依舊身體康健、思維敏捷，「老壽星」這個稱謂名副其實。在人均壽命短、生活水平低下的古代，一位賈母為何能夠如此高壽，且數十年享受著高品質的生活，離不開高水準的物質基礎和自身的修煉。

一、優渥的物質條件

《紅樓夢》中世家大族的崛起興衰大都和清朝世襲制度相關。順治帝入關之後，根據王公攻城略地的戰功封爵授勛，其中功勞最大的可恩賞「世襲罔

替」，例如禮親王為首的八大鐵帽子王，此種世襲制度《紅樓夢》書中也多有投射。在世襲過程中多實行的是隨代降等承襲，即一般親王子孫的世襲王位都是每代降一等承襲，例如由「親王——郡王——世子——貝勒——貝子——國公」一路遞降，最後成為閑散宗室。書中非皇室宗親的賈家也不例外，「一等榮國公」世襲到第三代賈赦已是「一等獎軍」，寧國府的則由「一等寧國公」賈演——「一等神威將軍」賈代化——「三品爵威烈將軍」賈珍。且世襲制度規定僅能封襲數代，若想延續家業，則必須以科舉之路謀求官職以保家世。例如書中第二回介紹林黛玉的父親：「林如海姓林名海，表字如海，乃是前科的探花，今已升至蘭台寺大夫。……原來這林如海之祖，曾襲過列侯，今到如海，業已經五世。起初時，只封襲三世，因當今隆恩聖德，遠邁前代，額外加恩，至如海之父又襲了一代；至如海，便從科第出身」[1]。所以世家承襲是一個由盛漸衰逐級遞減的過程，處在不同承襲的階段便有著不同等級的福利待遇，以及面臨不同的家族運勢。

賈母來自「阿房宮，三百里，住不下金陵一個史」[2] 的史家，父親是保齡候尚書令史公，賈母自小長在世襲初期尚在鼎盛階段的貴族世家，受訓的是高門大家的禮教涵養，見人所未見，聞人所未聞，日常的聲色娛樂也都是高水平藝術化的熏陶，經過了公主般的美好歲月，成長為才德兼備的「世家明訓之千金」。書中第五十四回元宵夜宴時，賈母指著史湘雲道「我像他這麼大的時節，他爺爺有一班小戲，偏有一個彈琴的湊了過來，即如《西廂記》的《聽琴》，《玉簪記》的《琴挑》，《續琵琶》的《胡笳十八拍》，竟成了真的了。」[3] 第七十六回中，「賈母因見月之中天，比先越發精彩可愛，因說：『如此好月，不可不聞笛。』隨吩咐說「音樂多，反失雅致，只用吹笛的遠遠吹起來就夠了。」[4] 賈母的這種品味必不是暴富的第一代新貴能懂的，而是經歷數代優渥的物質條件積

① 【清】曹雪芹著：《紅樓夢》，人民文學出版社 2008 年版，第 23 頁。
② 【清】曹雪芹著：《紅樓夢》，人民文學出版社 2008 年版，第 58 頁。
③ 【清】曹雪芹著：《紅樓夢》，人民文學出版社 2008 年版，第 741-742 頁。
④ 【清】曹雪芹著：《紅樓夢》，人民文學出版社 2008 年版，第 1057-1058 頁。

累和文化藝術積澱，自幼在貴族世家中培養出來的超凡脫俗的品評眼光。生長在世家承襲初期的賈母不能不說是幸運的。

嫁入賈府後，賈母成為了榮國公賈源的媳婦、賈代善的髮妻。婚後的賈母以自己的非凡才智和聰慧幹練，兼有史家聯姻的背景，成為賈府治家之人，且與丈夫鶼鰈情深，生育嫡子二位，可知其婚後生活優越。寶釵道「我來了這麼幾年，留神看來，鳳丫頭憑他怎麼巧，再巧不過老太太去。」[1]；李紈道：「鳳丫頭仗著鬼聰明兒，還離（老太太）腳踪兒不遠，咱們是不能的了。」[2] 在衆人眼中當家理事、才能卓越、出類拔萃的鳳姐，跟賈母一比却是略遜一籌。賈母自己也曾說過：「當日我像鳳哥兒這麼大年紀，比他還來得呢。他如今雖說不如我們，也就算好了。」[3] 賈母當年管家的精明幹練、風光無兩由此可見。第四十回中，賈母教導鳳姐，「那個紗，比你們年紀還大呢。……正經名字叫做『軟烟羅』。……這是如今上用內造的，竟比不上這個（軟烟羅）。」薛姨媽笑道：「別說鳳丫頭沒見，連我也沒聽見過。」[4] 後期在賈府青黃不接之時，賈璉向鴛鴦央告「暫且把老太太查不著的金銀傢夥，偷運一箱子來，暫押千數兩銀子，支騰過去。」[5] 賈母的個人財產可見一斑。賈母的少婦時期正當賈府這個百年大家族史上最輝煌的盛世，既避免了創一代的艱辛，又尚未落入降等承襲的窘迫。賈母又有著極强的個人能力，可想而知年輕時代的賈母是鳳姐的進階。

自國公爺賈代善過世後，賈母「我進了這門子作重孫子媳婦起，到如今我也有了重孫子媳婦了，連頭帶尾五十四年，憑著大驚大險千奇百怪的事，也經了些。」[6] 歷經歲月打磨，賈母不僅未隨年老而退化，反而越發淡定通透，深水靜流，成為寧、榮二府的嚴君慈母，繫百年家風於不墜。在這個階段成為「老

① 【清】曹雪芹著：《紅樓夢》，人民文學出版社 2008 年版，第 464 頁。
② 【清】曹雪芹著：《紅樓夢》，人民文學出版社 2008 年版，第 989 頁。
③ 【清】曹雪芹著：《紅樓夢》，人民文學出版社 2008 年版，第 464 頁。
④ 【清】曹雪芹著：《紅樓夢》，人民文學出版社 2008 年版，第 532-533 頁。
⑤ 【清】曹雪芹著：《紅樓夢》，人民文學出版社 2008 年版，第 997 頁。
⑥ 【清】曹雪芹著：《紅樓夢》，人民文學出版社 2008 年版，第 631 頁。

祖宗」、大家長的賈母，也在各個方面受到家族的供養。第七十五回，「賈母見自己的幾色菜已擺完，另有兩大捧盒內捧了幾色菜來，便知是各房另外孝敬的舊規距。」① 第三回中，林黛玉初到賈府，隨王夫人前往與賈母共餐，「賈珠之妻李氏捧飯，熙鳳安箸，王夫人進羹。賈母正面榻上獨坐，……。旁邊丫鬟執著拂塵漱盂巾帕，李、鳳二人立於案旁布讓。」② 從眾人對賈母日常飲食的伺候上，便可看出賈母作為家族的精神支柱，權力的金字塔尖的地位。

賈母的一生，尤其是前半生處在家族穩定發展、欣欣向榮的階段，良好的經濟基礎和家庭環境為她能够優雅地老去提供了必要的物質條件。對比來看，鳳姐和探春作為賈母之下的第三代管家之人，處在不同與賈母的家族日漸沒落的情勢下，所以，不僅要面對艱難維繫家族榮光的壓力，還缺乏足夠穩定的環境和時間來增長閱歷積澱經驗，可以料想得到的是，未來的她們，必然無法達到像賈母一般「五福兼具」。（《尚書·洪範篇》：人生有「五福：一曰壽，二曰富，三曰康寧，四曰攸好德，五曰考終命。」③）

二、以母權作為自我價值的保障

在賈府內部這個以血緣關係建立起來的親族世界中，賈母位居金字塔尖而手握無上權力。賈母手中的母權高張，和中國傳統文化獨尊儒家，而儒家又特別重視孝道密切相關。「中國歷史上的女權雖低，但母權却不低。」④ 當女性作為女兒和妻子時，她的權力受到「父權」和「夫權」深深的壓抑和節制，但是一旦出嫁後丈夫過世，這位母親成為寡母，便從「父權」和「夫權」中解放出來，並且獨占所有的親權，成為一家之主，家中的最高權威。在傳統社會的家庭中，「父權是唯一最高的權力，但當父親的母親仍然存在時，這個家庭的母權

① 【清】曹雪芹著：《紅樓夢》，人民文學出版社 2008 年版，第 1043 頁。
② 【清】曹雪芹著：《紅樓夢》，人民文學出版社 2008 年版，第 46 頁。
③ 杜澤遜主編：《尚書注疏彙校》，中華書局 2018 年版，第 1752 頁。
④ 子宛玉編：《風起雲涌的女性主義批評》，臺灣：谷風出版社，1988 年版，第 139 頁。

就占了優勢。」① 如此一來，母親在家庭中的重要性，對女性，尤其是寡母，在男權社會中取得權力和地位起到了舉足輕重的影響。歷史上多位女性在成為寡母後取得了至高的權力和地位，如武則天和慈禧太后。還應注意到，母親對兒子而言，不僅是權力的代表，實際上在母子之間還存在著特別的感情關係。「一個男子一生中最熟悉並且可以公開地、無所顧忌地熱愛的唯一女性往往是他的母親；同樣地，一個女子一生中可以毫無保留地付出情感，又可以無所畏懼地要求他對自己忠誠、熱愛和感激的唯一男性就是她的兒子」②。若是父親早逝，孤兒寡母相依為命，彼此相濡以沫，母子間的情感聯繫將會更加緊密。

賈母的丈夫在兒子賈政幼年時期便已過世，賈母以寡母身份逐漸獲得了家族的最高領導權，站上了賈氏家族的金字塔頂端。在一個以男權為中心的父系時代，能夠獲得權力的女性，在心理上能夠獲得自我價值的認可，在實際生活中可以實現心中所想，通俗而言，賈母手中的母權在一定程度上保障了她的心靈愉悅。書中第三十三回講到賈政動用父權重打寶玉，卻驚動了溺愛寶玉的賈母，於是賈母以「父親的母親」行使這一至高無上的母權，挫頓父權。以「可憐我一生沒養個好兒子」，「未必想著你是他母親」的話語指控賈政的不孝，致使賈政含淚跪下叩頭哭泣，苦苦叩求認罪，承諾「從此以後再也不打他了」。這裏除了寡母的權威之外，還有母子之間由衷赤誠的深切情感。

中國傳統男權社會裏，女性基本無權力可言，無人身自由——女子不可拋頭露面；無經濟自由——女子不可獨立謀生；無受教育的自由——女子無才便是德；無思想自由——女子的三從四德，只能依附於男性生存，始終作為男性的附屬。書中的眾多女性都逃不過被安排的命運，迎春被親生父親賈赦賣予中山狼孫紹祖而後一命嗚呼；邢夫人被逼無奈為丈夫賈赦求納鴛鴦；寧國府當家奶奶尤氏手中無實權，也只能一味順從賈珍委曲求全。而賈母通過寡母這一

---

① 劉維開：〈傳統社會下我國婦女的地位〉，《社會建設》1979 年第 36、37 合刊，第 85 頁。
② 歐麗娟：《大觀紅樓 2：歐麗娟講〈紅樓夢〉》，北京大學出版社 2017 年版，第 296 頁。

身份，以手中的母權之劍，獲得相對一定的話語權，是賈母心靈愉悅的保障之一，而心情舒暢則是健康長壽的基礎之一。

三、自我修煉是獲得心靈自由的基礎

一手掌錢，一手握權，賈母的長壽之路獲得了非常重要的兩個外部條件。但如果僅有物質基礎，而缺少心靈品質的淬煉升華，人格的自我塑造完善，也可能會成為雖然富有但面目可憎的老人。賈母之所以能夠優雅而睿智地老去，得到心靈上的富足溫暖，享受真正高品質的生活，與其自身修煉密不可分。賈母在歲月的淬煉下，在對賈氏家族的管理和庇護過程中，完成了自我修煉。

（一）溫暖待人雨露均沾。評點家二知道人有一評：

> 賈媼生二子：曰赦，曰政；一女曰敏。赦之所出，媼愛其媳；政之所出，媼愛其子；敏身後只一女耳，媼則千里招來，視如性命。媼之愛，公而溥矣。中秋家宴，赦尚以父母偏愛之笑談陳於膝下，是誣其母矣。[1]

二知道人這一觀點是對賈母偏心說的另一種解讀，賈母疼愛子女，除了體現在子女自身身上，還體現在子女所出的子女身上，在對孫子輩的疼惜上，賈母不僅疼愛賈政之子賈敏之女，亦疼愛賈赦之子和媳，並無偏頗。

賈母不單疼愛身邊人，對青年喪偶的孫媳婦李紈，對寄人籬下的史湘雲，對祝壽上門的遠房親戚喜姐和四姐，對前來回禮答謝的劉姥姥，都給予了憐愛和疼惜，尊重與體恤，甚至偶然遇到清虛觀中無意衝撞了鳳姐的陌生小道士，賈母都能以禮相待，以愛體恤，「倘或唬著他，倒怪可憐見的，他老子娘豈不疼的慌？」[2]。雖身處高位，却能溫暖俯望，賈母的長壽與這種寬厚的心境不可說無關。

（二）豁達心境隨緣而安。第五十二回鳳姐奉承賈母道：「老祖宗只有伶俐

---

① 【清】二知道人：《紅樓夢說夢》，一粟編：《紅樓夢資料彙編》，中華書局 1964 年版，第 87 頁。

② 【清】曹雪芹著：《紅樓夢》，人民文學出版社 2008 年版，第 393 頁。

聰明過我十倍的，怎麼如今這樣福壽雙全的？只怕我明兒還勝老祖宗一倍呢！我活一千歲後，等老祖宗歸了西，我才死呢。」賈母聽了笑道：「眾人都死了，單剩下咱們兩個老妖精，有什麼意思。」① 由此可見，賈母喜愛的是與家人分享快樂生活與共，而非長生不死。賈母不戀棧生命，坦然接受衰老和死亡，盡力把握人生的本質，好好享受當下的精彩。第七十五回，中秋佳節之際，傳來甄府抄家的噩耗，「賈母聽了正不自在，恰好見他姊妹來了，……賈母點頭道：『咱們別管人家的事，且商量咱們八月十五是正經。』」② 甄家同賈家屬同一派系，甄家被抄賈母心裏很不好受。不過賈母那顆經過「大驚大險千奇百怪的事」的心，不再是年少時期乍然遇事的大喜大悲，取而代之的則是「何妨吟嘯且徐行」的淡然與豁達。歷經四代數十餘年，眼見多少人世的跌宕起伏，賈母對於交往親厚的世交遭此大難，冷淡反應的背後，並非是無情，而是對於命運缺憾的接受，是另一種堅韌。賈母站在權力之巔時，並不戀棧權力、唯我獨尊，面對生死也並不恐懼死亡、追求永生，面對人生起落能夠坦然盡力、豁達放下，這份成熟智慧也是賈母長壽的重要心理素質。

（三）庇護青春與生活情趣。可以說在賈府之中，賈母是最懂得欣賞各種美的一位，對自然之美、音樂之美、色彩之美，賈母都有著高雅精緻的審美意趣，這些生活雅興和審美情趣給賈母的生命帶來源源不斷的滋養。那個喜歡下雨下雪、賞花賞月的老太太，擁有著一顆少女般多情的心。（賈母道）「如此好月，不可不聞笛。……音樂多了反失雅致，只用吹笛的遠遠的吹起來就夠了。……這還不太好，須得揀那曲譜越慢的吹來越好。」③「（賈母道）『就鋪排在藕香榭的水亭子上，借著水音更好聽。』」④……「不一時，只聽得簫管悠揚，笙笛並發，正值風清氣爽之時，那樂聲穿林度水而來，自然使人神怡心曠。」⑤

① 【清】曹雪芹著：《紅樓夢》，人民文學出版社 2008 年版，第 702 頁。
② 【清】曹雪芹著：《紅樓夢》，人民文學出版社 2008 年版，第 1043 頁。
③ 【清】曹雪芹著：《紅樓夢》，人民文學出版社 2008 年版，第 1058-1059 頁。
④ 【清】曹雪芹著：《紅樓夢》，人民文學出版社 2008 年版，第 538 頁。
⑤ 【清】曹雪芹著：《紅樓夢》，人民文學出版社 2008 年版，第 548 頁。

「賈母看了喜得忙笑道：『你們瞧，這山坡上配上他的這個人品，又是這件衣裳，後頭又是這梅花，像個什麼？』眾人都笑道：『就像老太太屋裏挂的仇十洲畫的《艷雪圖》。』」①賈母在生活中，盡情把握、發現、創造美與愛，通過自然、藝術讓生命更加鮮活生動。

賈母不僅喜歡自然之美，藝術之美，更喜歡青春之美。第三十八回，湘雲請賈母在藕香榭中賞桂花，賈母曾說道自己小時候家中也有這麼一個亭子叫枕霞亭，小時候的賈母很頑皮，從亭子上摔到水裏去了，額頭受了傷，那個傷疤到現在還在。當一個老太太摸著當年留下的傷疤，滿眼都是同當年自己一般的孩子，少女時期的某些記憶就回來了，她的青春忽然也回來了。她以大觀園之有形，以真心疼惜之無形，保護著這班青春。賈母非常鼓勵年輕的孩子們，甚至有一點縱容，在生命最燦爛的時刻去追求他們的青春，賈母也在與這群孩子的青春交織中一同享受愛與美的精彩。

賈母是家族中的嚴君慈母，知識豐富，見聞廣博，品味超俗，其福其壽，實為稀有。除了先天家庭的優越條件，賈母也通過後天種種修煉讓自己成為了「五福俱全」的幸運者，完善了一段漫長的人生。賈母不像王熙鳳工於心計，不像林黛玉多愁善感，不像尤三姐猛烈剛強，不像賈迎春柔弱懦怯，賈母就像是賈府的大地之母，以超出清新、美麗、純潔之上更雄偉的力量，給予溫暖、保護，讓每一個生命不分高低貴賤地接受庇護。賈母也在這個過程中，把年輕的飛揚轉化為深厚與沉穩，把熾熱的燃燒沉澱為文火般持久的溫暖，優雅而睿智地老去。

---

① 【清】曹雪芹著：《紅樓夢》，人民文學出版社 2008 年版，第 681 頁。

自強性格與悲劇命運：賈探春論

楊紅玲

內容摘要：通過對金陵十二釵的身世背景的分析，其中之一的賈探春也不能逃離悲劇命運。但是不同人物又有各自的人物特點，賈探春與眾不同的自強性格，進一步反襯出該人物的悲劇性色彩。

關鍵詞：賈探春；自強性格；悲劇命運；

賈寶玉在警幻仙姑的指引下夢遊太虛幻境，在薄命司看到薄命女子的生平判詞，而這金陵十二釵也都是寶玉身邊的女子。雖然紅樓夢裏面的人物性格各异，有著不同的人生未來，很像我們現今傳統大家族一樣，各家的孩子有各家的出息，但是從作者的角度來看，這十二釵的命運都是可悲的。十二釵判詞和紅樓夢曲給了我們對於這些人物的分析和遐想的空間[①]。

林黛玉與薛寶釵，一位「玉帶林中掛」[②]，風雨漂泊，終無歸所，猶如掛在樹枝上的帶子；一位「金簪雪裏埋」[③]，即使閃閃發光，但也只能埋藏起來不能發光。

元春雖然嫁入皇家，「虎兕相逢大夢歸」[④]，也沒有落得壽終正寢；更不用說迎春「一載赴黃粱」[⑤]，為人懦弱，整個一生都沒有好的歸宿；惜春也是「獨臥青燈古佛旁」[⑥]，看破人生冷暖；鳳姐「一從二令三人木，哭向金陵事更哀」[⑦]，即

---

① 王棋君：〈十二金釵判詞和紅樓夢曲悲劇意蘊的五個層次〉，《烏魯木齊職業大學學報》2014 年第 4 期，第 8-9 頁。

② 【清】曹雪芹著：《紅樓夢》，人民文學出版社 2008 年版，第 76 頁。

③ 【清】曹雪芹著：《紅樓夢》，人民文學出版社 2008 年版，第 76 頁。

④ 【清】曹雪芹著：《紅樓夢》，人民文學出版社 2008 年版，第 76 頁。

⑤ 【清】曹雪芹著：《紅樓夢》，人民文學出版社 2008 年版，第 77 頁。

⑥ 【清】曹雪芹著：《紅樓夢》，人民文學出版社 2008 年版，第 78 頁。

⑦ 【清】曹雪芹著：《紅樓夢》，人民文學出版社 2008 年版，第 78 頁。

使能力再強，最終也沒有好的下場；李紈「枉與他人作笑談」①，雖處於錦衣玉食之中，但是無德無才，沒有了人性特點；妙玉「可憐金玉質。終陷淖泥中」②，最終被人姦汙；巧姐「家亡莫論親」③，出生富貴，可惜最後也要逃亡避免成為他人奴才；秦可卿雖然人美會做事，可是與公公有染，年輕早夭；史湘雲也算是結合林黛玉和薛寶釵的優點，但是出生和婚姻不幸；探春「清明涕送江邊望，千里東風一夢遙」④，命運最終也是悲劇。

對《紅樓夢》「披閱十載，增刪五次」的曹雪芹在用字造詞上惜墨如金，但是專門用「回」來描寫人物是十分罕見的。整部巨作中只有兩個人有此殊榮。一個是在第十三回、十四回描寫王熙鳳如何協理寧國府，另一個就是在第五十五回、五十六回描寫賈探春如何管理大觀園。可見探春這個人物對於整部《紅樓夢》的重要之處。

探春人物的出場是由林黛玉進賈府的印象展開的：

> 削肩細腰，長挑身材，鴨蛋臉兒，俊眼修眉，顧盼神飛，文彩精華，見之忘俗。⑤

除了林黛玉的評價，賈寶玉對於探春結詩社，也是甚合心意，想著「倒是三妹妹的高雅」⑥。賈母在因為賈赦納妾鴛鴦之事無人出頭之際，探春出面辯駁，引賈母感慨：

> 虧得我這三丫頭是有心的人，又回來分辨分辨，方有了個臺階給我下⑦。

---

① 【清】曹雪芹著：《紅樓夢》，人民文學出版社 2008 年版，第 78 頁。
② 【清】曹雪芹著：《紅樓夢》，人民文學出版社 2008 年版，第 77 頁。
③ 【清】曹雪芹著：《紅樓夢》，人民文學出版社 2008 年版，第 78 頁。
④ 【清】曹雪芹著：《紅樓夢》，人民文學出版社 2008 年版，第 77 頁。
⑤ 【清】曹雪芹著：《紅樓夢》，人民文學出版社 2008 年版，第 38-39 頁。
⑥ 【清】曹雪芹著：《紅樓夢》，人民文學出版社 2008 年版，第 486 頁。
⑦ 【清】曹雪芹著：《紅樓夢》，人民文學出版社 2008 年版，第 624-625 頁。

王熙鳳對探春的評價也是連用三個好字，

> 好，好，好，好個三姑娘！我說他不錯。①

《紅樓夢》中的人物能得到王熙鳳的誇獎也是絕無僅有②。曹雪芹做詩云：

> 才自精明志自高，生於末世運偏消。清明涕送江邊望，千里東風
> 一夢遙。③

探春給人留下的第一良好印象，無論從形象還是能力，都說明探春是一個足夠優秀的人。也為她的自強性格和悲劇命運埋下了強烈的伏筆。

一、賈探春的自強性格

（一），聰明的人懂得如何去爭氣，而不是自怨自艾。探春的生母一副鄉井市人的嘴臉，經常做壞事或講壞話，而且她的親弟弟賈環也經常惹是生非，下流猥瑣，賈府裏面沒有人瞧得起他。探春很明白，在這個嫡庶有別，尊卑分明的賈府裏面，如果不能靠自己的能力出眾，只會像趙姨娘或賈環那樣，沒有地位和尊嚴，不會有人看得起或待見的。所以她要靠自己的聰明才智贏得這個家庭裏面有重要地位的人物的喜歡和欣賞，包括賈母、王夫人、寶玉、黛玉甚至是家裏的那些下人。所以當趙姨娘針對王熙鳳和賈寶玉做壞事的時候，探春早就和自己的生母兄弟站在了對立面，也走上完全不同的道路。趙姨娘的無知反襯出探春的明理，趙姨娘的心思狹隘反襯出探春的心胸廣闊，趙姨娘的自私自利反襯出探春的一心為公。她並沒有因為有這樣的生母，受到這樣的對待而無法找到自己的位置，相反，她可以在這一片迷霧中找到自己的方向並為之不斷努力。靠著自己的努力和付出，得到別人的認同，找到自己的位置。

---

① 【清】曹雪芹著：《紅樓夢》，人民文學出版社 2008 年版，第 758 頁。
② 郭海清：〈補天之才與末世之命 -- 賈探春形象分析〉，《岳陽職工高等專科學校學報》2003 年第 18 期，第 2 頁。
③ 【清】曹雪芹著：《紅樓夢》，人民文學出版社 2008 年版，第 77 頁。

（二），為人處世有分寸，又有真性情。在《紅樓夢》女子人物圖鑒中，探春的形象十分全面，沒有那些身體柔弱、性格懦弱、懷有心機等等的缺點，而是處處都可以獨當一面，作為學習的楷模。賈母罵錯王夫人，其他人包括寶玉、鳳姐等等都噤若寒蟬，唯獨探春出言解圍，還博得賈母讚賞。探春的公道做法，而且別人都不敢做的事情，探春認為是正確的去做了，不得不說即使在現代社會，有多少人會為不公正的現象仗義執言，這樣的人也是一股清流。探春有膽量、有擔當，也有智慧。在打理大觀園中，眾人原本瞧不起探春，沒想到發現：

> 只三四天後，幾件事過手，漸覺探春精細處不讓鳳姐，只不過是言語安靜、性情和順而已。①

探春做事能力強如鳳姐，又不像鳳姐一般咄咄逼人。應該說，與這樣的領導相處，不僅可以把事情做好，還可以做得開心。可見探春的處事能力比鳳姐還要略高一籌。

（三），沒有靠山的人，只能讓自己成為別人的靠山。脂硯齋批註：「探春看得透，拿得定，說得出，辦得來，是有才幹者，故贈以『敏』字。」②在多個場合中體驗探春是做事靠得住的人。探春作為賈府裏面的直系血親，除了寶玉就是探春了，無論是黛玉還是寶釵都算是客。客隨主便，探春領頭組建海棠詩社，也是很有擔當。另外也唯有探春敢於和賈母辯解，在鴛鴦事件中為王夫人解圍；在管理大觀園中，敢於操持家務，整頓風氣，進行改革，節省開支的同時還創造收入；查賭事件中，做對家族有利的事情，也不怕得罪人，即使是姐姐迎春的乳母，但也是為姐姐撐腰，怒斥奴才，整治這種不良風氣；在抄檢大觀園的時候，面對別人的懷疑和斥責，探春態度強硬，維護自己的丫鬟，只讓抄檢自己的東西，自己下屬的東西一概都不能動，有問題自己來擔當；敢於和

---

① 【清】曹雪芹著：《紅樓夢》，人民文學出版社 2008 年版，第 749-750 頁。

② 【清】曹雪芹著《戚蓼生序本石頭記》，人民文學出版社 2006 年版，第 2142 頁。

不懷好意的人爭辯，甚至給出一記耳光，分清主次尊卑。她說：

> 我但凡是個男人，可以出得去，我必早走了，立一番事業，那時自
> 有我一番道理①。

心有男兒志，可惜女兒身②。在當下的社會倫理制約下，探春的這一番肺腑之言是難能可貴。可貴之處是探春對於自己的能力與定位有著清醒的認識，也看得透自己的受制約之處。在那個時代就發出對自己命運的吶喊，也代表著能夠看透人生社會的精神境界。

二、賈探春的悲劇命運

（一），倫理綱常的身世註定。探春是賈政的庶出女兒，生母是趙姨娘，賈政的妾，所以探春的嫡母是王夫人。在古代綱常倫理中，王夫人才是她名義上的母親，她對生母也只能叫姨娘，在地位上是屬於奴才與主子的區別。她遵從儒家的禮，只認嫡母不認生母。當然我們不能用現代人人平等的觀念去評價探春與嫡母和生母的關係，反而在當時環境之下，孝敬嫡母才是真正的道德。也只可惜趙姨娘本身愚昧，賈府上上下下都對趙姨娘沒有很好的評價。探春秉持傳統的道德觀念，也讓她在面對趙姨娘時冷若冰霜，極力地切割自己與趙姨娘的身世關係。如在趙姨娘怪罪探春不幫襯自己的舅舅的時候，探春說明了王夫人那邊的親戚才是自己的舅舅，趙姨娘這邊的並不是。但是王夫人對這個女兒的看待也並不能完全如同自己的寶玉那樣，王夫人不會像關心寶玉那樣關心探春，也不會把她摟在懷裏。對於這個女兒，王夫人更多的是器重。鳳姐在誇獎探春的時候，也不忘歎息一聲：

---

① 【清】曹雪芹著：《紅樓夢》，人民文學出版社 2008 年版，第 752 頁。
② 陸嘉怡：〈責任意識與女性覺醒：賈探春人物形象分析〉，《文學教育（下）》2018 年 10 期，第 67-69 頁。

我說他不錯。只可惜他命薄，沒托生在太太肚裏。①

（二），看透大家族後帶來的失望。在王熙鳳因為小產不得不休息，王夫人指派探春、寶釵、李紈負責管家時，她已經看到這個看起來風光體面的大家庭，其實已經在下坡路的邊緣。她想要通過自己的一些努力改善目前的狀況，但是卻得不到大家的支持和理解。除了她以外，無論是賈母、王夫人，還是上上下下老老小小，都不能接受甚至不願接受賈府衰落的事實，她們依然用盡最後的資源維持著往日的繁華，所以我們可以看到在探春面對王夫人鳳姐查抄大觀園的時候，那種深刻的失望：

> 可知這樣的大族人家，若從外頭殺來，一時是殺不死的，這是古人曾說的「百足之蟲，死而不僵」，必須先從家裏自殺自滅起來，才能一敗塗地！說著，不覺流下淚來。②

她這發自肺腑的吶喊，是為這大家族即將面臨的悲劇的最終闡述。她不僅憤怒於自家人抄自家人的這種荒唐行徑，還預見到賈府未來的衰落。作為一個庶出的貴族小姐身份，她既體會得到底層人的生活，也看得到上層人的生活。她對於這個大家族的體會比誰都多，最終得到的是最深的失望。而這深深的失望，也是來源於她對這個家族的歸屬感太強。可以說她的身份需要她對這個家族的認同，否則跟下人無分別；或者可以說她比誰都真正愛這個家族，因為即使自己在面臨屋子被抄，想到的不是自身利益，而是這個家族的利益和未來。相比其他人，每個人都考慮的是自己的利益：賈母王夫人要維持生活的體面，王熙鳳利用職權充實私房錢，賈寶玉只管自己，完全沒有嫡子的擔當，李紈只在乎自己的兒子……有心而力不足在探春身上得到了淋漓盡致的體現。

（三），遠嫁的命運。「十二釵」的命運其實都早已註定，入在「薄命司」冊子當中，而探春的命運則是遠嫁海疆。書中也有多處暗喻，「一帆風雨路

---

① 【清】曹雪芹著：《紅樓夢》，人民文學出版社 2008 年版，第 758 頁。

② 【清】曹雪芹著：《紅樓夢》，人民文學出版社 2008 年版，第 1030 頁。

三千，把骨肉家園齊來拋閃」揭示這探春的身世命運。自古女子不遠嫁，遠嫁則意味著與自己的親人天各一方，再無機會相見。所以探春出嫁，相當於跟賈府一刀兩斷，這對於真愛這個大家族的探春來說無疑是一種感情的折磨。而且探春是在一個並不應該出嫁的日子，本來是掃墓祭祀的日子，遠走他鄉。而那風箏遊絲的隱喻，也預示著探春遠嫁不會是一個很好的結局。書中多次暗示她因庶出的身份是無法嫁到一個好人家的，王熙鳳是個明理的人，她說到：

> 將來作親時，如今有一種輕狂人，先要打聽姑娘是正出是庶出，多有為庶出不要的。殊不知庶出只要人好，比正出的強百倍呢①。

同樣是賈府的小姐，嫁到皇宮的是嫡女賈元春，嫁給探花林如海的是嫡女賈敏，而庶女賈探春只能遠嫁，其他幾位庶女也都沒有一個好的婚姻。

探春在《紅樓夢》裏是一個喜與悲非常明顯的人物。但是她的每一選擇，都不是能夠自己選擇的，她的幸與不幸都是命運安排好的。只是在這個過程中，她就像是在囚籠裏的鳥兒，不停地盡力歡唱，但永遠也飛不出這籠子。作為《紅樓夢》「十二釵」裏的人物，探春雖然已經算得上生活順遂，但是依然是一個悲情角色，這個悲情是由她的出生和結局就已經決定了的。不得不為探春惋惜，假使她是嫡女，那至少可以擁有一個無憂無慮的童年，後續的操持大家庭也更加名正言順，不用顧忌他人眼光；或者假使她是出生在盛世人家，做一位持家有道，德才兼備的夫人；又或者假使她是一位男丁，恐怕就可以考取功名，出將入相，做一番大事業，甚至會拯救賈家的沒落，影響整個賈府的命運；而《紅樓夢》中當下的時間，當下的地點，都讓她無處脫身。

或許曹公在給取名「探春」已經暗示她遠嫁他鄉後生活如同探索新的春天來臨，又是另一番新景象。

---

① 【清】曹雪芹著：《紅樓夢》，人民文學出版社 2008 年版，第 758 頁。

她有多墮落，就有多癡情

楊明華

內容摘要：在《紅樓夢》中，尤三姐是曹公筆下眾多女子中筆墨不多、卻極為特別的存在。尤三姐以她萬人不及的絕代風華和倔強剛烈的個性，格外耀人眼目。她在書中並不是一個重要人物，只占了三四回的篇幅，卻是最讓人感到痛快淋漓和跌足扼腕的人物。她的墮落只為不受欺侮；癡情只為自我救贖，於有情處卻無憎愛。她以那樣決絕的方式，成全了自我。

關鍵詞：尤三姐；自我救贖；剛烈決絕；兩無干涉；潑辣

一、尤三姐生平

在「千紅一窟，萬豔同杯」的《紅樓夢》的諸多女兒形象中，尤三姐是一位特殊的悲劇人物。她出場於第六十四回〈幽淑女悲題五美吟，浪蕩子情遺九龍佩〉、第六十五回〈賈二舍偷娶尤二姐，尤三姐思嫁柳二郎〉和第六十六回〈情小妹恥情歸地府，冷二郎一冷入空門〉。尤三姐，賈珍妻子尤氏的繼母（尤老娘）和前夫所生之女，與賈尤氏異父異母。說到尤三姐，不得不提尤二姐。尤三姐是尤二姐的妹妹，她與尤二姐都是天生「尤物」，特別是尤三姐，長相出色、風情萬種，讓榮、寧二府的幾個好色的公子、老爺，對其垂涎不已，欲罷不能。尤家雖是寧府親戚，表面上關係很近，實際上卻無絲毫平等可言。尤老娘曾說：「我們家裏自先夫去世。家計也著實艱難了，全虧了這裏姑爺幫助。」[1]可見，尤家母女名義上是寧府的親家，實際上卻是仰姑爺賈珍之鼻息、寄寧府之籬下。這就是後來二姐、三姐被賈家男人覬覦、尤老娘也只能睜一只眼、閉一只眼聽憑去罷了。寧府賈敬賓天了，正趕上賈珍外出，府裏辦喪事缺少人手，尤氏便把自己的妹妹們接來，幫忙照料家中事務。賈珍、賈蓉兩父子垂涎尤氏姐妹的美貌，與她們廝混起來。以致尤二姐嫁給賈璉作二房後，賈珍仍不肯放過三姐。但尤三姐決定不再身陷囹圄，她用潑辣作為武器，讓父子二人不

---

[1]【清】曹雪芹著：《紅樓夢》，人民文學出版社 2008 年版，第 899 頁。

敢再輕看她。在她認定柳湘蓮後，就託付姐夫賈璉與之定親。柳湘蓮贈「鴛鴦
劍」為定禮，後湘蓮自己疑惑，覺得事情蹊蹺，要索回定禮，尤三姐在退還「鴛
鴦劍」時拔雌鋒自刎。

二、尤三姐的性格特徵

《紅樓夢》這部偉大的著作是以四大家族的衰敗和女性悲劇為主題的。尤
三姐的出場，使得整個《紅樓夢》的視野擴大到了綻放著大觀園的青春生命以
外的背著「淫奔」罵名的尤物身上。而現代，王昆侖先生在上個世紀 40 年代熱
情地頌揚《紅樓夢》的尤三姐是「一朵怒放在野渡寒塘、出淤泥而不染、可遠
觀不可褻玩的」紅荷花。[①] 尤三姐與眾不同的性格特徵和人生經歷在眾姐妹中
尤為奪目，這一獨特的女性人物形象使得全書的人物塑造更為豐滿完整，增加
了《紅樓夢》的思想內涵和藝術內涵。

（一）自保的潑辣

在整個《紅樓夢》裏，曹公對人物的刻畫上可謂入木三分的。關於潑辣，
至少有三種不同類型的潑辣。晴雯的潑辣是青春美少女的傲嬌與爽利；王熙鳳
的潑辣是當家女人的雷厲風行和專權自大；尤三姐的潑辣則是美麗尤物的剛烈
與決絕。

在六十五回，當賈璉偷娶了尤二姐，又企圖在外宅的夜宴上撮合尤三姐和
賈珍時，尤三姐的反應是，「就跳起來，站在炕上，指著賈璉冷笑」[②]。不僅冷
笑，而且罵起人來也十分爽利，多次運用了市井歇後語以及排比句比如「咱們
清水下雜面——你吃我看」，「提著影戲人子上場——好歹別捅破了這層紙」，
「如今把我姐姐拐了來做二房，偷來的鑼兒——敲不得」，「你別糊塗油蒙了心，
打量我不知道你府上的事。這會子花了幾個臭錢，你們哥兒倆拿著我們姐兒兩

---

① 王昆侖著：《〈紅樓夢〉人物論》，三聯出版社 1983 年版，第 93 頁。
② 【清】曹雪芹著：《紅樓夢》，人民文學出版社 2008 年版，第 908 頁。

個權當粉頭兒來取樂，你們就打錯了算盤了！」[1] 聲聲句句都是對男權社會的控訴和不恥。

住在賈璉的外宅，色膽包天的賈珍時不時地溜進來，尤三姐自知不是長久之計，在婚姻大事上，不是由著糊塗的老娘和二姐做主，而是自拿了主意，讓姐姐往五年前想，要嫁就嫁那老娘生日上裝小生的好人子弟——柳湘蓮，並且許下諾言「若有了姓柳的來，我便嫁他，若一百年不來，我自己修行去了」[2]，還將一根玉簪拔下來，磕成兩段，以此表決心。雖然尤三姐這個人物所著筆墨不多，卻著實令人印象深刻。以潑辣保身，渾然一朵帶刺的紅玫瑰。

（二）覺醒的「淫蕩」

《紅樓夢》中「淫」的含義比較複雜。第五回警幻仙子對賈寶玉說：「好色即淫，知情更淫。」又說：「淫雖一理，意則有別。」[3] 意思是「淫」雖然是指男女關係，但是它的境界有巨大差別。警幻仙子之所以稱賈寶玉為「天下古今第一淫人」，就是因為賈寶玉「知情」。而賈珍、賈璉、賈蓉等則屬於警幻仙子所說的屬於最低級的「皮膚淫濫」之流。那麼尤三姐做為金陵十二釵之一到底是哪種層次的「淫」呢？在尤三姐在書中，尤三姐深知賈珍的本性和二姐先前已失足於賈珍，三姐在酒桌上為求自保，依仗著自己風流標緻，做出許多萬人不及的體態，但及到跟前，卻又擺出一副輕狂豪放，目中無人的光景，令人不敢動手動腳。那晚三姐自己綽起壺來斟了一杯，自己先喝了半杯，摟過賈璉的脖子來就灌，說：「我和你哥哥已經吃過了，咱們來親近親近。」[4] 賈璉嚇得酒都醒了，賈珍也不承望尤三姐這等無恥老辣。弟兄兩個本是風月場中耍慣的，這時卻成了被嘲笑取樂的對象，醜態百出、猥瑣不堪。三姐高談闊論，任意揮霍撒落一陣，竟真是她戲弄了男人，並非男人淫了她。一時她的酒足興盡，也不

① 【清】曹雪芹著：《紅樓夢》，人民文學出版社 2008 年版，第 908 頁。
② 【清】曹雪芹著：《紅樓夢》，人民文學出版社 2008 年版，第 918 頁。
③ 【清】曹雪芹著：《紅樓夢》，人民文學出版社 2008 年版，第 87 頁。
④ 【清】曹雪芹著：《紅樓夢》，人民文學出版社 2008 年版，第 908 頁。

容他弟兄多坐，撑了出去，自己關門睡去了。尤三姐這時展現的霸氣側漏，真乃女中豪傑。不僅如此，「憑是賈珍給了什麼，她毫不客氣，要了銀的、又要金的，要了珠子、又要寶石，稍不順心，連桌一推，衣裳不遂意，不論新整，一概絞碎，使得賈珍未曾隨過意，反倒花了許多昧心錢。」[1] 可見，尤三姐的所謂的「淫蕩」抑或「輕薄」的種種非正常的行為是對賈珍、賈璉之流侮辱自己姐妹人格的有力報復。她不但義正詞嚴，還時不時故意讓賈珍來，使賈珍欲罷不能，欲淫不敢，而尤三姐在以浪治淫、侮辱男權的過程中，心理上獲得了發洩式報復的快感。夜宴這一出，三姐覺悟了。自己本是「金玉一般」的人，豈能再入歧途。

(三) 決絕的自我救贖

尤三姐的鮮明個性還來源於她驚世駭俗的婚姻觀。尤三姐個性潑辣剛烈，不像姐姐尤二姐般任人擺佈，更振聾發聵的是她對於婚姻的觀點：「終身大事，一生至一死，非同兒戲。……這如今要辦正事，不是我女孩兒家沒羞恥，必得我揀個素日可心如意的人，才跟他。要憑你們揀擇，雖是有錢有勢的，我心裏進不去，白過了這一世了。」[2] 錢、權、父母之命媒妁之言，尤三姐在那個年代卻有著現代人的婚嫁觀念並展現出了斬釘截鐵的意志。在她苦苦地與男權抗爭的時候，或許對柳湘蓮的愛和思念是她唯一的力量源泉。後來柳湘蓮知道了尤三姐的愛，尤三姐也得到了柳湘蓮的定情信物——鴛鴦劍。再後來，柳湘蓮再三思量悔婚，認定尤三姐是下流之人。剛烈的尤三姐聽到柳湘蓮要索回定情寶劍，男權的世界已經無路可走，她沒有辯解，沒有糾纏，左手把劍鞘遞給湘蓮，劍橫玉頸，自刎而死，「玉山傾倒再難扶」。死得盪氣迴腸，沒有退路！這厚情薄命的人間悲劇，到底也成全了柳湘蓮和尤三姐，使他們徹底斷了最大的執迷，各自完成了各自的自我救贖。一個想活出自我，但又被無情現實湮滅的女性，無論是賈家男人、還是柳湘蓮，都只是對這奇女子的襯托。

---

[1] 【清】曹雪芹著：《紅樓夢》，人民文學出版社 2008 年版，第 910 頁。

[2] 【清】曹雪芹著：《紅樓夢》，人民文學出版社 2008 年版，第 911 頁。

三、她有多墮落，就有多癡情

說到「墮落」，尤三姐自謂「淫奔」。先從她的淫態風情講起，她上身是大紅襖子配蔥綠抹胸；下身是綠褲搭紅鞋；臉上是柳眉籠翠霧，檀口點丹砂。這三組明度非常高的紅綠對比一下子就跳脫了出來，吸引住了男人的眼球。略看已如此，細看更驚豔。尤三姐是「松松」挽著頭髮，女人的頭髮一松，就帶有一種嫵媚，這跟端莊的漂亮是不一樣的，在過去也是與禮教相反的事情。她將女性的魅力、誘惑力完全釋放了出來，令人酥醉如麻，達到了風騷的極致。她把女性一直壓抑的委屈全部爆發了出來，在走投無路的處境裏，她只能自我毀滅，用身體做出最強烈的反抗，破著沒臉，人家才不敢欺侮。她堅守著內心深沉的癡情，在男權的時代，女性是沒有機會表達愛的，尤三姐一直遠遠看著柳湘蓮。情之所起，不知所以，鍾情於他五年，無人知曉，何等之深情？這份癡情觸摸在心底且一直延續。「這人一年不來，他等一年，十年不來，等十年，若這人死了再不來了，他情願剃了頭當姑子去。」[①]尤三姐的深情不但與短暫的色欲不同，與「功利性」的門當戶的婚嫁觀也不同。她把感情作為自我的完成式，對方知不知道、結局好不好都與他無關，她只求對得起自己的那份，這何嘗不是一種癡情？之前的調笑無度皆因為找不到真愛，當尤三姐心懷篤定，生命便不再混亂。很多人都會看到尤三姐「淫奔」的潑辣，卻忽略了她「癡情」的深沉；寶玉、柳湘蓮之輩亦不懂尤三姐，他們只知「尤物」的風華絕色，卻不懂尤三姐的款款深情。

如果說尤三姐的「墮落」是在自我毀滅，「癡情」是為自我完成，那麼她選擇的自盡就是勘破淫情的自我救贖。愛情給了三姐光芒，又把她逼到了絕境。柳湘蓮的懷疑、反悔讓尤三姐的夢想頃刻間化為了一縷輕煙。她不容許自己的生命淪為「笑柄」，這個連死亡都要自主選擇的女性，怎能不令人扼腕！三姐死後，柳湘蓮入夢，夢中的三姐道出了大徹大悟之真言，她說：「妾癡情待

---

① 【清】曹雪芹著：《紅樓夢》，人民文學出版社 2008 年版，第 918 頁。

君五年矣，不期君果冷心冷面，妾已以死報此癡情。」[1] 尤三姐回報的是自己那份癡情，與柳湘蓮毫不相干，這就是之前提到說真正的深情是一個自我救贖。她又說：「來自情天，去自情地。前生誤被情惑，今既恥情而覺，與君兩無干涉。」[2] 與近代德國女詩人 Kathinka Zitz 的詩《我愛你，與你無干》有異曲同工之妙。當尤三姐香魂隨風散去，赴太虛幻境歸冊，不必再依附任何男權，她的自我完成方畫上了圓滿的句號。

《紅樓夢》一直在講「因空見色，由色生情，傳情入色，自色悟空。」[3] 情本來是個虛幻之物，勢必有個幻滅的結局。想來世人前生都會被情所惑，知曉了情後便會覺悟，到了最後也不過與君兩無干涉，沒有牽連，沒有瓜葛而已。可歎三姐！本是一汪清泉，墮落只為不受欺侮；本是一顆紅豆，癡情只為自我救贖。問世間情為何物？於有情卻無憎愛，與君兩無干涉。

---

① 【清】曹雪芹著：《紅樓夢》，人民文學出版社 2008 年版，第 923 頁。
② 【清】曹雪芹著：《紅樓夢》，人民文學出版社 2008 年版，第 924 頁。
③ 【清】曹雪芹著：《紅樓夢》，人民文學出版社 2008 年版，第 6 頁。

析紫鵑

呼延雨薇

內容摘要：紫鵑是《紅樓夢》中篇幅較少的一位，但却是一位有著近乎完美人設的丫鬟，紫鵑和雪雁是黛玉身邊重要的兩個丫頭，同時她們的名字也預示了林黛玉的結局，紫鵑為杜鵑，杜鵑啼血，林黛玉就是得病咳血最終魂歸離恨天。因此本文重點從三個方向分析紫鵑，一是紫鵑這個人物的背景；二是紫鵑與雪雁的關係；三是紫鵑與黛玉的情感。紫鵑是一個善於處理人際關係、且心向黛玉、理解黛玉、守護黛玉的人。她聰明靈慧，善解人意，是個忠誠勇敢的丫頭，她也從始至終見證了寶黛愛情的悲劇，對於黛玉，紫鵑是一直支撐著黛玉的人。

關鍵詞：大丫鬟；人際關係；主僕感情；果敢；忠心。

　　《紅樓夢》中的丫鬟雖不是主角，但她們的身上往往有著讓人嘆服的品質，她們也是書中濃墨重彩的一筆，紫鵑是《紅樓夢》中篇幅較少的一位，但卻是一位有著近乎完美人設的丫鬟，一提到紫鵑大家除了能想到黛玉，還有就是雪雁。她們是黛玉身邊重要的兩個丫頭，同時她們的名字也預示了林黛玉的結局，紫鵑為杜鵑，杜鵑啼血，林黛玉就是得病咳血最終魂歸離恨天。

　　　　以「紫鵑」啼血補黛玉還淚，以「紫鵑留鏡」暗示寶黛愛情的鏡花水月，杜鵑的啼鳴「不如歸去」反覆渲染了黛玉精神世界孤獨無依的漂泊處境。①

　　而雪雁是一種忠貞的候鳥，往往成雙成對，如果其中一隻不見或者死去，另一隻也會憂鬱而死。

　　紫鵑是林黛玉的大丫鬟，原名叫鸚哥，是賈母房裏的二等丫頭。賈母見林黛玉來的時候身邊只帶了兩個人，一位是年老的奶媽，一位是年幼不足十歲的貼身侍女雪雁，賈母恐她們二人不中使，便把身邊的鸚哥給了黛玉，改名為

―――――――――

① 喬孝冬：〈黃鶯與紫鵑命名的多重意蘊淺釋〉，《明清小說研究》2017 年第 3 期，第 131 頁。

紫鵑，從此紫鵑便成了黛玉房裏的大丫鬟。

我們知道賈府裏這些未出閣的小姐的大丫鬟，都有自己的貼身丫頭，是跟自己一起長大的或者是從家裏來的，比如寶釵的丫頭鶯兒。為什麼黛玉身邊的大丫頭是賈母給的紫鵑，而不是自己從蘇州帶來的雪雁呢？

一是雪雁入府年紀較小，賈母怕她不中使。但是按理來說此時的雪雁才是賈府上下最瞭解黛玉生活習慣的人，是最能把黛玉照顧周全的人。二是在賈府裏小姐們的大丫鬟地位等同於副小姐，賈府是不會讓外人來享受這個待遇的。鶯兒之所以能一直在寶釵身邊是因為寶釵的所有吃穿用度等開支都是由薛家負責的。而第三點原因也是最重要的原因是紫鵑是一個一心一意服侍黛玉、理解黛玉、守護黛玉的人，她聰明靈慧，善解人意，是個忠誠勇敢的丫頭。所以黛玉才一直允許她留在身邊，二人情同姐妹。

按理來講雪雁應該是大丫鬟，卻被紫鵑奪走了這個身份，紫鵑可以說是「新官上任」。拿現在的例子比喻，紫鵑是一個公司空降的一位總經理，取代了原總經理雪雁的位置，成為雪雁的上司。空降的管理者一般都有一個共同的特點，強大的背景，紫鵑的背景就是賈母，通常這種情況，原總經理敢怒不敢言，還要工作還要相處，那個時候的雪雁沒法一氣之下辭職的，按我們一般的想像來說這兩個人的相處應是面和心不和，誰也不服誰的。再加上此時的紫鵑對於黛玉的瞭解不如雪雁，就像總經理不瞭解核心業務，很難服眾。那《紅樓夢》中她同雪雁真實的關係是怎樣呢，我們可以從原文的幾處細節來看。

《紅樓夢》第八回〈比通靈金鶯微露意，探寶釵黛玉半含酸〉中有一個片段，「黛玉磕著瓜子兒，只管抿著嘴兒笑。可巧黛玉的丫鬟雪雁走來給黛玉送小手爐兒，黛玉因含笑問他說：『誰叫你送來的？難為他費心。——那裏就冷死我了呢！』雪雁道：『紫鵑姐姐怕姑娘冷，叫我送來的。』黛玉接了，抱在懷中，笑道：『也虧了你倒聽他的話！我平日和你說的，全當耳旁風，怎麼他說了你就依，比聖旨還快些。』」[1]

———————————
[1]【清】曹雪芹著：《紅樓夢》，人民文學出版社 2008 年版，第 123 頁。

第八回是《紅樓夢》很前面的章節，此時就能看出來雪雁是很服從她紫鵑姐姐的管理的，雪雁沒有說是自己怕林姑娘冷，拿了手爐來邀功。可以看出紫鵑和雪雁相處沒有大的問題，紫鵑很善於處理這樣的人際關係。

紫鵑與雪雁是否能一直和睦相處下去呢，《紅樓夢》第五十七回〈慧紫鵑情辭試莽玉，慈姨媽愛語慰癡顰〉中有一個片段是雪雁跟紫鵑說趙姨娘的丫頭借她的襪子她不借，她跟紫鵑這樣表述：

> 所以我說：「我的衣裳簪環，都是姑娘叫紫鵑姐姐收著呢。如今先得去告訴他，還得回姑娘，費多少事，別誤了你老人家出門，不如再轉借罷。」紫鵑笑道：「你這個小東西兒，倒也巧。你不借給他，你往我和姑娘身上推，叫人怨不著你。他這會子就去呀，還是等明日一早才去呢？」[1]

這段可以看出紫鵑和雪雁的關係已經非常親密了，雪雁在紫鵑面前無話不說心無城府，紫鵑面對雪雁的做法也是很寬容，一笑了之，很有姐姐寵愛妹妹的樣子。所以紫鵑這位空降「總經理」，是一個做得非常好的「總經理」。而後面的章節也從未描寫黛玉房裏的丫鬟們有爭風吃醋、撒潑打架的情節，這說明紫鵑一直把與雪雁的關係處理得很好。

說完紫鵑與雪雁，說說紫鵑與黛玉的關係。紫鵑與黛玉的感情是超乎一般主僕感情的，在這段關係裏紫鵑擁有一個近乎是完美的朋友或閨蜜的人設。面對無依無靠的黛玉，「紫鵑不僅毫無怨言和傲氣，而且在朝夕相處中以真誠坦率的性情和無微不至的照顧，取得了一向孤高自許、多愁善感的主子的信任，與之結下深厚的知己情誼」[2]。《紅樓夢》第五十七回有一個片段：

> 紫鵑笑道：「你知道，我並不是林家的人，我也和襲人鴛鴦是一夥

---

① 【清】曹雪芹著：《紅樓夢》，人民文學出版社 2008 年版，第 779 頁。

② 李鴻淵：〈論林黛玉的丫鬟紫鵑與雪雁〉，《武漢理工大學學報（社會科學版）》2018 年第 6 期，第 918 頁。

的。偏把我給了林姑娘使，偏偏他又和我極好，比他蘇州帶來的還好十倍，一時一刻，我們兩個離不開。」[1]

《紅樓夢》第九十七回〈林黛玉焚稿斷癡情，薛寶釵出閨成大禮〉中另一個片段：

> 李紈在旁解說道：「當真的，林姑娘和這丫頭也是前世的緣法兒。倒是雪雁是他南邊帶來的，他倒不理會；惟有紫鵑，我看他兩個一時也離不開。」[2]

在小說後期，黛玉即將香消玉殞之時與紫鵑吐露真情，黛玉更是直呼紫鵑為妹妹，二人感情可見一斑。

那紫鵑這個近乎完美的朋友都表現在哪些地方呢？第一，面對無依無靠的黛玉，紫鵑一直一心一意地照顧她，事事為黛玉著想，非常善解人意。在寶黛鬧矛盾時知道何時可勸，何時不可勸，在保護黛玉的同時也會指出黛玉的錯處，可謂是寶黛愛情路上的顧問。第三十回黛玉和寶玉吵架鬧彆扭，黛玉暗自神傷，紫鵑看出了端倪，直接指出黛玉愛使小性子愛歪派別人的毛病，紫鵑面對黛玉的問題直接指出來，不怕黛玉的責怪，不是一味奉承自己的小姐，對黛玉推心置腹。

第二，紫鵑的寬容和耐心都給了黛玉，有黛玉的地方就有紫鵑的關心。第三十五回黛玉站在花陰裏看見賈母鳳姐等一群人去看寶玉，自己不覺傷感起來，想到有父母在身邊的好，此時黛玉早已淚珠滿面。這個時候忽見紫鵑從黛玉身後走來，看見黛玉這番光景便趕緊勸黛玉回去喝藥：

> 黛玉道：「你到底要怎麼樣？只是催。我吃不吃，與你什麼相干？」
> 紫鵑笑道：「咳嗽的才好了些，又不吃藥了？如今雖是五月裏，天氣熱，到底也還該小心些。大清早起，在這個潮地上站了半日，也該回去歇

---

[1] 【清】曹雪芹著：《紅樓夢》，人民文學出版社 2008 年版，第 785 頁。
[2] 【清】曹雪芹著：《紅樓夢》，人民文學出版社 2008 年版，第 1341 頁。

歇了。」①

這段可以看出紫鵑時刻都留意著黛玉的心情，面對黛玉的小性子都是耐心寬慰，誰不想要這樣一個朋友呢。

第三，紫鵑是支持木石前盟的代表人物。她是唯一為黛玉的愛情奔波的人。第五十七回慧紫鵑情辭試莽玉，試出了寶玉對黛玉的真情，也試出了寶玉的呆病，讓賈府的人都知道了寶玉對黛玉的感情。紫鵑雖然聰穎靈慧，但卻心思單純，面對薛姨媽的試探，說要給黛玉和寶玉說親，紫鵑趕忙跑過來讓薛姨媽去跟老太太說這門親事，薛姨媽立馬笑紫鵑是自己想嫁人了，才這麼催著黛玉出閣，把紫鵑說得飛紅了臉，臊了一鼻子灰跑開了。在當時那個封建的時代，紫鵑可以說為了寶黛愛情，為了替黛玉把握機會，十分敢說！

> 在眾多丫鬟中，紫鵑以無私果敢、聰慧率真的性格塑造了自己的形象。作為封建大家族中的一名丫鬟，她是《紅樓夢》中個性獨特、精神健全、品格高尚的女性。②

對於黛玉，紫鵑是一直支撐黛玉的人，在黛玉覺得自己時日不多的時候，紫鵑勸解黛玉留得青山在，依舊有柴燒。在黛玉彌留之際，紫鵑寸步不離，鳳姐讓林之孝家的叫她出去，她拒絕了，堅持守在黛玉身邊。黛玉魂歸離恨天后，紫鵑被派到寶玉房中做丫頭，但此時的紫鵑心中一直為黛玉傷心，為寶黛愛情痛心，她從始至終見證了寶黛愛情的悲劇，最終她看破紅塵，隨惜春出家。若我們人生在世有紫鵑這樣的朋友，也不枉來這世上走這一遭。

---

① 【清】曹雪芹著：《紅樓夢》，人民文學出版社 2008 年版，第 460 頁。

② 王曉春：《〈紅樓夢〉中「四大丫鬟」的處事之道及其借鑒》，《領導科學》2019 年 8 月（上），第 108 頁。

身後的廊，眼前的竹
——林黛玉人物形象分析

趙紫薇

內容摘要：滿紙荒唐言，一把辛酸淚。都云作者痴，誰解其中味？《紅樓夢》中寫了一大群少女，她們住在大觀園內，形成了一個相對封閉的女兒國。在曹雪芹筆下的這幾十個少女中，讀者最為憐惜的莫過於林黛玉。林黛玉性格叛逆、才華橫溢，卻又愛使性子、寧折不彎，如同落落大方的竹。本文從林黛玉的人物性格、居住環境、內在精神三個層面對其進行了形象分析。

關鍵詞：《紅樓夢》；林黛玉；瀟湘苑；竹；人物形象

　　《紅樓夢》是我國四大名著之一，也是明清古典小說的登頂之作，書中塑造了上百位個性鮮明、鮮活飽滿的人物形象，諸如賈寶玉、林黛玉、薛寶釵等人都成為了「千古留名」的人物，尤其是書中性格、外表、命運都令人難忘的黛玉給萬千讀者留下了深刻的印象，本文從人物性格、居住環境、內在精神三個層面對林黛玉進行了人物形象分析。

一、煢煢孑立的仙性——門前竹

　　「仙性與凡性」實際上體現的是一種境界的差異，是濃縮一個人的過去、現在、未來而形成的精神世界的整體，它們深受主體的人生經歷、所接受的教育、文化背景等因素的影響。「仙性」是黛玉的境界，這與她自小相對自由隨性的生活方式是分不開的，天地境界卻是黛玉「仙性」的造化。

　　小說人物的內在精神的表現是與其身份、外表、行為等表現息息相關的，首先，從身份來源上看，黛玉本是靈河岸上三生石畔的一棵絳珠草，因受天地精華，複得雨露滋潤而得女體，其身份來源本來是具有「仙性」和「木性」的。在《紅樓夢》中，曹雪芹將「竹」這一原型意象賜予了林黛玉，或許應該說「瀟湘妃子」本身就是竹的化身。其次，從音容態度上看，王熙鳳感歎「天下竟有

這樣標緻的人物，我今兒算見了」[1]。這種驚歎除了來自於王熙鳳善於為人處世的性格，更多的是因為黛玉遠勝眾人的出塵容顏，黛玉的外表也是「仙」、「雅」的，這與竹的外在特徵也是一致的。第三，從人生境界上看，天地境界是黛玉的「仙性」[2]。天地境界是指對「自我」和「客我」的統一認知，《紅樓夢問答》也提到了「黛玉信天命」，雖然黛玉身世坎坷，但她並未把情懷浪費在自憐自艾上，而是通過詩歌展現出了一種自我超越精神，即在感歎自身命運的同時又興起了對生命的熱愛，悲情中生出了希望。第四，黛玉同仙子一般寡欲寡求，愛好清幽，黛玉曾言自己之所以看中瀟湘館是因為：

> 我心裏想著瀟湘館好，我愛那幾根竹子，隱著一帶曲欄，比別處幽靜些。[3]

而形成瀟湘館的「清幽」這一特點的原因便是因為竹林，竹的堅貞和高潔的精神情操與黛玉的孤傲脫俗的品性相一致。

二、一生的飄零與淚水——廊後苑

心理學研究顯示，年幼時父母關愛的缺失可能造成孩子缺乏安全感、敏感孤僻、自卑和情緒調節功能失調等問題，林黛玉後期的性格特徵和行為表現與其早期喪失父母關愛有著密不可分的聯繫。《紅樓夢》中並沒有對黛玉母親的正面描寫，只提到黛玉年幼喪母，在封建社會官宦人家中父親和女兒之間的交集極少，可以說黛玉從來沒有感受過父母的愛。黛玉第一次離開父親到賈府時年僅七歲，處於兒童期的黛玉是最需要父親關愛和引導的，但是她卻不得不背井離鄉，從此過上寄人籬下的生活，書中對黛玉所偏好的居住環境描繪得非常細緻，瀟湘苑的道路的式樣、遊廊的形狀、泉水的流向、花木的特徵、室內的傢俱都描繪得簡明而清晰。無一不透露出一種清靜、悠遠之感，但也難掩寂寥

---

① 【清】曹雪芹著：《紅樓夢》，人民文學出版社 2008 年版，第 41 頁。
② 周汝昌：《紅樓夢與中華文化》，華藝出版社 2009 年版，第 110-113 頁。
③ 【清】曹雪芹著：《紅樓夢》，人民文學出版社 2008 年版，第 311 頁。

和孤獨的意味。對自己居住的瀟湘館，林黛玉表示自己最愛愛的是門前的竹子和廊後的曲欄。因為曲欄靜謐通幽，翠竹寧折不彎，正是林黛玉與眾不同、叛逆形象的象徵。

瀟湘館的整體建築佈局在大觀園中是比較簡單的，但它的裝飾特色卻多次受到曹雪芹和高鶚的重點描寫，例如第二十六回〈瀟湘館春困發幽情〉，寶玉病後出來散心，「順腳一徑來至一個院門前，看那鳳尾森森，龍細吟吟：正是瀟湘館」。[①] 從瀟湘館的裝飾上來看，「鳳尾森森，龍細吟吟」顯示出瀟湘館被竹林包圍的幽靜感，再看黛玉病重時，書中描繪瀟湘館的景致是「竹梢風動，月影移牆」[②] 八個字，充分描寫出了瀟湘館此時最悲哀的景象，可以說瀟湘館和竹的狀態都與黛玉的人生起伏相應和 [③]。

三、封建家族的叛逆女性——林黛玉

（一）超然物外不染塵

在「女子無才便是德」的時代，林黛玉的才可稱得上是「詩中巾幗」，曹雪芹先生對林黛玉才情的描寫在整部《紅樓夢》中隨處可尋，在第十八回元妃省親時，元春要求寶玉現場作詩，寶玉犯難，黛玉替賈寶玉寫了一首《杏簾在望》，豔驚四座，此處彰顯出黛玉的才與單純直率的性格，這種與眾不同的才情與直率正如大觀園中百花齊放時超然物外的瀟湘竹林一般，林黛玉從內「才」到外「居」，無一不是超然物外的。

再者，書中間接對黛玉才情的描寫數不勝數，僅僅寶玉就曾多次在眾人面前誇讚黛玉文采，私下也對黛玉不勝欣賞。而黛玉自己，更是為詩成魔，她筆下的〈葬花吟〉既是葬花亦是葬己，黛玉對花草有著極深厚的憐惜之情，這與她本身是「竹」的代表形成了一定的輝映，同是「木」所生，何故染紅塵。

① 【清】曹雪芹著：《紅樓夢》，人民文學出版社 2008 年版，第 354 頁。
② 【清】曹雪芹著：《紅樓夢》，人民文學出版社 2008 年版，第 1351 頁。
③ 改琦繪：《紅樓夢人物》，上海錦繡文章出版社 2011 年版，第 89 頁。

（二）寧折不彎率性情

林黛玉幼年喪母，七歲便背井離鄉到外祖母家寄人籬下，即便在賈府中有賈母的疼愛，但作為「外姓人」的身份和父母雙亡的無助感始終籠罩在黛玉的內心。也正是自幼飄零的生活經歷使黛玉養成了率性自我、敏感重情、外冷內熱的性格特徵，成為了《紅樓夢》中典型的反封建代表人物。例如黛玉在面對寶玉的叛逆行徑時，從未指責批判，而是同情與支持，在寶玉偷看「歪書」《西廂記》時更是「與之為伍」，這也是寶玉對黛玉產生了強烈共鳴和依戀的原因之一，而這種反封建的認同感是寶釵永遠無法給予寶玉的。黛玉敢愛敢恨，敢說敢怒，敏感多疑，爭風吃醋，有時說話不留餘地，給人以尖酸刻薄的印象，但這恰恰與「竹」的特性高度一致，寧折不彎、竹葉帶刺，這種看似不完美的性格，反而形成了更加真實可愛的女性形象。

（三）剛烈不屈真叛逆

黛玉的成長經歷和博學多才也造就了她與傳統封建女性最大的不同之一——對感情的剛烈不屈，在寶黛的感情脈絡中，黛玉對寶玉從來沒有物質上和功名上的要求，這與傳統封建女性渴望丈夫能帶來榮耀是極為不同的，而黛玉需要的是伴侶對情感的專一和尊重。例如，當寶玉向其示好，以甜言蜜語「哄」她時，她並不會被愛情衝昏頭腦，而是感到尊嚴感的喪失，認為寶玉是在欺侮她。正是基於這種強烈的自尊感，以及對感情的剛烈不屈，黛玉和寶玉愛得死去活來，當最後黛玉感覺到婚姻無望時，她徹底死心了，香消玉殞，仿佛一根被壓彎的竹子，最終反彈到了極致，掙脫凡事束縛的同時，也用死亡的方式將自己對整個封建社會的反抗推向了高潮。

四、結語

在曹雪芹先生的筆下，林黛玉外在知書達理、敏感多情，內在卻一腔逆血、離經叛道，這與金陵十二釵中的薛寶釵或史湘雲等姐妹形成了對比，就像是竹林覆蓋、鬱鬱蔥蔥的瀟湘館與大觀園其他地方百花爭豔形成了鮮明對比

一樣。

黛玉寄人籬下的身份讓這個年幼的少女過早地認識人情冷暖、世態炎涼，作為大觀園裏無依無靠的「外姓人」，即使擁有外祖母的護佑，也不可能「肆意妄為」，因此黛玉很多時候必須將內心的叛逆掩飾起來，以一種傳統的大家閨秀的表像示人 [①]。《紅樓夢》的後四十回中，黛玉身上對於封建主義的逆反逐漸減弱，而轉向了對於內心藩籬的抗擊，黛玉所處的社會環境與家庭環境造就了其內心與行為的差異，這種差異擴大的結果影響了個體的人格同一性。因此，在後期黛玉因「病」逐漸與大觀園裏的眾人接觸減少，她在詩、琴和日常對話中無不表現出對現世的悲觀情緒，這仿佛是一根被壓彎到極致的竹子，這種悲觀和厭棄實際上是對自我和封建主義社會的鞭笞。最後，黛玉的離去既為寶黛二人的愛情添上了濃墨重彩的悲劇色彩，更促進了林黛玉這一角色形象與寧折不彎的竹相匹配。

---

① 蔡義江：〈《紅樓夢》詩詞曲賦鑒賞〉，《中華活頁文選（教師版）》2007 年第 1 期，第 4-10 頁。

從辦事能力和感情糾葛論賈璉的人品

錢芳

內容摘要：《紅樓夢》是我國古代四大名著之一，屬於章回體長篇小說。因為講述大家族的故事，其中的公子哥還是比較多的，性格也都是非常鮮明，眾多賈府公子中賈璉是典型的公子哥代表，雖然他不是男主角，但也是賈府裏真正拿得出手的貴公子。本文將從賈璉的辦事能力和感情糾葛兩方面去深度並多層次地剖析這個人物的人品。

關鍵詞：《紅樓夢》；賈璉；能力；感情；人品

賈璉，別名璉二爺，賈母是他的親奶奶，賈赦是他的親生父親，賈璉的母親應該是賈赦的正妻，因病早逝，邢夫人是賈璉名義上的「母親」，賈赦的填房。賈璉的妻子王熙鳳是王夫人的侄女，賈府通稱鳳姐、璉二奶奶，是金陵十二釵之一。

賈璉早期找關係捐了個同知的官位，但日常不用做事，在二伯賈政那裏幫忙料理榮國府的日常事務，通常他主外，妻子王熙鳳主內。眾多公子哥中，賈璉雖然也好色，但從不強求，對人也有情有義，做事有底線，絕對不會強人所難，是個明面上比較正面的人物形象。小說中全篇下來，他一直待人接物都很友善，所以一提到賈璉，很多人都會想到一個面含微笑的美少年形象。

在三妻四妾的年代裏，賈璉被妻子管得緊，可終究離不開骨子裏的好色，和他父親賈赦一樣喜歡偷腥，卻也有情深義重的時候。賈璉在賈府裏是辦事能力比較強的人，深受家人信任。本文將從賈璉的辦事能力和感情糾葛兩方面深入並多層次地剖析這個人物。

賈璉在小說裏做了幾件事，都能說明他的辦事能力不差。其中送林黛玉南下回家看望林如海，這裏的奧妙就很多。

小說第十二回的最後談到：

> 誰知這年冬底，林如海的書信寄來，卻為身染重疾，寫書特來接林

黛玉回去。……賈母定要賈璉送他去，仍叫帶回來。……作速擇了日期，賈璉和林黛玉辭別了賈母等，帶領僕從，登舟往揚州去了。①

林如海病危要獨生女林黛玉回家探望，賈母到底是心疼這個外孫女，派了賈璉跟過去照顧，協助處理事宜。原因有三：一是因為賈璉已婚；二是他有個官位，辦起事來好操作；第三也是最重要的是他有一定的辦事能力，深得信任。事實也證明老人家還是非常有遠見的，林黛玉這一趟返回蘇州老家，少則幾個月多則一年半載，往返無人照顧，一個年幼的未婚女兒家到處拋頭露面是不行的，處理家務也無氣勢，派個放心的人跟去才覺得妥當。這事果然從年底辦到第二年年初才回來，也都辦得妥妥當當，順順利利。

賈府那麼多人為什麼獨獨派賈璉？

賈璉是賈府裏的長孫，他從小在賈母那得到的寵愛也不會少，所以他在賈母心裏自是有一定的地位。賈府裏能常年出門在外的男性也不多，試想一下，讓賈政去送吧，掉了輩分；讓賈芸去送吧，差了輩分；賈珍倒合適，但卻是寧國府的；賈寶玉和賈環都未婚，而且自己還是個孩子，也沒獨立辦過事，肯定完成不了任務。所以，賈璉在這是個必選項。賈母因為林黛玉的母親早逝格外心疼這個外孫女，派個姓賈的、有能力的家人跟過去，總覺得更加放心一些。

那賈璉過去到底都做了些什麼呢？我們不妨仔細分析一下，琢磨一下，事務還是繁多複雜的。

林黛玉回家路程就得一個月，路上總還是需要人照顧，加上林如海的病還未致死，所以還需長期求醫問藥，這些事務都很細小繁瑣，都需要賈璉幫著林黛玉操持，這名副其實的堂哥賈璉去了，也能名正言順地去辦事，處理的事情也就自然多了。

再則林如海是有官職的，病重的情況下需要有人幫忙上下打理公務的交接，賈璉就是合適的人選，他「世路上好機變」，處理官場的事務得心應手。同時，賈璉在照顧林如海期間也見識了很多世面學到了很多知識，這對他以後的

---

① 【清】曹雪芹著：《紅樓夢》，人民文學出版社 2008 年版，第 167 頁。

識人待物都有明顯的影響，畢竟林如海是真正的探花出身，身兼要職，工作能力和知識面都不是賈家那裏能有的，生活方面也不像賈家隨意，混日子亂過。

林如海大病堅持了快一年，去世了。他做巡鹽御史，多年為官，按照常理推測，一定會積攢巨額財富，他沒有兒子，就一個獨女，死後留下的財富大部分都會給林黛玉一個人，可還有妾室等人要養要分配。在他患病期間一定把家裏該交代的都和林黛玉交代好了，然而他死後的財務分割、人員安置都需要處理，這些都需要賈璉幫林黛玉安排周全。辦喪事是大事，裏面很多細節都得操持，裏裏外外都需要安頓好，林黛玉一個人可挑不起這個大樑，都得這個信得過的堂哥賈璉處理。所以林如海的財產明細，賈璉一一都知曉。那些不能帶走的交給專人打理，能隨身帶走的都帶走，再由賈璉護送林黛玉安全返回到榮國府後交給林黛玉自己管理。這就是後來王熙鳳知道林黛玉的家底的原因，所以才說林黛玉的身家配得上賈寶玉。

其次是幫著修建大觀園。為什麼說是幫著呢？小說裏第十六回中寫道：

> 賈政不慣於俗務，只憑賈赦、賈珍、賈璉、賴大、來升、林之孝、吳新登、詹光、程日興等幾人安插擺佈。……最要緊處和賈赦等商議商議便罷了……①

所以，大觀園的修建主事的該是賈政，辦事的是後面幾個，只是各自分工不同而已，大家最後還是齊心合力、井井有條、順順利利地修好了大觀園。

另外，小說裏第六十六回，賈赦要賈璉到平安州去辦了一件機密大事。賈璉不負重托，前後用了僅僅一個多月的時間就辦好了，凱旋後賈赦非常高興，把跟在身邊的丫鬟秋桐賞給了賈璉當小妾。這說明賈璉這件事辦得讓賈赦特別稱心如意，也能說明賈璉的辦事能力不錯。

還有小說第四十八回，前腳薛蟠被打後藉口做生意出門躲羞，後腳賈璉就被賈赦一頓爛揍。起因就是為了石呆子的扇子，大家都知道君子不奪人所好，

---

① 【清】曹雪芹著：《紅樓夢》，人民文學出版社 2008 年版，第 213 頁。

賈璉認為賈雨村為了幾把扇子弄得石呆子家破人亡實在是太殘忍了，就頂撞了賈赦幾句，賈赦便惱羞成怒，狠狠地打了他一頓，以至於都破相了。這件事雖沒說到他的辦事能力，卻看得出他做人是很有底線的，不會為了目的不擇手段，或者強人所難。縱觀全書，也沒見賈璉和誰紅過臉，甚至對待奶媽，對待下人都善意有加。

小說最後抄家的時候，也是賈璉出來替賈政作答，才撐得住場面。甚至最後和王熙鳳感情全無，在王熙鳳放高利貸事件浮出水面的時候，他還是做了丈夫該有的擔當，男人味十足。

綜上所述，我們不難看出賈璉的辦事能力是毋庸置疑的，而且相對而言心地善良，為人謙和，人品優異，待人接物有擔當，是眾多公子哥裏的好形象的代表人物。

賈璉的原配妻子王熙鳳，是賈母的孫媳婦，是賈赦和邢夫人的兒媳婦，是賈政和王夫人的侄媳婦兼內侄女。小說裏這樣形容她的外貌：「一雙丹鳳三角眼，兩彎柳葉吊梢眉」，「粉面含春威不露，丹唇未啟笑先聞」，「恍若神妃仙子」[1]。

夫人樣貌如此漂亮，賈璉自是非常喜歡的。小說第六十五回，曹雪芹用極濃筆調寫了王熙鳳的出場，先寫她爽朗的笑聲與不受約束的語言，後才寫她滿身錦繡，珠光寶氣，用這樣的方式強調出王熙鳳在賈府的地位。

原本賈璉和王熙鳳夫妻關係是非常好的，文中說「離了鳳姐就要生事」[2]就足以說明夫妻生活融洽，鳳姐是個非常有管理能力的人，家裏操持得井然有序，是賈璉的好幫手、賢內助。最初的那幾年日子也是如膠似漆，同房也不分早晚，這都說明賈璉對這個妻子是很滿意，很喜歡的。可是，「一般來說，輕視自己丈夫的女人大多不會有好結局，王熙鳳也沒有擺脫這種命運」。[3]

① 【清】曹雪芹著：《紅樓夢》，人民文學出版社 2008 年版，第 40 頁。
② 【清】曹雪芹著：《紅樓夢》，人民文學出版社 2008 年版，第 285-286 頁。
③ 淩智琛：〈對《紅樓夢》中賈璉人物形象的深層次解讀〉，《山西青年》2016 年第 1 期，第 189 頁。

而且她還是個「妒婦」，在賈璉這個血氣方剛的年紀，鳳姐竟然把能打發的小妾都打發了，僅僅留下陪嫁的平兒，卻也一年都難得讓賈璉碰一次，所以賈璉逮著空就搞事情，加上鳳姐小產落下「下紅之症」，賈璉更是閒不住。賈璉陪林黛玉回蘇州辦理林如海的事，可是前後經歷了一年多，賈璉這種離了王熙鳳就要「生事」之人，怎麼閒得住？在大江南這個溫柔鄉裏，賈璉自由自在，又沒人監督窺視，生活一定精彩萬分，見慣了江南的柔妹子，回來看女人的眼光和想法也有變化了。正是這次去南方，讓賈璉和王熙鳳的夫妻關係產生了不可彌補的裂隙，賈璉開始對王熙鳳不滿足起來。

　　而且在那個時代，王熙鳳落下「下紅之症」，自己又沒有兒子，家裏三妻四妾的公子哥大把，但王熙鳳卻不讓賈璉碰別人，這在賈璉看來太過於強勢霸道，是個典型的「醋罈子」，這叫那方面需求大的賈璉日子非常難熬。

　　說到這，還真是為賈璉好色濫情找到了個好理由，但是大家要看清他的真面目。只因為女兒出了幾天天花，離開鳳姐兩三天，賈璉都要找院裏相清秀的小廝瀉火，這可不是一般級別的好色了，說白了，他就是好色下流的胚子，更別談他與下人的老婆勾搭廝混，在那個年代裏也是違背道義的。

　　比如他與多渾蟲的老婆多姑娘，一個收錢一個辦事，看著都是你情我願，可是細想一下卻有悖常理，多姑娘本就風騷異常，可賈璉也是個有品位的人，在這方面卻是毫無底線，什麼人都上。

　　與鮑二家的媳婦苟且生事更是讓人難理解，偏偏就在正妻王熙鳳的生日聚餐那天搞事情。鮑二家的收了錢財就來了，卻被鳳姐逮個正著，鳳姐不依不饒，賈璉卻氣得提劍到賈母面前要殺妻，王熙鳳可是原配正妻，王家後臺也硬，這樣的行為可是非常大逆不道的，寵妾滅妻在那個時代可是大罪，為此鬧得太僵，逼得鮑二家的媳婦自殺了。事後，王熙鳳還是不肯甘休，最後還是賈璉給鮑二家的二百兩銀子，叫他再買個好的，此事才了。

　　後來，好色濫情的賈璉好不容易找到溫柔賢惠的尤二姐，那是真心喜歡，真心疼愛，他用玉佩私定終生，把尤二姐養在僅僅隔一條街的外院，專門請人好生伺候著，卻被鳳姐得知，想方設法騙進府內，設計陷害，尤二姐知道自己

再無盼頭，無奈吞金而死。賈璉得知後悲痛欲絕，敞開大門為尤二姐守靈七日，這說明他用情至深。可是，賈璉有了秋桐便漸漸淡了二姐，甚至忘記了二姐的周年忌日，可見「賈璉雖然對人有真情，但也缺少刻骨銘心的深情，終屬膚淺之情」。[1]

而與此同時，賈蓉暗示尤二姐的死與鳳姐有關，讓賈璉對王熙鳳的種種不滿都了於心口，最終導致夫妻關係破裂。

綜上所述，賈璉雖說好色濫情，在現代社會看來就是個渣男，但也不至於毫無底線。對於小說中的年代，有個富貴的賈家背景，又有霸道善妒的妻子，他一個風度翩翩的美男子、公子哥流連於風花雪月其實也很正常。並且，小說中賈璉玩過的女人比如多姑娘、尤二姐和鮑二家的，都是那種水性楊花的女人，而且他也從未強求哪個女人，都是你情我願。所以，似乎也不算是那麼差勁的男人。

通過對賈璉辦事能力和感情糾葛的分析，我們不難發現，賈璉雖然好色喜功，但還有自己的底線和原則，從不強人所難，不擇手段。比如他特好色，但陪自己的親表妹林黛玉下江南那麼久，對兄妹關係拿捏有度，也很疼愛這個小妹；雖然濫情，可對尤二姐還用情至深，處理鮑二家的老婆也不像鳳姐那麼殘忍，還給錢善後，算是有些良心；他不會像賈赦為了幾把扇子就要逼死石呆子；也不會像薛蟠一樣為爭奪香菱而打死馮淵；更不會像賈珍那樣逼奸兒媳秦可卿；而他也不會如孫紹祖般動輒對賈迎春打罵。他永遠都做不出那些事情，因為他內心溫柔善良，很容易滿足。這樣一個有家底有才貌的紈絝子弟，絕對是那些渣男富二代中的一股清流，雖然也有很多不足之處，但也不是大奸大惡，更沒有豪取搶奪。讓人物回歸時代，賈璉還算是一個人品優質，做事有擔當的好男人。

---

[1]　李彥豔：〈惡中有善話賈璉〉，《懷化學院學報》2007 年第 9 期，第 43 頁。

淺論《紅樓夢》中的農業流通
——以大觀園改革、桂花夏家為例

蕭菡

內容摘要：本文試從農業流通的角度分析《紅樓夢》中的農業。首先分析探春、寶釵對大觀園的改革，改革將大觀園內的農作物、花草等的種植和維護的事務和盈虧分配、對應到人，實現人對事情的整體負責，同時改革兼顧了不直接參與農業勞動的人的分配，其中有了勞動力購買的概念，能夠實現對各方勞動參與者的分配和貨幣流通。其次，從桂花夏家入手，分析作為商人的夏家與官商薛家平起平坐的聯姻的門當戶對，進一步來看商業流通的興起和對當時社會的影響。

關鍵詞：大觀園；改革；農業；桂花；夏金桂

　　民以食為天，和諸多的世情小說一樣，《紅樓夢》運用了大量的篇幅對飲食進行描寫，而飲食的基礎就是中國幾千年的農業社會。在對農業社會的描寫上，《紅樓夢》中的農業情節已經形而上，觸碰了文化、機制的層面。不局限於農業和農產品本身，「流水不腐，戶樞不蠹」，農產品只有流通起來，農業才能夠發展和繁盛。如果糧食種植業是農業的基礎，那麼農產品流通就是農業的靈魂。《紅樓夢》中描寫農業的流通甚為巧妙，乃是從側面著墨，以小見大，見微知著，表現當時世情下的農業流通狀態，給人無盡的遐想空間和反覆揣摩的樂趣。

　　學界專門研究《紅樓夢》中農業的文章大多就某些方面進行細緻研究，例如很多學者聚焦研究《紅樓夢》農業文化的內涵，如荊大偉[①]認為《紅樓夢》中的農業文化是有千年傳統的內涵的，而趙雨薇[②]認為書中的農業文化有著物

---

① 荊大偉：〈《紅樓夢》中的農業文化〉，《中國證券期貨》2012 年第 12 期，第 37-40 頁。

② 趙雨薇：〈稻香村的文化內涵及其維譯〉，《現代語文》2017 年第 8 期，第 157-160 頁。

質、制度和心理層面的內涵，傳承「稻香村」文化至今不衰。許中榮 ① 從明清小說「鄉村描寫」的角度分析《紅樓夢》在內的明清小說中鄉村情結和鄉土審美。同時也有學者對《紅樓夢》在後農業社會中的商品經濟萌芽做了分析，如劉陽河和欒芳 ② 認為《紅樓夢》中出現的大量商業性農業經營的狀態與同期的《儒林外史》等小說呼應，是資本主義的萌芽，時晴 ③ 認為《紅樓夢》中市場經濟的增長是明顯的。

一、園中改革現流通

《紅樓夢》中的農業已經不僅僅是農業種植本身，也涵蓋了農業流通貿易的內容，甚至有了農業商業的萌芽，在小說中，看得到農業、農民、農產品貨幣化的影子，也看得到分工不同但依然按照同一標準衡量的狀況。在探春進行大觀園內改革的篇幅中對此有較為詳細的描述。

> 探春道：「我因和他們家的女孩兒說閒話兒，他說這園子除他們帶的花兒，吃的筍菜魚蝦，一年還有人包了去，年終足有二百兩銀子剩。從那日，我才知道一個破荷葉、一根枯草根子，都是值錢的。」④

借探春的話，以賴大家的園子為例，開啟了農業種植和農副業的「承包到人」的源頭和參考案例，此後探春和寶釵等人就大觀園的園子內種植業和副業開啟了對應的農業改革。探春的改法，首先分別將人和事分開，將要做的事情一一列出，將能做事情的人一一列出，之後再分別一一對應。在改革過程中，發揮了每個人的主動性，允許毛遂自薦，允許個人根據個人的能力來各自領

① 許中榮：〈明清小說中「鄉村描寫」研究〉，載《山東師範大學碩士論文集（2010-2011年）・第五卷》，山東師範大學出版社 2011 年版，第 221-253 頁。

② 劉陽河、欒芳：〈明清小說中的農業資本主義萌芽──以《紅樓夢》等為考察中心〉，《重慶與世界》2015 年第 8 期，第 73-78 頁。

③ 時晴：〈從《水滸傳》、《金瓶梅》、《紅樓夢》看中國封建社會市場經濟的消長〉，《無錫教育學院學報》2000 年第 6 期，第 24-28 頁。

④ 【清】曹雪芹著：《紅樓夢》，人民文學出版社 2008 年版，第 765 頁。

命。有人可以給府中供給吃的筍，有人可以給府中交錢糧，這裏還出現了用農產品實物來抵頂銀子的做法，而直接上交地租的方式也有了直接交銀子，在這裏，甚至有了農產品實物和銀子直接進行競爭的含義，這些都是此前大觀園管理中沒有涉及過的。

　　眾人聽了，無不願意。也有說：「那片竹子單交給我，一年工夫，明年又是一片。除了家裏吃的筍，一年還可交些錢糧。」這一個說：「那一片稻地交給我，一年這些玩的大小雀鳥的糧食，不必動官中錢糧，我還可以交錢糧。」眾婆子去後，探春問寶釵：「如何？」寶釵笑答道：「幸於始者怠於終，善其辭者嗜其利。」探春聽了，點頭稱讚，便向冊上指出幾個來與他三人看。平兒忙去取筆硯來。他三人說道：「這一個老祝媽，是個妥當的，況他老頭子和他兒子，代代都是管打掃竹子，如今竟把這所有的竹子交與他。這一個老田媽本是種莊稼的，稻香村一帶，凡有菜蔬稻稗之類，雖是玩意兒，不必認真大治大耕，也須得他去再細細按時加些植養，豈不更好？」探春又笑道：「可惜蘅蕪苑和怡紅院這兩處大地方，竟沒有出息之物。」李紈忙笑道：「蘅蕪苑裏更利害，如今香料鋪並大市大廟賣的各處香料香草兒，都不是這些東西？算起來，比別的利息更大。怡紅院別說別的，單只說春夏兩季的玫瑰花，共下多少花朵兒？還有一帶籬笆上的薔薇、月季、寶相、金銀花、藤花，這幾色草花，乾了賣到茶葉鋪藥鋪去，也值好些錢。」[1]

通常農業種植業是指糧食種植，但在大觀園裏，農業包括了菜蔬稻稗，包括了竹子，這些都是在大農業的範疇內，而不僅僅局限於糧食種植。有意思的是「老祝（竹）媽」負責管理竹林，「老田媽」負責管理農田，名字中就暗含了各自的職責範疇。另外，值得注意的一點是，大觀園的農業還包括了香料香草兒和花朵兒，這些都不是傳統農業範疇，產成品也不是生存果腹的必需品。所

① 【清】曹雪芹著：《紅樓夢》，人民文學出版社 2008 年版，第 767 頁。

以大觀園的農業是大範圍的農業，農業有了除了糧食之外可選擇的產品，是可以用來換錢的副業。

這裏提到了荷葉、花、枯草、筍、稻田、竹子、香草都是在傳統的糧食作物種植以外的植物，也是可以將產出物品進行流通之後進行貨幣化衡量的。所有這些產品價值的基礎在於流通，否則，荷葉只是荷葉，竹子只是竹子，不能以物易物，一定要依託於貨幣、銀子才能發揮其作用和價值。相反地，如果探春的改革放在此前的朝代中，大觀園內的物品不能實現完全的流通，沒有形成這些農副產業的市場，沒有人可以進行交易貿易，沒有辦法去把北京的荷葉賣到南京，也沒有辦法把安徽的筍到北京，因此也就沒有了可以實施的基礎。此時的改革因為有了流通才有了實施的可能性。

另外對於提供了勞動力的「媽媽們」，也有貨幣性的補償，來自於農業副業中包了給差事的媽媽的「若干吊錢」。農業生產，需要土地也需要人，同樣的人力用於維繫大觀園體系的運轉，也是維繫大觀園內農業的運轉，因此就此額外付費也是合理的。這裏通過貨幣的方式，實現了不直接參與農業種植人員的收入分配，是當時農業流通狀況興盛的表現。

一面探春與李紈明示諸人：某人管某處，按四季，除家中定例用多少外，餘者任憑你們採取去取利，年終算賬。

> 如今這園裏幾十個老媽媽們，若只給了這個，那剩的也必抱怨不公；我才說的他們只供給這個幾樣，也未免太寬裕了。一年竟除這個之外，他每人不論有餘無餘，只叫他拿出若干吊錢來，大家湊齊，單散與這些園中的媽媽們。他們雖不料理這些，卻日夜也都在園中照料；當差之人，關門閉戶，起早睡晚，大雨大雪，姑娘們出入，抬轎子、撐船、拉冰床一應粗重活計，都是他們的差使：一年在園裏辛苦到頭，這園內既有出息，也是分內該沾帶些的。還有一句至小的話，越發說破了：你們只顧了自己寬裕，不分與他們些，他們雖不敢明怨，心裏卻都不服，只用假公濟私的，多摘你們幾個果子，多掐幾枝花兒，你們有

冤還沒處訴呢。他們也沾帶些利息，你們有照顧不到的，他們就替你們照顧了。①

大觀園改革體現的是農業流通的發達，同時也從另一個側面體現出來了當時農業結構已經達到了基於農業但不拘泥於農業的程度。換而言之，可以看到當時的傳統農業種植業有著非常深厚的基礎，在此基礎上才能有流通。如果傳統農業種植業不發達，不足以滿足溫飽，副業生產和農業流通也是無根浮萍、無影明月，不切實際，無從談起。

二、門當戶對擇桂花

在紅樓夢中對於農業副業的描寫，上升到農業產業層面的，就是書中出現了「桂花夏家」這個以桂花為產業的家族，也描寫了「桂花夏家」的唯一女兒即薛蟠的妻子夏金桂，夏金桂其人因家族產業得名，為人飛揚跋扈也是依仗家族桂花產業的經濟實力。甚至在介紹「桂花夏家」的影響範圍時用到了「上至王侯，下至買賣人」一致對夏家封此諢名的程度，可見夏家在桂花行業的影響力。

> 寶玉問道：「定了誰家的？」香菱道：「因你哥哥上次出門時，順路到了個親戚家去。這門親原是老親，且又和我們是同在戶部掛名行商，也是數一數二的大門戶。前日說起來時，你們兩府都也知道的：合京城裏，上至王侯，下至買賣人，都稱他家是『桂花夏家』。」寶玉忙笑道：「如何又稱為『桂花夏家』？」香菱道：「本姓夏，非常的富貴。其餘田地不用說，單有幾十頃地種著桂花，凡這長安那城裏城外桂花局，俱是他家的，連宮裏一應陳設盆景，亦是他家供奉。因此才有這個混號。」②
>
> 因他家多桂花，他小名就叫做金桂。他在家時，不許人口中帶出

---

① 【清】曹雪芹著：《紅樓夢》，人民文學出版社 2008 年版，第 769 頁。
② 【清】曹雪芹著：《紅樓夢》，人民文學出版社 2008 年版，第 1121 頁。

「金」「桂」二字來，凡有不留心誤道一字者，他便定要苦打重罰才罷。他因想「桂花」二字是禁止不住的，須得另換一名，想桂花曾有廣寒嫦娥之說，便將桂花改為「嫦娥花」，又寓自己身分。①

薛家的身份是官商，同時因有著和賈府的親戚關係，也算是皇親旁支，從當時的社會等級來論，地位是非常尊貴的。同時也有「豐年好大雪（薛）」在四大家族中的排位，經濟實力上頗為可觀。薛蟠在選擇妻子的時候，選擇了夏金桂，而且得到了薛姨媽的認可，說明這段婚姻符合當時門當戶對的標準。夏家如香菱所說，是有著桂花產業，能夠實現幾十頃的土地種植規劃，按照一頃五十畝，五十頃折算清代的畝，到現在的土地規模大概 2500 畝，約 150 萬平方米的種植面積②。對比今天的中國湖北省咸寧市，桂花基地面積雖為 8 萬畝，但古桂花樹是 2200 株，新植桂花樹為 130 萬株。③兩相對比，可見夏家當時的桂花種植規模是很大的。

在薛蟠父親死後，薛家的地位有所下降，更多的依仗是薛蟠的舅父王子騰和姨夫賈政，在依靠王子騰擺平官司時這點體現的就更加明顯。薛蟠本人作為「呆霸王」，為人處事的水平不算高，因此單獨依靠自己是無法實現家族地位的再上升的。從《紅樓夢》中的婚姻來看，門當戶對是第一重要的因素，逐漸走下坡路的薛家和桂花壟斷者夏家的聯姻是從家境上的一次強強聯合，兩相勢力均衡也能夠實現兩家進一步的上升。但是，傳統的四大家族的薛家能夠選擇新晉的桂花夏家，說明商業及農副產品的流通在當時社會中的地位越來越重要，拋卻薛家自己沒落的因素，商業流通新貴的進場和在社會地位上的上升，通過薛夏聯姻這個標誌性的事件體現得淋漓盡致。

另外，夏金桂是父親去世的早，也沒有兄弟，因此桂花夏家是只有母女二

---

① 【清】曹雪芹著：《紅樓夢》，人民文學出版社 2008 年版，第 1123 頁。
② 董蘭：《中國古代度量衡語詞研究》，青海師範大學碩士論文 2013 年，第 257 頁。
③ 《國家林業局和中國花卉協會關於公佈首批「中國花木之鄉」名單的通知》（林造發〔2000〕246 號），597 苗木網，http://www.597mm.com/news/show.php?itemid=39396，2018 年 5 月 28 日。

人維繫現有的桂花壟斷商人的地位。夏母後來過繼了一個兒子，也說明單靠母女二人維繫現有的壟斷地位存在著困難，一方面說明強強聯合並未能實現，另一方面也說明壟斷的地位不能長時間維繫，桂花市場仍然存在著後進入者參與競爭。桂花市場的壁壘可能並不高，也說明是桂花市場的需求旺盛，有著新進入者的生存空間和挑戰既有桂花壟斷皇商的可能性。這是當時農業經濟活躍、流通性強的另一個明證。

歎晴雯

羅宇

內容摘要：曹雪芹在《紅樓夢》中塑造了形形色色的人物。這些人物個性鮮明，形象突出，但這眾多人物均有一個特性，就是都逃脫不了相同的悲劇命運。其中一個女性人物著實讓曹雪芹費了些筆墨，這個人物就是金陵十二釵副冊之首的晴雯。晴雯生於等級觀念濃厚的封建社會，她風流靈巧、自卑自重、高傲自尊、心比天高、命比紙薄，她性格的形成與其生活環境有著直接的關係，在一個「假」府，她的悲劇是一個「真」無法存在的悲劇，美必摧殘的隱喻。

關鍵詞：紅樓夢；晴雯；高傲自尊；風流靈巧；心高命薄

晴雯是《紅樓夢》副冊人物畫廊裏最鮮明突出的一個，她的率真任性、機敏尖刻、嫉惡如仇的磊落性子，是她區別於眾多丫鬟的最鮮明的特徵。而這些特徵是幸，亦是不幸。

晴雯風流靈巧，心比天高，出身低賤卻渴望著自由平等，但在她所處的那個充滿奴役的黑暗封建社會，這種想法只能是「空中樓閣」，華麗而又不切實際。

文學大師林語堂評價晴雯時曾說：晴雯壞處，在其野嘴爛舌，好處在其爛漫天真。晴雯撕扇，晴雯補裘，何以可愛？愛其天真。因其天真，故不得不死。任性孤行，歸真返樸，黛玉得之，晴雯也得之。但是人生在世，一味任性天真，無所顧忌，也是不行的。此黛玉及晴雯之所以不得不死，得多少讀者揮同情之淚。

一、風流靈巧埋禍根。在被賈母收留以前，晴雯從小被賣給賴大家為奴，後又因聰明伶俐被收入寶玉房內做丫頭。她雖然地位卑賤，內心卻想出人頭地，晴雯一生都在為做自己而抗爭，她蔑視別人對她的規訓，渴望得到屬於自己的人生。曹雪芹給晴雯的判詞是「心比天高，身為下賤，風流靈巧招人怨」[①]。晴雯的美麗和靈巧在書裏並沒有做大量的描寫，只是借助他人之口，從側面瞭

---

① 【清】曹雪芹著：《紅樓夢》，人民文學出版社 2008 年版，第 75 頁。

解到她有一雙巧手，在針織方面是眾丫鬟裏最出類拔萃的，無人能及。這雙巧手整個京城或許只有晴雯才有。書中第五十二回賈母送給寶玉雀金裘，是俄羅斯國拿孔雀毛拈了線織的，寶玉一不小心，後襟上燒了一塊，麝月趕快命嬤嬤拿出去請能幹的織補匠連夜補好。結果京城那麼多「織補匠、能幹裁縫、繡匠並能做女工的」[1]，都不敢承接補裘的任務，怡紅院裏，丫鬟成群，也無人承接，只有晴雯抱病補裘，補得天衣無縫，「若不留心，再看不出來的。」[2] 晴雯的靈巧由此可見一斑。這裏一方面突出了晴雯的靈巧，另一方面表現出了她的心靈的善良和純真，她本就生著病，但更擔心寶玉第二天在賈母一眾人那裏無法交代而受責備。所以雖補不上三兩針就得歇一歇，但是也趕在天亮之前補好了。這裏有她爭強好勝的一面，但更多的是包含著她對寶玉的體貼和關心。

除了技藝精湛，有雙靈巧的手兒之外，晴雯能夠在眾丫鬟群裏脫穎而出的是長相俊俏、嫵媚。論身段、模樣，晴雯無疑是《紅樓夢》丫環中最漂亮的一個。曹雪芹在《紅樓夢》中也沒有正面描寫晴雯的美麗，她的美麗是從反感她的人的口中說出的，這就使得晴雯更具有一種震撼人心的美。嫌惡晴雯的王夫人說她是「水蛇腰，削肩膀，眉眼有些像你林妹妹的」[3]。晴雯不但在丫鬟裏出類拔萃，即使與小姐們縱向比較，她的美也毫不遜色。黛玉「是個美人燈兒，風吹吹就壞了」[4]，絕代姿容奈何柔弱多病，敏感多愁；而眉眼像林妹妹的晴雯，不刻意雕琢，卻是鮮活而富有生氣的，她灑脫潑辣，天真坦蕩。晴雯生得楊柳細腰美人肩，這樣的美麗在賈府的王夫人看來是非常危險的，模樣漂亮的心術也一定不正。出於對賈府未來接班人的保護心理，王夫人自然會嚴格地審視寶玉的「身邊人」。在她看來，丫鬟就應該「隨分從時」、「粗粗笨笨的才好」[5]。這種代表著賈府統治階層的論調本身就為晴雯今後的悲劇命運埋下了伏筆，更

① 【清】曹雪芹著：《紅樓夢》，人民文學出版社 2008 年版，第 714 頁。
② 【清】曹雪芹著：《紅樓夢》，人民文學出版社 2008 年版，第 715 頁。
③ 【清】曹雪芹著：《紅樓夢》，人民文學出版社 2008 年版，第 1026 頁。
④ 【清】曹雪芹著：《紅樓夢》，人民文學出版社 2008 年版，第 759 頁。
⑤ 【清】曹雪芹著：《紅樓夢》，人民文學出版社 2008 年版，第 1081 頁。

別說晴雯平時又是那樣牙尖嘴利，能說慣道的。

> 霽月難逢，彩雲易散。心比天高，身為下賤，風流靈巧招人怨，夭
> 壽多因誹謗生，多情公子空牽掛。[1]

所以晴雯的被逐和慘死，是她無法避開甚至本就已經設定好了的一個局，一場預備好的悲劇。

二、自卑自重、高傲自尊。晴雯是美麗的，但是這種美並沒有給她帶來什麼好處，反而使她木秀於林，成為被最先摧折的對象。她真實自然，毫無矯飾地綻放著青春之美，生命之真。她不像襲人那樣低調溫柔，也沒有平兒的左右委屈，更沒有紫鵑那樣的敏感細膩。她高調、暴躁，「性子」不好，到處得罪人，刻薄人，甚至還將和她同為奴隸的小丫鬟隨意打罵。她率性純真，無論是在心態上、行為上還是言語上，她從來都是不加掩飾的，這也是晴雯之所以是晴雯的原因。

晴雯身世卑微，讓她或多或少地有自卑心理，這也從另一個側面激發了她對於自由與平等的渴求。因為「心比天高」，使她懂得自省自重。她不曾也不願去討好她的主子，寶玉屋裏的小紅巴結了王熙鳳，她就冷笑譏諷「爬上高枝兒」[2]。在第三十七回中，秋紋得到王夫人賞的兩件衣服而得意忘形時，晴雯立刻就說：

> 呸！好沒見世面的小蹄子！那是把好的給了人，挑剩下的才給你，你還充有臉呢！[3]

她這種直戳人要害的冷嘲熱諷現在看來也是對自己尊嚴的一種捍衛。

高傲自尊在晴雯與賈寶玉的關係中可見一斑。第三十一回〈撕扇子作千金一笑〉中，寶玉參加宴會歸來，因金釧兒被逐，又因挨了寶釵的譏諷，心中悶

---

① 【清】曹雪芹著：《紅樓夢》，人民文學出版社 2008 年版，第 75 頁。
② 【清】曹雪芹著：《紅樓夢》，人民文學出版社 2008 年版，第 366 頁。
③ 【清】曹雪芹著：《紅樓夢》，人民文學出版社 2008 年版，第 495 頁。

悶不樂，偏偏此時晴雯上來為寶玉換衣時跌折了扇股，寶玉便借此出氣，責罵晴雯為蠢材，並訓斥了一番。晴雯也不甘示弱頂起嘴來，她之所以敢和寶玉如此，是因為晴雯和寶玉之間有著密切的友誼，讓她感覺到精神上的平等，而現在寶玉卻一反常態，這就讓晴雯格外傷心。晴雯的傷心，是因寶玉挫傷了她的自尊心，損害了他們之間那種平等相處的友誼，而這種真情也只有寶玉能夠省悟，於是便有了緊接著的「撕扇」這一《紅樓夢》中最動人的情節。此時的寶玉滿懷歉意，比平日更顯得謙和與寬容。他對晴雯說：「那扇子原是扇的，你要撕著玩也可以使得。」[1] 這裏的隱含之意實際上是只要你高興就成。沒想到晴雯果真痛快俐落地幾下撕碎了寶玉的扇子，接著又撕碎了寶玉從麝月手中搶過來遞到她手中的扇子。伴隨著「嗤、嗤、嗤」的響聲，他們二人都放聲大笑。在這裏不難看出，晴雯是借撕扇之事來尋求心理上的平衡，來證明寶玉對她的情誼並未有所改變。在這笑聲中，寶玉趾高氣揚的主子身份消失了，晴雯也為自己找回了尊嚴，晴雯的自由個性和自身價值得到了認可和尊重。

　　查抄大觀園的一幕也可以看做是晴雯對深藏於心中那個強烈的自尊感的維護，大家都乖乖接受檢查，只見晴雯挽著頭髮闖進來，豁啷一聲，將箱子掀開兩手提著底子，往地下一倒，將所有之物都盡倒出來，並指著王善保家的臉道：

> 你說你是太太打發來的，我還是老太太打發來的呢……就只沒看著你這個有頭有臉的大管事奶奶。[2]

　　這通嘴尖性大的搶白讓讀者忍不住為她鼓掌叫好，讓狐假虎威的王善保家的討個大沒趣。在賈府決定奴婢命運的主子和氣焰囂張的惡僕面前，晴雯奮起迎戰，拼死一搏，毫無保留地表達了她人格受辱時的憤怒抗爭和對王善保家的等狗仗人勢的奴隸的鄙視。她不計後果，不懂得明哲保身更不願意以失去尊嚴

---

① 【清】曹雪芹著：《紅樓夢》，人民文學出版社 2008 年版，第 421 頁。

② 【清】曹雪芹著：《紅樓夢》，人民文學出版社 2008 年版，第 1029 頁。

為代價換來苟延殘喘，她為的是做回一個人的自尊自愛的真心。

三、心比天高，命比紙薄。晴雯「心比天高，命比紙薄」最直接的原因就源於她的「風流靈巧」及率真性格。本來漂亮而又能幹的女孩理應有更多生活的歡樂和美好的前程，無奈晴雯生不逢時，在賈府那樣的尊卑分明的環境裏，在等級制度森嚴的封建社會，她這種反叛精神必將遭到統治階級的殘酷鎮壓。

晴雯的性格最終給她帶來了厄運，眾口鑠金，積毀銷骨，平時的她又銳利尖刻，唇槍舌劍，鋒芒畢露。她從不計利害，性急如爆炭，在語言表達方式上又是熱情潑辣，任情任性，心口如一的特色，可以用一個「直」字來概括。對別人幹的一些鬼鬼祟祟的勾當，她也常常脫口而出地進行揭露。因此，小丫頭們「畏之如畏虎」。她抱病被逐出賈府，如同嬌豔的花朵突遭無情的風雨的摧殘，其最後的命運也就可想而知了。尤其晴雯又是這般高潔冷傲的女孩子。正因如此，她的死才顯得那樣轟轟烈烈，痛徹寶玉和讀者的心扉。在和寶玉的臨終一別中，晴雯率真倔強的個性再次發光。她耿耿於懷的是自己的清白被玷汙，「死也不甘心」，「早知如此，我當日也另有個道理」[1]，她脫下貼身小棉襖送與寶玉並說穿上它如同還在怡紅院一般。在當時特定的社會環境中這一幕無疑是驚世駭俗的，晴雯這種無所畏懼、無所顧忌、真情真愛的流露方式無疑給人石破天驚之感，一朵潔白的蓮花熱烈地開放了，她最終定格為寶玉心中永恆的芙蓉女神，「其為質則金玉不足喻其貴，其為體則冰雪不足喻其潔。其為神則星日不足喻其精，其為貌則花月不足喻其色」[2]。晴雯的「美」與「真」給烏雲濁霧的賈府帶來了清新的生命氣息，奈何這種毫無做作的「真」與天然的美是代表封建社會的「假府」所不能容忍的。她像飛蛾一遍一遍撲向那已經織好並且很牢固的網子，等待她的只有被黑暗吞噬的悲慘結局，所以她的悲劇是一個「真」無法存在的悲劇，美必摧殘的隱喻。

① 【清】曹雪芹著：《紅樓夢》，人民文學出版社 2008 年版，第 1085-1086 頁。
② 【清】曹雪芹著：《紅樓夢》，人民文學出版社 2008 年版，第 1108 頁。

香港紅學芷蘭集

主　　編：張　惠
責任編輯：黎漢傑
法律顧問：陳煦堂　律師

出　　版：初文出版社有限公司
　　　　　電郵：manuscriptpublish@gmail.com

印　　刷：陽光印刷製本廠

發　　行：香港聯合書刊物流有限公司
　　　　　香港新界荃灣德士古道 220-248 號
　　　　　荃灣工業中心 16 樓
　　　　　電話 (852) 2150-2100 傳真 (852) 2407-3062

臺灣總經銷：貿騰發賣股份有限公司
　　　　　電話：886-2-82275988 傳真：886-2-82275989
　　　　　網址：www.namode.com

新加坡總經銷：新文潮出版社私人有限公司
　　　　　地址：71 Geylang Lorong 23, WPS618 (Level 6), Singapore 388386
　　　　　電話：(+65) 8896 1946 電郵：contact@trendlitstore.com

版　　次：2023 年 7 月一版二刷
國際書號：978-988-76545-8-2
定　　價：港幣 88 元 新臺幣 320 元

Published and printed in Hong Kong